「一人で抱え込まないでください。
マスターには私がついています」
「ありがとう、デュランダル」
喋る剣は俺の相棒といえる魔剣デュランダル。

トラ
★★★★★
ダル
★★★★★
サーシャ
★★★★★

ノエル
★★★★★
エクレア
★★★★★

「僕はこんなに君の事を愛しているのに！
世界中の何よりも君の事が好きなのに！
どうして僕の事を忘れるんだ！」

Who is the demon king…?

勇者パーティーの仲間に魔王が混ざってるらしい。

かませ犬S　ill.桜河ゆう

It seems that
the Demon King is
mixed up with
the heroic party members.

★★★★★

Who is the demon king…?

CONTENTS

magic sword

ILLUSTRATOR　桜河ゆう

プロローグ

Who is the demon king…?

――どうやら勇者パーティー《俺たち》の仲間の中に魔王が混ざっているらしい。

そんなとんでもない事実を俺に告げたのはこの世界へと転生するきっかけとなった女神で、名をミラベルという。今の流れで分かると思うが俺は所謂《いわゆる》、転生者というやつだ。前世は普通の営業マンであり、トラックに轢《ひ》かれて死亡というテンプレみたいな流れで転生した。

そこから先の展開もテンプレをなぞるようで、俺が死んだのもミラベルの手違いなんて在《あ》り来《きた》りな原因。その穴埋めとしてちょっとした才能を貰《もら》ってこの世界で生を享《う》けた訳だ。

「マジで？」

「マジよ」

嘘《うそ》であってほしいという思いで確認をしたが、返ってきたのは無情な返事。どうやら聞き間違いでもないらしい。

受け入れ難い現実から逃避《とうひ》するように辺りを見渡してみたが、視界に映るのは白一色の光景。相も変わらず殺風景《さっぷうけい》な部屋だ。天井も床も壁も全てが白で統一された空間。部屋である事を示すように一つだけ存在している扉が随分《ずいぶん》と浮いている気がする。

せめて窓かあるいは家具の一つでもあれば印象は変わると思うのだが、この空間――否《いな》、この世界にはそんな物は存在しない。この扉以外何一つない白一色の世界が夢の世界だというのだから世の中不思議な事で溢《あふ》れている。

さて、現実逃避をするのもこれくらいでいいだろう。あまりに受け入れ難い話をされたばかりに意識が別の方へと向いてしまった。

「疑う訳ではないんだが、本当に俺たちの仲間の中に魔王がいるのか？」

「さっきも言ったと思うけどそれは間違いないわ。貴方達《あなたたち》、勇者パーティーの仲間の一人が魔王よ」

ノリは軽かったがやはり話は軽くなかった。何度も確認する俺にミラベルがため息を吐《つ》いている。レディーススーツを着ている姿を見るとＯＬのように見えるがこれでも立派な神の一人だ。魂の管理から世界の調和など様々な業務に携わっているらしい。

スケールの大きくなった会社の仕事のように感じるのは俺だけだろうか？　人の社会に似ている気もする。いや神の社会に人が似ていったのだろうか？　考えても仕方ない事か。

これまでの経緯を事細《ことこま》かく話せば長くなるので今は省《はぶ》くとしよう。三年程前に封印されていた魔王が復活したとされ、それに伴って世界各地で騒動が起きた。魔族と呼ばれる強大な敵の出現がそうさせたようだ。

魔王を倒して世界の平穏《へいおん》を取り戻す為《ため》に勇者パーティーが結成され、その一人に俺が選ばれた訳なんだが、そのパーティーの中に宿敵《しゅくてき》といえる魔王が混ざっていたようだ。

「どういう目的かは分からないけど、貴方の仲間の中に魔王がいるわ」

「それが誰か分かったりするか？」

「あのね、それが分かったら最初からそいつが魔王だって言ってるわよ」

最初から答えには辿《たど》り着《つ》けない決まりでもあるのだろうか？　誰が魔王か分かれば話は早かったのだが、どうやらこの神様は仲間の中に魔王が混ざっている事は分かっても、誰が魔王かまでは分からないらしい。

使えないなこの神《ひと》。

「今、使えないって思ったでしょ？」

「いえ、そのような失礼な事考えた事もないです」

勘だけは無駄に鋭いと思う。

ミラベルが深くため息を吐《つ》く。ため息を吐きたいのは俺も一緒なのだが、あまりミラベルの機嫌を損ねるような真似《まね》はしたくない。彼女の善意で分かった情報もあるので、使えないなんて思わず有難《ありがた》く話を頂戴《ちょうだい》しよう。

「本来私たち神は下界に干渉《かんしょう》出来《でき》ない規則《きまり》があるの。こうやって貴方のパーティーに魔王が混ざってるみたいな助言をする事自体ご法度《はっと》なのよ」

「転生する時言ってましたね」

「そうよ！　でも、せっかく転生させた人間に危険が迫ってるのを放《ほう》っておけないからこうやって伝えてあげてるの！」

彼女は神といっても立場でいうと中間管理職くらいの立ち位置になるらしい。神もミラベル一人という訳ではなく、俺が思っていた以上に多く存在する。

当然彼女の上の者がおり、不用意に規則を破れば罰が与えられるらしい。そこまで重たいものではなく、降格とか減給になるだろうと言っていたな。そんな所まで俺たちの社会に似ないでいいだろうというのが本音だ。

規則を破るのは褒められた行為ではないが、俺を思い遣《や》っての事だ。ミラベルの優しさに感謝しよう。

「仲間の中に魔王がいるのか」

「そう言ってるでしょ」

「ミラベルが言ってるから正しい事だと思うけど、今まで一緒に旅してきた仲間を疑うのは心苦しくてな」

「そうね。苦楽《くらく》を共にしてきただろうし貴方の気持ちは分かるわ。けど仲間の中に魔王がいるのは本当。疑わないのは自由だけど、信じた仲間に裏切られて殺されるなんて目も当てられないわよ。魔族が狡猾《こうかつ》で油断出来ない相手って分かってるでしょ？」

「そうだな」

これまで旅をして苦楽を共にした大切な仲間の中に魔王《宿敵》がいる。

彼女の話が全て嘘だと否定してしまいたい程に受け入れ難い現実だ。国に招集され、勇者パーティーとして魔王討伐の旅に出て早三年。

魔王が復活した頃から目に見えて増えた魔物の脅威や、暗躍《あんやく》する魔族の問題を解決しながら世界各地を回り、敵の本拠地を探している最中だった。

仲間とはこれまでの道中で様々な困難を共に乗り越えてきた。一緒に旅してきた仲間に対して信頼を向けているし友情も感じている。そんな仲間を疑うのは心苦しい。

「誰にも相談出来ない、だよな？」

「少なくとも私以外にはね」

もう一つ辛《つら》い事がある。パーティーに魔王が混ざっている事を仲間や他の誰かに相談するのはやめた方がいいとミラベルは言っていた。

その理由は魔王が使う魔法『読心』の所為《せい》だ。読んで字のごとく相手の心が読めるそうだ。

もし相談した相手が魔王だったならそのまま殺されるだろうし、他の仲間に相談してその仲間の心を読まれたら相談した仲間ともども殺されて終わりだと。

「貴方には私があげた能力があるから読心だったり、洗脳だったりは効かないけど、他の仲間はそうじゃないでしょ？」

「そうですね」

俺にはミラベルから与えられた世に言う転生特典と呼ばれる能力がある。転生した時に付与されたものではないが、ミラベルから貰った能力のおかげで俺には魔王の『読心』は効かない。

だが仲間は違う。仲間だって決して弱い訳ではない。世界各地から選りすぐりの実力者を集めて結成された勇者パーティは当然ながら強い。

それでも魔王が使う読心を防げる者はいないというのがミラベルの見解《けんかい》だ。魔法に対する耐性もあるが、魔王が使う魔法が強力すぎるのが大きな理由だ。

「貴方に分《わ》かり易《やす》く説明するけど、貴方たちパーティーみんなのレベルが七五って所よ」

「なんか微妙だな」

「だいたいそれくらいよ。それでも世界全体で見たら強い方だから安心しなさい。で、貴方達の敵の魔王はレベル一〇〇って所ね」

「離されてるけど、微妙に届きそうなレベルが嫌なんだが…」

「実際強くなれば近付くし間違いではないわ。で、分かる通り魔王とレベルが違うから一対一で闘っても魔王には勝てない」

「だろうな」

「魔王と闘うにはレベル差を補うくらいに強くなるか、仲間との連携が必須《ひっす》よ」

「けど、その仲間の中に魔王がいる」

口に出した言葉がずっしりとのしかかった。魔王の力は俺たちよりも遥《はる》かに強大だ。一人で魔王に勝つのは難しいだろう。

仲間との連携が必須だというのに、その仲間の中に魔王がおり誰を信じていいか分からない。

そもそもの話として魔王を倒すにしても、まず誰が魔王かを判別しないといけない。

疑った仲間が魔王ならそれでいいが、間違っていたら取り返しのつかない事になる。仲間の中の疑心暗鬼《ぎしんあんき》は深まるだろうから連携などとても出来るとは思えない。


「貴方がやるべき事は一つよ。仲間の誰が魔王かしっかりと証拠を集めた上で魔王以外の仲間に打ち明けて共闘する！　そして魔王を倒す。それしかないわ」

「仲間を疑って魔王を捜す……か」

「何度も言ってるけど、魔王の『読心』が効かないのは貴方だけ！　確実に魔王だって証拠がない限りは誰にも相談しちゃダメよ！　心が読まれてバレたらそこで終わりなんだから！」

「分かった。心苦しいけど、誰が魔王か捜すよ」

名探偵になんてなれる訳ないが、俺がやらないといけないだろう。勇者パーティーの誰もが仲間に魔王が混ざっている、なんて考えもしないだろう。それこそ魔王本人以外は。

相談が出来ないのが辛いな。俺より賢い仲間がいるのに魔王の読心能力の所為で誰にも打ち明けられない。魔王に見つかれば全てが終わりだ。

証拠がいる。魔王だと確信出来るだけの。こいつが魔王だと仲間に信じてもらえるだけの。

考えたら胃が痛くなってきた。こんな事になるとは転生する前は考えてもなかった。

ファンタジーの世界に転生したと思ったら人狼《じんろう》ゲームが始まるとか誰が予想出来る？

「たまに私もこうして夢の中に出てきて、相談に乗るわ。進捗《しんちょく》があってもなくても言って。

一人で抱《かか》え込んだらダメ。相談出来る相手はここにいるから！」

「ありがとうミラベル。弱音を吐いていいならもう胃痛で死にそうなんだ」

「弱音を吐くのが早すぎるわよ！」

パシンッと頭を叩《たた》かれた。初めて会った時からそうだったが、彼女はキレッキレなツッコミをするなーと場違いな感想を浮かべる。

そんな彼女の親しみやすい性格に何度心が救われただろうか。この世界に転生して二八年。ミラベルと会うのはいつも夢の中だ。下界に干渉するのはご法度だなんだと言いながら、こうして干渉してくる。夢の中で会ったのだってもう一〇〇回は超えているだろう。

心配なのだろう。優しい彼女はこうして俺の事を気にかけてくれている。俺の心が折れそうな時も支えてくれたのは彼女だ。感謝しかない。

弱音を吐くのはここまでにしよう。胃はたしかに痛いが仲間の為に動けるのは俺だ。

「そろそろ夜も明けるわ。またねカイル」

「ああ！　また会おうミラベル！」

「頑張ってね！」

ニコリと笑う彼女の笑顔が眩《まぶ》しい。

彼女の姿が少しずつ薄れていく。ミラベルだけではない。俺がいる部屋全体が薄れていくようだ。もうすぐ朝だ。俺の意識も時期に覚醒するだろう。

魔王の疑いのある仲間《容疑者》は五人。

一人目は勇者パーティーの中核にして聖剣の使い手、勇者エクレア。勇者を疑っていいのかが、根本的な問題だ。無口で今まで旅してきて一度も声を聞いた事がない。ちなみに一度犯罪を起こして捕まっている。

二人目は数多《あまた》の魔法で皆をサポートする火力担当《たんとう》、ドワーフの魔法使いサーシャ。アルコール中毒でいつもお酒を飲んでいる。一人で行動するのが多い気がする。あとお酒を飲んで暴走して捕まっている。

三人目は罠《わな》の感知から解除、さらに地図のマッピングまで行う探索のエキスパート、盗賊ダル。勇者パーティーの皆が少なからず名の知れた実力者である中、彼女だけ無名。経歴がやや怪しい。国宝を盗んで捕まっている。

四人目は俺と同じ前衛《ぜんえい》担当、素早い身のこなしで相手を翻弄《ほんろう》し殴り倒す格闘家トラさん。虎の獣人で顔はやや厳《いか》つい。可愛《かわい》い男の子が好きで持ち帰ろうとして何度か捕まっている。捕まった回数はパーティー最多。

五人目はパーティーに必要不可欠の回復役、味方の治癒や強化を行うエルフの神官、ノエル。パーティーメンバーには心を開いてくれているが、人間嫌いを公言しており、会話どころか一緒の空間に居る事自体が嫌らしい。貴族のお偉いさんを殴って捕まっている。

――うん。全員が可能性あるな！

誰もが何かしらの犯罪を犯しているのは勇者パーティーとして笑えない。誰が魔王でもおかしくないじゃないか。

まずは証拠を集めよう。仲間と会話して情報を集めて怪しい所を整理しよう。魔王だと確信をもって打ち明けるのは最後の最後だ。

「仲間を守る為に、仲間を疑え」

第一章

容疑者な仲間たち

――眠りから覚めたが目覚めが悪いのはおそらく夢の出来事が原因だろう。胃に優しくない話だった。キリキリと痛む胃の痛みに我慢しながらベッドから立ち上がり、窓を開ける。

いい朝だな。太陽の光で体が目覚めていくのが分かる。

過去を思い出すという意味も含めて少しばかり自分語りをさせてもらおう。

俺の名はカイル。カイル・グラフェム。二八歳、独身の傭兵《ようへい》だ。今は勇者パーティーの一人として前衛《ぜんえい》を務めている。

国に招集され、魔王討伐の旅に出てはや三年。信頼出来る仲間に魔王が混ざっていると、ミラベルに告げられたのがつい先程だ。

今更隠す気もないが、俺は所謂《いわゆる》転生者と呼ばれる者だ。トラックに轢《ひ》かれそうになってる同僚を助けて死ぬという、テンプレみたいな流れで神ミラベルと出逢《であ》った。

よくある展開だが、俺はどうやら死ぬ予定ではなかったみたいで、ミラベルのミスで亡くなったらしい。その埋め合わせとして、特典を付けて転生しないか？　という提案を受けた。

正直に言って未練だったりやり残した事があったので、受け入れ難い話であったが、生き返る事は出来ないし、どうしようもないから諦めて受けた。

「転生特典っていってもそんなに凄《すご》いのは付けられないのよね」

「無から物を創造したり？」

「無理無理」

「見ただけで相手を殺せる魔眼的《まがんてき》な？」

「物騒ねー。無理よ」

「女性に凄いモテるとか」

「本人が努力すべきじゃない？」

「無限の魔力とか」

「神でもいないわよ」

「不老不死」

「神にでもなる気？」

　意外と融通《ゆうづう》が利かないらしい。逆に何が出来るのか聞いたら、他の人より才能が優れてるとかは出来ると。剣の天才だったり魔法の天才だったり。

　もうそれでいいやと、特典を決めて俺は転生した。さらば前世。さらば高橋《たかはし》敦《あつし》だった俺。

　かくして転生を果たした俺だが、待っていたのは思っていた以上に波乱万丈な人生だった。

　王様だったり貴族だったりの上級階級が存在するようだが、ごくごく平凡な農家の次男として俺は生まれた。

成長の流れは割愛《かつあい》するとして、俺が七歳の時に住んでいた村が山賊に襲われた。転生特典で他の人より才能があるといっても所詮《しょせん》七歳の体。身体能力は大人には敵《かな》わなかったし、この世界に魔法は存在するが、扱える才能が残念ながらなかった。結果から言うと、俺は何も出来なかった。

この世界は漫画やアニメのような空想のような世界ではあったが、俺が想像していた以上に過酷で、残酷だった。

突如として現れた山賊によって俺たちの平和は奪われた。村は焼かれ、老若男女問わず殺された。ひと思いに殺されるだけならまだマシかも知れない。拷問や凌 辱《りょうじょく》の末に殺された者もいた。

弱肉強食の言葉が表すように、弱い者が貪《むさぼ》り喰《く》われた。村で生きて残ったのは俺だけだった。何か出来た訳ではない。才能はあってもただの子供でしかなかった。俺のこの世界での家族が命懸けで守ってくれたから、奇跡的に生き残った。それだけの話だ。

両親や兄と姉、その死体に隠されるように俺は埋もれていて、そのおかげでバレずに生き残れた。

死体に埋もれる俺を助け、そう教えてくれたのがこの世界の育ての親となる傭兵のリゼットさんだった。

「間に合わなくてごめん、生きていて良かった」

俺を抱きしめてそう言う彼女の言葉を受け入れられなくて、彼女を振《ふ》り解《ほど》いて見た先に映ったのが、折り重なった家族の死体。見慣れた家族の見た事がない姿……。

前世では成人して二〇代も後半に差し掛かっていた。今世を含めたら三〇は超えていたというのに、目の前に映る光景に心が耐えきれなくて泣くしか出来なかった。


「私が引き取って育てる！」

「傭兵の仕事をしながら育てられる訳がないだろ！　可哀想《かわいそう》だが置いていくしかない」

「育てるよ！　みんなには迷惑をかけない！　傭兵の仕事をしながら育てるのが難しいのは分かってる。それでも姉さんの子供だから、私が引き取りたいの！」

「リゼット……」


俺を引き取るかどうかで揉《も》めている現場がどこか他人事《ひとごと》のように思えた。

結局はリゼットさんが周りを押し切って俺を引き取る事になった。

――俺は七歳の時に家族を失って、傭兵の仲間になった。

傭兵に引き取られてからの俺はそれまで以上に自分を鍛えた。努力はしたつもりだった。けれど、才能に甘えてた所もあった。もっと努力しておけば村は無理でも、家族を救えたんじゃないかと。下らないタラレバだ。

初めて人を殺したのは一〇歳の時だったか。傭兵の仕事で山賊討伐に向かった時だ。心配したリゼットさんが常に近くに居たのを覚えている。

初めての戦闘は無我夢中で、死にたくなくて必死な思いで山賊を殺した。人を切った感触が手からなくならなかった。血の臭いや切った山賊の顔が浮かんで、その日は、リゼットさんに背中をさすられながら一晩中吐いたものだ。

次第に人を切る事にも慣れた。というより感覚が麻痺《まひ》していった。殺す嫌悪《けんお》よりも仲間を殺される方が嫌だった。その頃からミラベルが夢に出てくるようになった。

久しぶりに会ったミラベルは悲しそうな、どこか申し訳なさそうな表情をしていた。

「ごめんなさい、こんな事になるなんて思ってなくて。恨んでるわよね？」

「いや、恨んでないよ。恨んでるとしたら何も出来なかった自分自身だ」

「そう……」

何か言おうとして、我慢するように口を噤《つぐ》んだ。

三〇秒程無言が続いた後、ミラベルがこちらに右手を向けた。

「本当はこんな事は規則違反だからやったらダメなんだけど、今回だけは特別。この先の貴方《あなた》の人生が少しでも楽になるように、受け取って」

淡い水色の光がミラベルの手に集まって、それが一直線にこちら向かってきた。身構える間もなく、水色の光は体に当たり溶けるように消えていった。

「貴方に与えたのは干渉《かんしょう》を拒絶《きょぜつ》する力。分かり易く説明するなら状態異常無効って所かしら？　貴方はこれから毒も受けないし、麻痺《まひ》も呪《のろ》いも洗脳だって受けない。貴方に干渉し悪影響を及ぼすものを全て拒絶出来る。あくまでも干渉するものだけだから、魔法も剣も普通に効くから気をつけてね！」

——転生特典というやつを後から貰《もら》った。転生前に貰っていたら何か変わっていただろうか？　いや、この能力では結果は何も変わらないか。欲をいえばもう少し戦闘に使える能力が欲しい所ではあるが、この能力も十分すぎるくらいに有益だ。

この日を境に度々ミラベルが現れるようになった。決まって夢の中。無理しないように、しっかり休めとか口煩《くちうるさ》い母親のようにこちらを気にかけてくれた。

鍛錬《たんれん》の仕方から俺に合った剣の扱い方等を、強くなれるようにと丁寧に教えてくれた。そのおかげか俺の実力はみるみる伸びていった。一五歳の頃には既に、傭兵団の誰より強くなっていた。ミラベルの与えた才能と、指導のおかげだろう。

二〇歳の頃に傭兵の仲間を庇《かば》ってリゼットさんが亡くなった。また家族を失ってしまった。その日は沢山泣いた気がする。心配してミラベルも夢に出てきたっけ。振り返って見るとよく泣いているな俺。

リゼットさんが亡くなってから半年後に傭兵団を抜けた。家族がいなくなったのもあるが、一人でもやっていけるだけの実力を身に付けたと、ミラベルに太鼓判《たいこばん》を押されたのが大きい。

それからフリーの傭兵として、魔物の討伐や山賊退治で路銀《ろぎん》を稼ぎながら旅をしていた。転生した世界を見て回りたいという思いもあった。次第に腕のある傭兵として俺の名は広がっていった。

二五歳の時に魔王が復活しただの、人類は滅びるだのそんな話を聞くようになった。噂《うわさ》自体は二年ほど前から流れていたか？

目に見えて被害が増えたのはこの頃だったと思う。魔物の数や凶暴性が以前より上がっているのに気付いた。遠い昔に姿を消したとされる魔族を見たという声も聞いた。何かが起きている。そう直感させて。

それから国に招集されたのはすぐだった。

魔物が増え魔族が現れるようになったのは魔王が復活したから。このままでは世界は魔族に滅ぼされてしまう。

魔王を討伐して世界を救ってほしい。要約するとそんな感じだ。

こうして俺は勇者パーティーの一人となった。

俺の家族やリゼットさんが生まれたこの世界を守る為、魔王を倒す為に俺たちは旅立った。

様々な困難を仲間と共に乗り越えてきた。

そして三年後、仲間の中に魔王が混ざっている事をミラベルに告げられた。

魔王と思われる容疑者は勇者パーティーの五人。言い方は悪いが、皆が過去に何かしらやっている前科者《ぜんかもの》だ。証拠を探せば出てくるような気がする。気分は探偵だな。

さて、自分語りが長くなったがこの胃痛に耐えながら魔王を捜すとしよう。

——閑話休題《かんわきゅうだい》。

「いつにも増して辛そうな表情をしていますが、大丈夫ですかマスター？」

窓を開けて、朝日を浴びる俺に心配そうに話しかける声がある。人ではない。机の上に置かれた剣が喋《しゃべ》っていた。

「大丈夫だ。ちょっと不安事があってな。考え込んでいたら顔に出たらしい。まぁ何とかなると思うよ」

「一人で抱え込まないでください。マスターには私がついています」

「ありがとう、デュランダル」

喋る剣は俺の相棒といえる魔剣デュランダル。フリーの傭兵として活動している時に、とある遺跡に刺さっているのを見つけ、それから俺の武器として使用している。

抜いた当初は喋る事はなく、良く切れる剣として使っていたが、ある日突然喋り出したから驚いた覚えがある。

デュランダル曰《いわ》く、眠っていたがマスターの魔力を食べて目が覚めたらしい。

こうして一人でいると、デュランダルが話しかけてくる事が多い。他の人がいる時より、二人きりの時にマスターとしっかりお喋りしたいとかそんな事を言っていた。

「マスター、今日は休息を取る日ですがどうしますか?」

「そうだな、もう少しゆっくりしたら町を散策しようかと思う。ずっと部屋に居てもする事はないしな」

「私がいるのでお喋りは出来ますよ!」

「常に傍《そば》にいるからいつでも話せるだろ」

「それはそうですが…」

デュランダルの声がどこか不満そうに聞こえる。

「魔王が拠点《きよてん》としている場所も分からないし、情報を集める為にも、しばらくはこの町でゆっくりする予定だ。デュランダルと話す時間ならいくらでも作れるよ」

「約束ですよ！　ちゃんと私とお喋りする時間作ってくださいね！」

「分かってる。そうだな、夜にでもゆっくり話そうか」

「はい！　マスター！」

嬉《うれ》しくて仕方ない、そんな響きを感じる。

それからしばらくデュランダルと話をして、現在拠点にしている宿の一室を出た。

町にいる為、魔物が襲ってくる事は滅多にないが、魔族が人に化けて潜んでいるという事は有り得る。過去にそういった潜伏をした魔族がいたので念の為、デュランダルは腰に備えている。

現在、俺たち勇者パーティーは、大陸の中心地に位置する町『マンナカ』で休息を取っていた。一日目は皆宿でゆっくりしていたが、数日経《た》てば思い思いに行動している為、俺が起きた時には宿には誰もいなかった。

情報収集が目的ではあるが、その為に行動しているのが何人いるかという話だ。どうせみんな自分が好きなように行動してるに違いない。

勇者パーティーとして今一番欲しい情報は主目的である魔王の情報。魔王の姿形もそうだが、何処《どこ》に居るかも分かっていない。

世界各地を回ったがゲームの様に分かりやすい拠点は持っていないようだ。何処に魔王が潜んでいるか探さないといけない事となる。

狡猾《こうかつ》で用心深い魔族が拠点としている場所があるならば、そこに魔王もいるだろうと推測していた。

第二に魔王直属の部下として名が挙がる四天王と呼ばれる魔族の情報だ。

四天王なのに五人いる、意味不明な魔族達だ。魔族の中でも突出《とっしゅつ》した力を持っており、人類に猛威を奮ったと言われている。勇者によって魔王が封印された後。彼らも姿を消したとされており、何百年とその姿を見た者はいない。

魔王が復活して姿を隠していた魔族が再び世に出てきた。四天王も同様に出てくると見ていい。大きな損害が出る前に四天王を見つけて討伐したいのが俺たちの思いだ。

さて、話は戻すが俺たちが求めている情報の一つ魔王の在り処《あか》だが、はっきりいって俺には必要がないと言えるだろう。仲間の皆は魔王を討伐する為に何処にいるか捜しているが、俺は魔王の居場所を知っている。

悲しい話であるが、俺たち勇者パーティーに魔王が混ざっているという事実がある以上、俺が捜すべきは魔王の在り処ではなくこいつが魔王だと確証を得るための証拠である。

その為に仲間を疑うのは心苦しいが、仕方ないと割り切ろう。そうじゃないと胃が持たない。

「ん、彼処《あそこ》にいるのはエクレアか？」

宿を出て暫《しばら》く歩いていると、町の丁度中心部に設置された噴水に腰掛ける女性を見つけた。

この世界では珍しい黒い髪が風で靡《なび》いている。髪と同色の黒い瞳は、何処か遠くを見つめているようだ。町中にいる為か、鎧《よろい》ではなく白いワンピースの服を着ていた。よく似合っていると思う。

彼女こそが勇者パーティーの要、勇者エクレアである。

「エクレア、おはよう。よく眠れたか？」

「…………」コクン。

「それなら良かった。昨日は遅くまでトラさんに付き合ってたから、大変じゃなかったか？」

「…………」ブンブンブン。

「俺からもトラさんには言っておくよ。エクレアは嫌な時はしっかり断れよ」

「…………」コクン。

見ての通り彼女は無口だ。話しかけたら頷《うなず》いたり首を振ったりで意思を示してくれるが、如何《いかん》せん話してくれない。三年ほど一緒に旅をしているが、彼女の声を聞いた事がない。

さて、仲間の中に魔王がいる以上彼女も容疑者の一人に入る訳だが、勇者を入れていいものか。

そもそも彼女は無口で殆《ほとん》ど話さない為、行動から読み取るしかない。

魔王としての証拠という意味で考えるなら、仲間が行った悪行から探していくのが早いかも知れない。

勇者パーティーと名乗っている俺たちであるが、仲間の全員が最低でも一回は捕まっている。

早い話、前科者だ。誰が魔王でも不思議ではないだろう。そうこの勇者さえも。

彼女がした悪行。それはパーティーとして旅立ってすぐに起きた事だからよく覚えている。

勇者である彼女をリーダーとして、先頭を歩く彼女について街中を歩いていた。すると唐突に彼女は見知らぬ民家の扉を開いて中へと入った。

「え？　どちら様ですか？」

なんて、困惑してる家の主の声を無視した彼女はグイグイと家の中を進み、勝手にタンスを開けて中に入っていたお金を取るとカバンにしまった。

日中の、かつ家の主が目の前にいる白昼堂々の犯行だった。

正直驚いて何が起きたか分からなかったが、家の主が怒声を上げて彼女に摑《つか》みかかって投げ飛ばされたり、一悶着《ひともんちやく》しているうちに衛兵が来て、晴れて勇者は御用となった。

罪状は強盗と暴行。何か言いたげな彼女の顔が特徴的だった。私何か悪い事した？　みたいな。

人の物を取ったら泥棒、そんな事は子供でも知っているが、まさか勇者がこんな堂々と犯行に及ぶなど誰も思わないだろう。

いきなり勇者が捕まる事態に仲間がザワついてるのをひとまず落ち着かせ、衛兵の元へと向かった。

結果から言おう。言い方は悪いが買収した。俺たちがこれから救世の旅に向かう勇者パーティーである事を伝えた上で、保釈金と賠償金を払って許してもらった。

勇者パーティーと名乗った時の、驚いた衛兵の顔は忘れられない。

一応助けた事になるのか？　それから勇者に懐かれた。そんな気がする。道中を歩いている時も、町で休息してる時も何かと近くにいる事が多い。

無口な為、ただ横にいるだけだが。

彼女の目立った悪行というのはそれくらいのモノだ。その後は変な行動を取る事もなかった。

無口なせいで、何をしているか分からない時も多いが、大体が善行を行っている。

容疑者ではあるが、彼女は魔王とは遠い位置にいる気がする。

前世で馴染《なじ》みのある黒髪黒目に親近感が湧くのもあるか？　いや、それは除いてしっかり判断しよう。

「俺はもう行くけど、エクレアはどうする？」

「…………」

「要件言ってないから判断に困るよな。サーシャを捜してる所なんだが、エクレアも来るか？」

「…………」ブンブンブンブン。

「分かった！　エクレアもゆっくり休めよ」

「…………」コクン。

頷く彼女を見てから、その場を後にして酒場を目指す事にした。魔法使いであるサーシャがいるのは間違いなくそこだ。

確信を持って俺は歩き出した。

——そういえば最初に勇者が取った行動、国民的なＲＰＧの勇者みたいだなって思って笑ってしまった。

もしかして、同郷の可能性がある？

「いや、そんな訳ないか」

ありもしない可能性を否定する。

エクレアと別れ再び大通りを進む。暫く歩くと目印にしている鍛冶屋《かじや》があったのでそこを曲がって狭い路地へと入っていく。

捜し人である彼女がいるのはこの路地の先にあるお店だ。

——唐突だが魔法についての話をしよう。

何度か話には出たが、この世界には魔法と呼ばれる力が存在する。

最も誰でも使える力という訳ではなく、適性と才能が必要になる。残念ながら俺は適性はあったが肝心の才能がなかった。

この場合における才能とは、魔法を使う際に必要な根本的な力『魔力』の事だ。ゲーム風に言うならＭＰ《マジックポイント》か。

どういう原理で魔力が宿っているか、一度ミラベルに聞いたが、専門的すぎて頭に入らなかった。

この世界の人間には心臓と同じような器官がもう一つあって、血と同じように魔力を体に巡らせている事だけは分かった。

魔力とはこの世界の誰もが持つ力だ。それが戦闘や研究に使えるだけの量があるかないか、それが才能だ。

俺にも魔力があり、一般の人よりは多かった。それでも魔法として使える程の魔力はなくて、魔法を使うのを諦《あきら》めた。

適性についても話をしよう。

魔法は幾つかのカテゴリーに分かれているとされる。細かく言えば『火』の属性の『ファイアボール』は使えるが『風』の属性の『エアカッター』は使えないみたいな、適性によって使える魔法の属性や数が異なるといわれている。

魔法の属性は『火』『水』『風』『雷』『土』『聖』『闇』の七属性。

適性とは属性の中からどの魔法が使えるかを指す。これは生まれた時に決まるもので、努力でどうこう出来るものではないとされている。

唯一例外とされているのが『聖』属性。教会に属し、神に信仰を捧《ささ》げている者が後天的に聖属性の魔法を使えるようになったと聞いた事がある。

ミラベルのような神が存在するのだから、教会が信仰を捧げている神が与えてるんじゃないかと俺は思っている。

この魔法の適性について、知る手段も教会の神父やシスターに聞くしかない事から、何らかの干渉はあると見ていい。

話を戻そう。魔法を使うのに必要なのは適性と才能《魔力》だ。

適性はあるが魔力がなくて使えない、逆に魔力はあるが適性がなくて使えないなんて者もいる。魔法が使えない者の多くは前者が理由になる。結局は魔力の量だ。

俺の場合は『火』の属性の『メテオ』を使う事が出来るが、それに必要な魔力が足りなかった。

神父に聞いた時、メテオが使える俺すげーって思ったが、魔力量が足りず使えない事を知って悲しんだ。

基本的に魔法の適性は、七属性の何《いず》れかの属性と一つの魔法だ。火属性の魔法を二つ使えるみたいな者もいるが、一人一つの魔法が一般的だ。

だがごく稀《まれ》に複数の属性と魔法を使える適性を持つ者がいる。

複数の属性を扱える適性と、その為の才能《魔力》を持つ者を魔法使いと呼ぶ。

俺たちの仲間であり、今から会いに行こうとしているサーシャも魔法使いだ。

「おおぉ！」

しばらく路地を進んでいると次第にざわめきが聞こえるようになった。音の発生源が目的のお店――酒場である事から嫌な予感がした。嫌だなぁと思いながら酒場に入る。

「うぇーい！　あたしの勝ちぃぃ！」

「………」

最初に目に入ったのが、酒が入っていたであろう木製の酒器を高々に上げ、勝利宣言をする栗毛《くりげ》の女性と、同じテーブルで机に突っ伏して動かない屈強《くっきょう》な男。

彼女こそが俺たちの仲間、魔法使いのサーシャである。

先程のざわめきは、女性としても小柄な彼女が、見るからに屈強な男との飲み比べに勝利した事によるものらしい。

「あたしに勝てるって思う奴《やつ》はかかってこーい！」

「俺が相手だ！」

どうやらまた飲み比べをするらしい。朝からお酒飲んで何してんだというのが俺の感想だが、それだけこの町が平和な証拠だろう。

見た目だけは可愛《かわい》いらしいサーシャに、周りの男がだらしなく顔を崩しているのが見えた。お酒で酔い潰《つぶ》してあわよくばなんて考えているのだろうが、彼女のお酒の強さと魔法使いとしての実力を知っているのでまぁ大丈夫だろう。

彼女に相談したい事があったのだが、これは長くなりそうだ。

手暇《てひま》になったので彼女について語ろうか。その前にまず魔力について話をしよう。

この世界の魔力の回復手段は自然回復だ。ゲームのように、魔力を回復するポーションのような便利なアイテムは存在しない。

心臓と同じような器官が体の中で動いているので、魔力を使わなければ自然と魔力は回復する。

魔力の回復量に個人差はあるが、たとえ魔力を使い切っても一晩寝れば全快しているだろう。

基本的に魔力の回復量はその者の魔力の量に比例すると言われている。魔力の量が多ければその分多く回復する。

魔法使いはその魔力の回復力をしっかり計算した上で闘わないといけない。

強い魔法を使えばその分多くの魔力を消費するし、戦闘の数が増えれば魔力を使う頻度《ひんど》は当然増える。

言い方は悪いが、魔力を使い切った魔法使いは戦闘において役立たずだ。剣を扱うために肉体を鍛えるように、魔法を使うにはそれ相応の知識が必要になる。

魔力切れを考えて肉体を鍛え、どっちでもいけるようにする者もまぁいるが、大体は器用貧乏に終わる事の方が多い。肉体の鍛錬に時間を費やす分、魔法への理解度が低くなり魔法の威力が弱くなってしまうからだ。

それ故、魔法使いの最大の敵は魔力の管理だと言われている。

さて話をサーシャについて戻そう。

彼女は酒飲みである。前世のように言うならばアルコール中毒者でもある。

彼女がそうなった経緯については、彼女の師匠に教えてもらったので知っている。

言ってしまえば、先程話した魔力の回復量が関係していた。

アルコール中毒になる前の当時のサーシャは魔法の研究に熱心だった。魔力が切れるまで魔法を使った回数は両手の指では数え切れない程だ。

魔力が尽きれば当然魔法は使えない。自然と回復するのを待つしかない。その間、魔法の研究が出来ない事を歯痒《はがゆ》く思った彼女が魔力の回復手段を探したのは当然の事であった。

さて、察しの良い人は分かったと思うが、あろう事かサーシャ《この女》は、摂取《せっしゅ》したアルコールを魔力に変えたのである。

何もアルコールじゃなくても良いじゃないかと思ったが、ミラベル曰く魔力を生み出し回復しているのは結局体の器官でしかない。

その器官が最も反応したのがアルコールだという。

良くも悪くも彼女は天才で、最適解を選んでいた。

こうして魔力の回復手段を得たサーシャは、それまで以上に魔法の研究に力を注いだ。

魔力が尽きればアルコールを摂取し、回復したら魔法の研究をする。

その繰り返しを師匠の制止を振り切って続けた結果、出来上がったのがアルコール中毒者《今のサーシャ》だ。

魔法の研究はまだ行ってはいるが、今では魔力の回復の為ではなく、アルコールが欲しくてお酒を飲んでいる。

見事なまでに本末転倒《ほんまつてんとう》だ。

「んんぅ！　あたしの勝ちぃぃ！　いひひ！」

空になった酒器をドンッと音を立て机に置き、嬉しそうに笑うサーシャ。

彼女もまた魔王の疑いがある容疑者である。

次の挑戦者がサーシャに挑む姿を後目《しりめ》に、彼女の悪行を振り返ってみよう。

彼女の悪行の殆《ほとん》どはお酒に酔った勢いのものが多い。エクレアと違い、それが一度や二度で済まない事から酒癖の悪さがよく分かる。

一番大きな被害で言えば、酔った勢いの魔法の使用だろう。彼女曰く。

「お酒を飲んで魔力が有り余っていた。しつこく絡んでくる酔っ払いが鬱陶《うっとう》しくてカッとなってやった」

その結果、酒場は吹き飛んだ。奇跡的に死者こそ出なかったが、怪我人《けがにん》が多数出る大騒ぎとなり当然のようにサーシャは捕まった。

——我が国の王様の気遣いと、魔王の脅威について各国がしっかり認識していた事、救世の為に勇者パーティーが旅立った事は世界に知られている。

汚い話をしよう。彼女を捕まえた衛兵に勇者パーティーである事を明かした上、怪我人の治療と被害者に対して多額の賠償金を払う事で彼女を解放してもらった。保釈金は彼女に払わせた。

勇者パーティーであると明かした時の衛兵の顔は今でも忘れられない。その度に胃がキリキリとしたものだ。

さて、当初の目的である事をサーシャに相談したいのだが。

「次の奴かかってこい!」

まだまだ飲み比べが続きそうな光景にため息が出た。

「あたしの勝ちぃぃぃぃ!」

「…………」

どれくらいの時間が経過しただろうか。

一五人目の挑戦者が限界を迎え机に突っ伏した。周りの男が慣れたように男をどかしている姿が見える。相も変わらず飲み比べは彼女が無双中である。

飲み比べが終わるまで待とうかと思ったが、絶えず現れる挑戦者を見て、埒《らち》が明《あ》かないとサーシャに話しかける事にした。

「サーシャ！」

「あれ、カイルじゃん！　どうしたのー？」

声をかけて漸《ようや》く俺の存在に気付いたのか、サーシャはこちらに手を振りながら笑った。

お酒を飲んでいるせいか頬《ほお》が赤い。口調も軽く陽気な印象を受ける。最も酒を飲んでいない時の方が少ないので、サーシャは普段からこんな感じだ。

「話があるんだけど、大丈夫か？」

「んー？　その感じだと大事な話よね？　場所を移した方がいいかしら？」

「そうしてくれると助かる」

「分かったわ。店主！　二階の部屋借りるわよ！」

カウンターにいた酒場の店主に向かってサーシャが話しかけると、店主はあいよーと軽く返事を返した。

椅子《いす》から立ち上がり、おもむろに階段の方へ向かう彼女を慌てて追いかけた。

「なんというか、慣れてるな対応が」

「そうねー、ここで飲んでるとたまーに酒に酔って鬱陶しく絡んでくる客がいるのよね。そういう時は一人で飲みたいから、部屋を借りて飲んでるの」

「なるほどな」

とはいえ随分《ずいぶん》と対応がいい。疑問に思った事が顔に出ていたのだろう。こっちを向いたサーシャがクスクスと笑いだした。

「どうもあたしの噂を聞いたみたいでね。店を吹っ飛ばされると困るから二階の部屋で飲んでくれって」

「そういう事か」

なんという悪名だろうか。勇者パーティーとして良いのか悪いのか。いや、間違いなく悪いと思う。

こうして酒場の店主にまで彼女の酒癖の悪さが知れ渡っているのだから。

階段を上り、目当ての部屋へ向かう彼女の背中を見ると、この小柄な身体のどこにあれだけのお酒が入るのか疑問に思う。

飲み比べの現場は何度か見てきたが、彼女が負けた姿を見た事がない。

「この部屋よー」

二階の突き当たりの部屋だ。家具はベッドと机と椅子があるだけ。最低限の家具だな。

何度か来ているのか慣れた様子で部屋に入ると、彼女は椅子に座り、机に頬杖《ほおづえ》をつきながら笑っていた。彼女の対面の椅子を引いて俺も腰掛ける。

「で、用件はなーに？」

「サーシャに相談したい事があってな」

「あら、カイルがあたしに相談なんて珍しいじゃない」

楽しげにサーシャが笑う。

彼女に相談したい事、といってもパーティーに魔王が混ざっているなどと言うつもりはない。

魔法について詳しい彼女に聞きたい事があった。

「ダルの魔法についてだ」

俺の言葉に先程まで楽しそうに笑っていたサーシャの顔が引き締まった。

頬杖をやめて、右手の人差し指で額をポンポンと数度叩《たた》く仕草が妙にゆっくりに見えた。

思っていた以上の緊張感に少し胃が傷んだ。

「ダルが魔族じゃないかって疑ってるのね、カイルは」

まっすぐにこちらを見つめるサーシャに身体が強ばった。

やはり彼女は賢い。俺の少ない言葉で言いたいことをすぐに理解したらしい。

ミラベルに魔王が混ざっている事を告げられた時、俺が真っ先に疑ったのが盗賊のダルだった。

国に招集され、勇者パーティーとなった俺たちだったが、ダルの事を俺は知らなかった。

他のメンバーは多少なり名を聞いた事があったが、ダルだけが全くの無名。他のみんなもダルの事は知らなかった。

といってもそこまで気にする事もなく冒険を続けていたが、ミラベルに言われてからそういった経緯がダルを悪く見せた。

そして一番の問題がダルの魔法だ。

彼女がとある魔法を使える事が分かったのは最近の事だ。サーシャ程ではないが、彼女は複数の魔法を使う事が出来る。問題なのは彼女が使う属性。

ダルが使う魔法は『火』属性と『闇』属性だ。

魔法の属性は七つ存在するが、人が使えるのは六つまでだと言われている。残り一つは過去と現在を見ても使えた者はいない。

――『闇』属性の魔法は魔族のみが使える。

それが魔法を使う者の常識だ。

これだけで彼女が魔族じゃないかと疑う根拠となる。魔族だけが使う属性、彼女が魔王である可能性は高いと俺は思った。

サーシャに相談したのは、この闇属性についての俺の知識が間違っていないかを確かめたかったからだ。

彼女の反応から間違いではないのが分かった。

「そうね、闇属性の魔法を使えるのは魔族だけ。この間も案内役に化けて魔族が奇襲を仕掛けてきたから、カイルが心配するのは分かるわ」

「ダルの事は信頼している。詮索する気はないが、今までの経歴だったりで怪しい部分が見えてしまう。疑いたくないんだが……」

続きは言えなかった。思わず口を噤《つぐ》んだ俺を見て、サーシャは笑いだした。

想定していなかった反応に呆気《あっけ》に取られていると、彼女は再び頬杖をついて大丈夫よーと一言。

「ダルはたしかに闇属性の魔法を使うわ。その理由について私は目星《めぼし》がついてる」

「どういう事だ？」

「それは直接本人に聞いたらどうかしら？　彼女も貴方になら教えてくれると思うわ」

「…………」

「大丈夫よ。ダルは信頼していい。少し事情があるだけ。彼女は貴方の事……仲間の事をしっかり愛してるもの」

優しげにサーシャが微笑《ほほえ》んだ。

どうやら俺に教えるつもりはないらしい。直接聞けとそう言ってる。

俺よりも賢いサーシャがそう言うのだ。それが間違いとは言えない。

少なくともこうして話したおかげで腹の中にあったモヤモヤは消えた。ダルと直接話すべきか……。

――ダルはおそらく魔族だ。あるいは魔族のハーフか。それでもサーシャが危険はないと判断している。

それを信じても良いのだろう。

サーシャが魔王だった場合、完全に裏目に出るが優しく笑う彼女を信じてみたいと思った。

もし仮に魔王がサーシャの心を覗《のぞ》いたとしても、そこにあるのは闇属性の魔法を使う事から
ダルが魔族じゃないかと心配する俺が分かるだけだ。

闇属性を使えるのは魔族だけというのは魔法の知識がある者なら分かる事だし、警戒するに
は十分なはず。

仲間の中に魔王がいると俺が疑っているとは思わないだろう。

こうして振り返って見れば、ダルが魔王である可能性は低いと思った。

読心を使える上仲間に混ざってくるような狡猾な魔王が、魔族と疑われるような魔法を使う
とは思えない。

少し気が楽になった。

「あーあ、誰かさんのせいで酔いが覚めちゃったなー」

そう言うが非難している様には見えなかった。どこか期待しているような目だ。

「悪かったな、俺でも良ければ一杯付き合うよ」

「まってましたぁぁ！」

俺の返事を聞くとほぼ同時に、机の下に隠していたと思われる大きな酒瓶をドンッと机の上
に置いた。

一杯だけって言ったつもりなんだけどなー。

いつ間にやら酒器も準備しており、俺の器になみなみとお酒を注いでいく。

飲むぞ、飲むぞーと楽しそうにしてるサーシャに文句を言う気も失せて、注がれたお酒をひと思いに飲み干した。

「おおっ！　いい飲みっぷり！　あたしも負けてられないわ！」

「なんの勝負だよ」

自分の分を飲み終えたらすぐさま俺の酒器に酒を注ぐのを見てこれは長くなるなと、一人ため息を吐いた。


――結局、彼女が満足するまで飲み比べは続いた。満足そうに笑うサーシャに文句を言いたい所ではあったが、言ったら言ったで『また酒が不味《まず》くなったから付き合え』とかめちゃくちゃな事を言い出しそうなので適当な所で切り上げてきた。

酒場から場所は変わり宿屋の一室。部屋まで戻ってくると少しだが気が楽になったな。

「随分とお酒を飲まされていたようですが体調は大丈夫ですかマスター？」

「飲み過ぎて流石《さすが》に気持ち悪いけど、酔ってはないよ」

「マスターは一杯だけって言ったのにあんなに飲ませるなんて！　限度を知らないのですかあの女は！」

――デュランダルが怒り心頭とばかりに、カタカタと震えた。

ミラベルに貰った能力のおかげで俺は酒に酔う事はないが、流石に飲んだ量が量だけにお腹が張って気持ち悪い。

吐くまではいかないが動きたくない気分だ。

そんな俺の姿を見て今まで我慢してきた不満をぶちまけている。よくもまぁ我慢出来たものだ。

その声にはサーシャへの非難の意が込められていた。

「そう怒らないでやってくれ。相談に乗ってもらったのは俺の方だし」

「でも！」

「俺の為に怒ってくれてるのは嬉しいけど、大丈夫だ。ありがとうデュランダル」

「はい……」

昔から変わらないデュランダルの様子に思わず笑みがこぼれた。勇者パーティーの皆より付き合いは長いんだよな……。

「寝るには流石に早すぎるな」

「そうですね、まだ昼を少し回ったくらいでしょうか？　日が暮れるまでまだ時がかかると思います」

酒の飲みすぎで少しばかり気持ち悪いから寝てしまおうかと思ったが、今寝たら夜に影響しそうだな。

そうか、よく考えたら朝から酒を飲んでいたのか……。サーシャに至っては俺が帰る時にはまた一階に戻って飲み比べしてたからな。

流石に飲みすぎじゃないかあいつ。

寝るのはなしだな。生活の習慣は出来るだけ変えたくない。

怪我や病気が原因ではないし、時間が経てばこの気持ち悪さもなくなるだろう。

少しゆっくりしよう。

部屋の備え付けのテーブルまで椅子を持っていき、そこにデュランダルを預ける。

テーブルを挟んだ向かい側には元々椅子が置いてあったので、デュランダルと向かい合うように腰を下ろした。

朝にも少し話したが、こうして話をする時間を作るのも大事だろう。

デュランダルは普通の武器と違って喋る。

そこには感情があり知性がある。彼女の知恵で助けられた事も何度かある。

今は友好的だが、機嫌を損ねて敵対されたら困るのが本音だ。現状替えの武器を持ってないからどうしようもない。

万が一に備えて持っておくか？　いや、そうするとデュランダルが拗《す》ねるな。

それに剣として見てもデュランダルは一級品すぎる。どうしても他の剣だと見劣《みおと》りする。

「デュランダルに聞きたい事があってな、聞いてもいいか？」

「はい！　マスターからの質問になら何でも答えますよ！　好みのものから、そうですねスリーサイズまで」

いや、スリーサイズって何だよとツッコミを入れそうになったがやめた。流石に野暮《やぼ》だろう。

もしかして柄とか刀身とかのサイズの事か？

そんなスリーサイズなら興味はないな。

さて、デュランダルに聞きたい事。

付き合いとしては五年ほどになるが、なんだかんだとタイミングを逃して聞きそびれた事がある。

これからの付き合いを考えると聞いておいた方がいいだろう。

「スリーサイズとかは、よく分からないんだが……。そうだな、デュランダルの性別って女性でいいのか？」

今さらすぎて聞きにくかった。

剣に性別があるのかどうかがそもそもの話だが、デュランダルは剣でありながらそこにしっかりとした自我がある。それなら性別の概念があるんじゃないかと。

とはいえ聞いたのは失敗だったかも知れない。

椅子に預けられたデュランダルがカタカタと震えて音を立てている。

これはデュランダルが怒ってる時の仕草だ。

「すまない、デュランダル！　失礼な事を聞いた」

「本当ですよ！　マスターでなかったらボッコボコのボコでしたよ！」

もし人だったならプンプンといった感じだろうか？　またデュランダルがカタカタと震えていた。

「見てください！　この傷一つない白銀の刀身《からだ》を！　私以上に美しい刀身《からだ》を持つ剣なんてあり

ませんよ！」

いや、今鞘《さや》に収まってるから刀身見えないんだがとは言えなかった。

デュランダル――彼女の抗議の声が続く。

「熟練《じゆくれん》の職人によってデザインされた無駄のない姿《かたち》！　装飾された宝石の一つ一つが私を引き立てています！　そして何よりもこの天女さながらの美しい声！　ここまで揃《そろ》って女性か？　って尋ねるのは紳士に有るまじき行為ですよマスター！」

「本当にすまない！　配慮に欠けていた」

どうやら俺は紳士失格のようだ。

彼女に性別を聞いたのは完全に藪蛇《やぶへび》だった。

話題を変えよう。このまま続けたらデュランダルに責め続けられる気がする。

「デュランダル、もう一つ聞きたい事があるんだが……」

「はい？　まだ言いたいことはありますがマスターの質問に答えるのを優先します！　いい剣《おんな》ですね私！」

「ありがとうデュランダル。そんなに大した事ではないんだが、どうして俺の事をマスターって呼ぶんだ？」

「なるほど！　マスターの呼び方についてですか！　お答えしましょう！　特に理由はないですが、前のマスターがそう呼ぶ事を望んだのでマスターにもそのまま継続した感じです！」

「前のマスター？」

「はい！　前のマスターですね。マスターと違って少しばかりふくよかな方でした！　手汗をよくかいていたので、ベタベタして気持ち悪かったのを覚えています」

前のマスターがいた事に驚いた。

それもそうか。作られてからずっと遺跡に刺さっていたとは考えにくい。

数打《かずう》ちのような剣ならともかく、デュランダルは一級品の魔剣だ。前のマスターがいてもおかしくはない。

俺は手汗大丈夫だろうか？　心配になってきた。

「すまない、前のマスターについて興味が湧いてきた。デュランダルが良ければ話してくれないか？」

「前のマスターについてですか？　構いませんよ。長くなりますがいいですか？」

「ああ」

デュランダルがどこか楽しそうに話し始めた。前のマスターは悪い者ではないようだ。

「性格は悪くなかったので、もう少し身形《みなり》を整えたらモテたと思うんですよね！　モテないモテないって騒いでいましたけど、もう少し努力してから言えって話ですよ！　まぁ物好きな女性が後から現れていましたけど」

「そ、そうだな」

「食事だってそうですよ！　お肉ばかり食べて野菜は殆ど取らなかったので困りました。体臭にも影響しますし、健康にも響きます！　それなのに野菜は嫌いだから全然食べなくて」

「食事は大事だ。バランス良く取らないといけない」

「マスターを見習ってほしいですよ！　それに女性にだらしない所も減点ですね！　特に女性の胸を見てはニヤニヤしてたのはいただけません。この私がすぐ近くにいるというのに！　全く紳士ではないですね！」

「そうだな……」

なんというか溜《た》まっていたものを吐き出すように、出るわ出るわ前のマスターの不満を次々と口にするデュランダル。

私怒ってるんですよと言うようにカタカタと震えている時もある。

体感的に一時間くらいか？　デュランダルの話を聞いていたが殆ど愚痴だ。

「前のマスターの名前を聞いてもいいか？」

「あ！　そういえば言ってなかったですね！」

不満は溢《あふ》れるほど出てきていたが、その名前は全く出てこなかった。

それはデュランダルが『前のマスター』はあーだこーだと話すからだ。

彼女にとってマスターという呼び方の方が定着しているのだろう。

「前のマスターの名前はタケシでした！」

「タケシ？」

この世界では聞くことの無い響き。

前世では馴染みのある日本人のような名前だ。

えーとたしかフルネームは、と彼女が必死に思い出そうとしている。

「思い出しました！　タケシ。合田武《ごうだたけし》。本人は名前で弄《いじ》られたからあんまりフルネームは好きじゃないって言ってましたね。たしかに変わった名前な気はします！」

誰とは言うまい。

国民的なアニメで出てくるガキ大将の本名に似ていた。漢字はどうだろうか？　もしかして一緒だったりするのか？

兎《と》も角《かく》としてその名前は間違いなく日本人の名前だ。デュランダルの前のマスターは俺と同じ日本人という事になる。

「デュランダル、そのタケシって人について詳しく教えてほし……ん？」

コツコツと俺のいる部屋に向かってくる足音が聞こえた。足音が軽い、女性か？

先程まで流暢《りゅうちょう》に話してきたデュランダルが急に静かになった。彼女は俺以外の前では話そうとしない。

足音が止まるとトントン！　と扉がノックされた。俺に用があるらしい。

「今、開けるよ」

念の為、デュランダルを手にする。万が一の魔族の襲撃を警戒して。

ゆっくりと扉を開けるとそこには、

「我ここに参上なのじゃ！」

腰に手を当てハッハッハと笑う女性がいた。

俺たち勇者パーティーの仲間の一人、盗賊のダルがそこにいた。

——何故《なぜ》、彼女《ダル》がここに…。

突然すぎて困惑している。

いや、俺に何か用があって来たのだろう。

正直に言って心の準備が出来ていない。サーシャに相談してダルは大丈夫だと思ってはいるが、こうも急に来られると少しばかり疑ってしまう。

サーシャが魔王でダルがその手先。俺の事を疑ったサーシャがダルを差し向けた。

それが考えるうる限りで最悪の展開だ。

とりあえず平常心を保とう。変に緊張していては相手に警戒していると受けとられる。

ダルが魔王、あるいは魔王の手先だった場合それは悪手だ。

「ダルか、急に来てどうした？」

「む？　我に用事があるのはカイルの方ではないのか？」

不思議そうにダルが首を傾《かし》げた。

俺がダルに用事？

「どういう事だ？」

「それは我が聞きたい事なのじゃが？」

なんで？　とダルが困惑している。

彼女が首を傾げる度に腰まで届く赤い髪が揺れた。

どういう事だ？　考えろ。

「ダル、もしかしてサーシャに言われて来たのか？」

可能性としてあるのはそれだ。

もしそうなら俺は覚悟を決めないといけないかも知れない。

最悪の展開が当たっている可能性がある。

「うむ！　サーシャがカイルが我に用事があって捜していると言っていてな。あと、これをカイルに渡してくれと」

やはりサーシャか…。

俺に渡す物？　ダルが腰に巻いたポーチをゴソゴソと漁《あさ》っている。

いつもより薄着だったせいか、彼女の胸元が見えそうになって思わず顔を背けた。

「ほら、これじゃカイル！　ん？　どうして顔を背けているのじゃ？」

「いや、なんでもない」

ダルが差し出してきたのは二つに折りたたまれた白い紙。

受け取って開くとサーシャの文字が見えた。達筆だな。

『カイルの事だからどうせ覚悟がどうとか言ってなかなか動かないでしょ？　ヘタレな貴方の為に話せる状況をあたしが作るから、覚悟を決めてダルに直接聞きなさい』

グシャッと思わず紙を握り潰した。

それを見てダルがビクッとしたが気にしない。

いくら何でも早すぎるだろ。たしかに覚悟がどうこうと言い訳をしていたが、サーシャに相談してから殆ど時間が経っていないんだぞ。

何て聞こうかとか全く考えてない。せめてこちらに準備する時間をくれ。

思わずため息が出た。

「カイル？」

ダルが心配そうにこちらを見つめていた。

「いや、すまない。ダルに用事があったのを忘れていた。とりあえず部屋に入ってくれ」

「む！　我を部屋に入れて何をする気だ？　よからぬ事か？」

「いや、普通に話をしたいだけだ」

「そうか…」

なんで少し残念そうなんだ。

部屋に招くと彼女は中に入りキョロキョロと部屋を見渡す。

「我の部屋と大して変わらんな」

「そりゃそうだろ、同じ宿なんだから。とりあえずそこの椅子に座ってくれ」

何を期待しているんだ。

俺の家に招いたならともかく同じ宿の一室だ。多少間取りの違いはあれど基本的なものは一緒に決まっている。

ひとまずダルに椅子に座るよう促す、彼女は何故かベッドに座った。

——言うことを聞いてくれない！

彼女はいつもこんな感じだ。なんというか気まぐれな猫を相手にしている気分になる。

猫科の獣人は既にうちのパーティーにいるのだが……。

さて、なんて切り出そうか。

言葉に困る。俺が聞きたい事は彼女のデリケートな部分に当たるだろう。

今まで魔法を使わなかったのも彼女自身が使ってはいけないと理解しているからだ。

それでも、仲間の危機にダルは魔法を使った。

………。

迷うな。揺れるな。

大丈夫だ。ダルは仲間だ。

「えーと、なんだ…」

「どうした？　言いたい事があるならハッキリと言うといい」

言葉に詰まる。

こういう所がサーシャに言わせればヘタレなんだろうな。

俺が聞こうとしている事はダルを傷付けることになる。仲間思いな彼女を傷付けると思うと言葉に出来なかった。

三〇秒ほど無言の時間が続いた。

沈黙から逃れるように深く吸ってからふぅーと息を吐く。深呼吸をすると心が落ち着いた。

ダルは黙ってこちらを見ていた。

「言い難《にく》い事だったらすまない。無理に言わなくてもいい。それでも、もし答えられるなら答えてほしい」

「我の魔法の事じゃろう、カイル？」

「あぁ、そうだ」

ピリリとした緊張感が嫌になる。

俺は昔から胃は強くないんだ。

「その様子だと我の正体について概《おおむ》ね見当はついているのじゃろう？」

「そうだな」

声がいつもより弱い。表情からも不安の色が見えた。彼女に辛い思いをさせてしまった事に心が痛む。

彼女の言葉から察するに俺の予想は当たっていたのだろう。やはり彼女は魔族の血を引く……。

「そうじゃ、我は魔王に対抗するべく人間の手によって魔物と合成させられた人型の合成獣《キメラ》なのじゃ」

「いや、それは知らない！」

「冗談じゃ」

ハッハッハといつも通りに笑う彼女に毒気が抜ける。

言い難い事のはずなのにダルは笑っている。

「我は人と魔族とハーフなのじゃ」

「やっぱりそうなんだな……」

驚きはなかった。

「カイルも知っての通り、魔族の殆どは過去に勇者に敗れてからその身を隠した。我の母も同じように隠れ、そして人の身に扮《ふん》して生活していた」

「ベリエルと同じように、だな」

「そうじゃ」

——ベリエル。

俺たちが一年前に闘った優しき魔族の名だ。

彼も同じように人の身に扮して生活していた。旅人に対しても穏やかな表情を見せる彼を魔族とは思えなかった。

彼に家族がいた事も大きいだろう。妻と子供一人がいた。それも人間との間に出来たハーフの子供が。

彼は魔族と人間との間で苦しんでいた。

同族《なかま》の魔族に共に勇者達《おれたち》と闘えと迫られ、人に付くか魔族に付くかで揺れていた。

最終的に彼は自分の家族を同族の魔族に人質に取られ、俺たちと敵対して敗れた。

——彼の最後は今でも覚えている。

全ての魔族が悪だとは言わない。ベリエル《かれ》のように優しい魔族もいるだろう。

それでも大多数の魔族は狡猾で油断出来ない相手だ。彼女の母親はどうなのだろうか。

「我の母はベリエルと同じように人間を愛していた。種族は違えど分かり合えると信じていた」

「優しい心の持ち主だったんだな」

「うむ。人の身に扮し働いていた母は、父と運命的な出会いを果たして愛を育んだと聞いておる」

「そ、そうか」

なんで少し誇らしげなんだ？

「母は父を愛し家族になる事を夢見た。だが、父には既に家庭があった。母は愛人でしかなかったのじゃ」

「酷い話だな」

「うむ。その後は烈火のごとく怒った母と父との間で激しいやり取りがあったらしい。最終的には王様が二人を仲介して収めてくれたらしいが」

「ん？　なんでそこで王様が出てくるんだ？」

「我の父が王様の弟だからじゃ」

「…………」

待て、ダルの言葉を受け止められない。

今なんて言った。父が王様の弟？

思わずマジマジと彼女を見つめる。

整った綺麗《きれい》な顔立ちだ。俺の視線に気付いたのか白い頰《ほお》が少し赤みを帯びた。

切れ長の瞳は髪と同じ赤い色をしていて、まるでルビーのように美しい。

赤い髪に赤い瞳。それは俺の所属する国の王家の象徴。王族に連なる者の特徴。

――ダル、王族《こいつ》だ……。

思わず頭を抱える。

フリーの傭兵として活動する俺だが、拠点を置く場所として一応所属している国がある。

それが『火の王国アルカディア』。

魔王の脅威をどの国よりも早く理解し、対抗する為に世界各地から名の知れた実力者を集めた、言うなれば勇者パーティー発端《ほったん》の国だ。

国としての特徴を挙げるならその名の通り『火』。

国民の殆どが魔法の属性適正が火属性であり、火属性を使う優れた魔法使いも多く在籍する。

火属性最強の魔法として知られる『メテオレイン』を扱えるバリバリの武闘派、ガラティア・ウォン・フィンガーランドが治める国として知られている。

「念の為、ダルの父親の名前を聞いてもいいか？」

出来れば嘘《うそ》であってほしい。

ただでさえ胃が限界なんだ。これ以上胃痛の種は増やしたくない。頼む！　違ってくれ！

「我の父の名はバルディア・ウォン・フィンガーランドじゃ」

自慢気に語るダルの発言に目眩《めまい》がした。

大臣の名だ。王様の弟で、敏腕《びんわん》で知られる大臣の名だ。

認めよう。彼女は王族だ。愛人の子であるから庶子《しょし》として扱われるだろうが……。

そこまではいい。良くないけど、まぁいい。

問題なのは母親が魔族だということだ。

魔族と王族の間に生まれたハーフの王女。どう考えても国としてトップシークレットな問題だ。

ただでさえ魔王が復活し、魔族の脅威に世界が怯《おび》えている状況なんだ。

彼女の存在が知られれば国を揺るがしかねない。

「なぁ、ダル一ついいか？」

「なんじゃ？　一つと言わず幾らでも聞いてくれて構わんぞ。カイルの質問に我が答えよう！」

少し前までの緊張感はどこへやら。

違った意味での胃痛が俺を襲っているので、今のやり取りも少し苦しいが気にするな。話を進めろ。

「ダルはアルカディア王国の王女で間違いないか？」

「公のものとしては公表されてないが、王様は我も王族の一員として扱ってくれているぞ！」

「王族である事を明かすなとか言われてないか？」

「うむ、父と王様が万が一があるから本当の名前は名乗らずに行けと言っていたな」

「魔族のハーフだという事はバレないようにって、注意されなかったか？」

「それについては父や母、それと王様にも言われたな」

「そうか……」

「うむ！」

——なんで俺に言った。

いや、聞いたのは俺だがこんな情報なら知りたくなかった。なんでこんな形で国の秘密を知るんだ。小庶民が知っていいような情報じゃないぞ……。

一応勇者パーティーではあるけど、所詮フリーの傭兵だぞ俺。

「カイル、我も一つ聞いてよいか？」

「あぁ、構わないぞ」

不安気な表情だ。これ以上何を言う気だこいつ。

「我は魔族とのハーフじゃ。カイルはそれが怖くないのか？」

違った意味で怖い。

もしこれが他国にバレた時が特に怖い。

「怖くはないさ。ダルが魔族のハーフだろうと、魔族であろうとこれまで一緒に闘ってきた仲間だ。信頼してるよ。これからもずっと」

それは嘘偽《いつわ》りない俺の本音だ。ダルは信頼していい。痩せ我慢でダルに微笑めば彼女は目を見開き、両目に涙を溜《た》めていた。

不安だったと思う。明るく話してはいたが、無理をしているのが分かった。こちらに向けてくる視線に恐れがあった。

彼女が怖かったのはきっと拒絶だ。自分の事を仲間に受け入れてもらえない。それが一番怖かったんだと思う。

「カイルぅぅぅぅ！」

バッとベッドに座っていたダルが飛びついてきた。身構えていた事もあり、二人揃《そろ》って倒れるような事にはならなかった。

「カイル…」

「どうした？」

俺の胸に顔を埋《うず》めながらダルが俺の名を呼んだ。鼻水とか涙が俺の服に染み込んでいるが気にしないようにしよう。

「本音を言うと我は怖かったのじゃ。魔族の血を引くことを人に、カイルに打ち明けるのが……」

「ごめん、無理をさせてしまったな」

「良い、カイルに嘘を吐くのも騙《だま》す事も我はしたくなかった。カイルには正直でいたかった

「……」

「ありがとうダル。辛いのに俺に打ち明けてくれて」

「こうしてカイルに受け入れてもらえた。それだけで我は満足なのじゃ」

少し涙声ではあるが、声は明るい。

彼女の不安が取り除かれた証拠だろう。俺には現在進行形で不安の種が出来たのだが……。

「この事は誰にも言えないな」

「うむ。王様にもキツく言われておるからの」

なら、なんで俺に言った。

「ふむ！　我とカイルの二人きりの秘密じゃな！」

厳密に言えば王様やダルの家族も知っているから二人きりではないが、正直に重たい言葉だ。

なんというか、責任が重たい。

ただでさえ魔王を捜すのに苦労しているのに、それに加えて俺は彼女が魔族の血を引く事を隠し通さないといけないらしい。

ダルが魔族の血を引くことがバレた場合のリスクは俺の想定よりデカイだろう。

出来ればサーシャに打ち明けたい。なんというかこちら側に巻き込んでやりたい。あいつが原因だし。

そういえば、なんでダルは魔王討伐に参加したんだ？

庶子とはいえ王様に王族と認められているなら、そもそも参加を止められるはずじゃ？

「ダル…」

「なんだ、カイル」

胸元から顔を離してこっちを見上げるダルの顔は笑顔だ。その笑顔が憎たらしい。

「ダルはどうして、魔王討伐に参加したんだ？」

「それは…」

「それは？」

「……カイルと一緒に旅をしたかったから……」

何て言った？　喋ってる途中で服に顔を埋めたからはっきりと聞き取れなかった。俺の名は聞こえたが、どういう事だ？

ゴニョニョ言ってて何を言ってるか分からん。気がつけば耳まで赤くなっている。

「俺が、なんだ？」

「………」

「ダル？」

少しプルプル震えている。これは怒っているんだろうな。そんな気がする。ガバッと再びダルが顔を上げた。

「民を傷付ける魔王が許せなかった！　だから参加したのじゃ！」

吐き捨てるような言葉だった。これ以上追及しないのが吉だなこれは。

「そうか。ダルは王族だが王様達に反対されなかったのか？」

おそらくされたと思う。

王様やダルの家族の気持ちを考えると、国を出てバレるリスクを増やすより、国にいた方が安全だし余程の事がない限り隠し通せるだろう。

「うむ、反対されたが駄々をこねて振り切った」

「…………」

何も言えなかった。

王様の気持ちを考えると特にそうだ。

ダルは言ってしまえばアルカディア王国にとって特大の爆弾だ。その爆弾が自分の手を離れて外に出ようとしている。それはもう困っただろう。

今振り返ってみると、俺たちを送り出す王様の顔は青ざめていたような気がする。

さぁ行ってこい我が勇者達よと、送り出した時王様の手はお腹に当てられていたような……。

そうか王様《あなた》も胃痛フレンドだったんですね。

急に親近感が湧いてきた。

王様もダルの秘密がバレないか毎日ヤキモキしているだろう。そこに俺も仲間入りだ。

タイミングを見てサーシャも巻き込んでやる。今決めた。あいつも目星は付いてると言っていたし問題ないはずだ。

「カイル」

「どうした？」

「我の、本当の名をカイルに知ってほしいのじゃ」

そういえば彼女の名前は本名でなかった。王族である事を隠す為に彼女はただの盗賊ダルとして旅をしていた。

「我の名はダルフィア・ウォン・フィンガーランド」

「ダルフィア…」

「うむ！　今まで通りダルと呼んでくれて構わん。でも二人きりの時はたまにで良い、ダルフィアと呼んでほしい」

「分かったよ」

ダルが、ダルフィアが嬉しそうに笑った。

色々と胃痛の原因は増えたが一つ問題は解決した。

彼女が魔王である可能性は限りなく低い。ここまでの話全てが嘘で、俺を騙しているとは思えない。

何より王様《胃痛フレンド》の存在が、彼女が魔王ではないことを後押ししている。

あの時の辛そうな王様の表情が俺を安心させる。

「本当の名前は信頼出来る者にだけ打ち明けていいと言われているのか？」

「いや、バレるリスクが増えるから王様から絶対に言うなと、それはもうしつこく言われた」

必死だな王様《胃痛フレンド》。

「でも、誰にも言えないのは辛いだろうと我の母が説得してくれてた。一人にだけ話して良い事となった」

「そうなのか？　という事は俺にだけか」

「うむ！　生涯の伴侶《はんりょ》として添い遂げたい相手にだけ話して良い事になっておる」

――だから、なんで俺に言った。

「……………あっ！」

自分が何を言ったか理解したのか、顔を真っ赤にしたダルが部屋を飛び出していった。

つまりそういう事なんだろう。俺も別に鈍い方ではない。ダルは俺に好意を寄せてくれている。

何も考えずに受け取るならその好意を俺は嬉しく思う。彼女は美少女だ。

そんな彼女が顔を赤らめながら微笑んでくる姿に何も感じないと言えば、それは嘘になるだろう。正直に言おうグッとくる。

男というものは単純なもので、自分に好意が向けられていると思うとそれを悪く思えないらしい。むしろ嬉しく感じてしまう。

とはいえ聞いた内容が重すぎる。デカすぎる胃痛の種だ。

「道理で彼女の名前を知らない訳だ。国が秘蔵していたのだから当然か」

「王族と魔族のハーフというのはそれだけ重大な問題ですよマスター」

二人きりの秘密と言っていたが、実はもう一人この話を聞いていた剣《もの》がいた。

ダルはデュランダルが喋る事も自我がある事も知らないから仕方ないだろう。

そもそも二人きりの秘密じゃないしな。

「デュランダル、お前が考えうる限りでダルの正体がバレた時のリスクはなんだと思う？」

「そうですねー、まず間違いなく隣国である『クレマトラス』は騒ぐと思いますよ。あの国は魔族によって王妃が殺されていますからね。魔族に対する憎しみは人一倍強いと思います」

「クレマトラスか」

魔族の存在は数年前まではお伽話《とぎばなし》のような存在だった。ベリエルやダルの母親のように、昔から人に扮して身を隠していた魔族も大勢いたようだ。

五年ほど前に魔王が復活したらしいが、それを機に今まで存在自体疑われていた魔族が動きだした。

魔族《やつら》は時に大胆に時に慎重に、そして何より狡猾に人に被害をもたらした。

僅《わず》か数年で与えた魔族の被害は人々の心に大きな傷を残した。それだけに勇者パーティー《おれたち》への期待は大きい。

「クレマトラスの王妃を殺した魔族は長年仕えた侍女だったらしいな」

「はい、国王が赤子の頃から仕えていたらしく、国王もその侍女を信頼していたそうです。王女の世話も任されていたのでその信頼が窺《うかが》えます」

「それだけ信頼していた侍女に裏切られて王妃を殺されたのか……。やるせないな」

フリーの傭兵として活動していた時にクレマトラスに滞在した事がある。

流石に多少名が知られてる程度の傭兵でしかなかったので、国王に会う機会はなかったが、国民から国王や王妃が慕われているのは十分に分かった。

それだけに王妃を殺した魔族への憎しみは大きく、国全体が魔族を憎んでいると言ってもいい。

「クレマトラスに知られるのはまずいな」

「まずいですね。ハーフとはいえ魔族ですからね。こちらの事情なんて知った事ではないですし、彼らにとっては憎むべき敵でしかありませんので。彼女を殺す事を望むと思います。最悪の場合は彼女を巡ってアルカディアと戦争になる可能性も」

思わずため息が出た。

その可能性があるのなら尚更《なおさら》知られる訳にはいかない。クレマトラスにも、魔族にも。

魔族に知られるのが最悪のパターンだ。奴らがダルの秘密を知れば、人同士で殺し合いが起きるように煽《あお》ってくるのが目に見えている。

「それとエルフの治める『テルマ』も要注意ですよ。彼らは魔族を不浄《ふじょう》のものとして扱ってますから」

「となると神官だな……」

教会に仕える神官の殆どはエルフだ。

彼らが信仰深い種族であるのもそうだが、神官になる条件に属性適正が聖属性でなくてはならないというのがある。

これについては免除する事も出来るのだが、その場合は神への信仰を示す試験を受けないといけないらしい。

話が逸《そ》れるのでそこは省《はぶ》くとして、エルフの神官が多いのは彼らの種族が聖属性の持ち主が生まれやすいからだ。

エルフ全体で言えば、およそ九割が聖属性の使い手だと言われている。

それ故に神に選ばれた種族だと、彼らは公言しているのでタチが悪い。

差別的な発言も目立つし、聖属性を使えない者を見下す傾向がある。

光の対である闇を扱う魔族を特に毛嫌いしており、魔族は世界にとって不浄な存在であり、この世界に存在してはいけない種族だとエルフは決めつけている。

まず間違いなくハーフの存在は許さず殺そうとするだろう。

下手したら異端審判なんてものが行われて公開処刑まで有り得る。

「ノエルさんは大丈夫だと思いますが、他の神官には注意を払った方が良いと思いますよ」

「そうだな、俺の方で気を使うよ」

俺たちの仲間にもエルフの神官がいるが、彼女は大丈夫だろう。

人間の事を嫌ってはいるが、一緒に旅してきた仲間に対しては情があるみたいだし。

それでも教会の上の指示があったら何が起きるか分からないから最低限の注意は払っておいていいだろう。

「あのツンデレエルフさんに魔法を使う所を見られずに済んで良かったですね」

「ツンデレなんて言葉をどこで知ったんだ？」

「前のマスターから教わりました！」

――タケシ！

デュランダルが言うように魔法を使う所をノエルに見られなかったのは不幸中の幸いと言えるだろう。

あの時彼女は風邪《かぜ》を引いて宿屋で休んでいたからな。逆に言えばあの時ノエルがいればダルが魔法を使う必要はなかったかも知れない。

あの戦闘では明らかに一人足りていなかったのが大きかった。

「ダルさんの魔法をハッキリと見ていたのがマスターとサーシャさんだけですからね」

「見てしまった事を今後悔してるよ」

「諦めましょう！」

あの時の戦闘は良く覚えている。

回復役の重要性を嫌というほど身に染みた闘いだ。

俺と一緒に前衛を務めるトラさんは敵の攻撃から勇者を庇って気絶したし、ダルの魔法がなければあの時サーシャは間違いなくやられていた。

ダルの魔法で相手が怯《ひる》んだからこそ、勇者の聖剣が相手に届いた。苦い思い出だ。

「さて、マスター。一応幾つか挙げましたが基本的には魔族のハーフに対しては友好的な反応を示す方は少ないと思いますよ」

「やっぱり、そうなるよな」

「はい。ベリエルのような魔族もいない訳ではないですが圧倒的に少数派です。それに大多数の魔族が齎《もたら》した被害が大きすぎて、魔族は世界の敵というのが共通の認識になっていますから」

ダルに闇属性の魔法は今後一切使わないように言っておかないとな。

幸い魔法さえ使わなければ魔族とバレるリスクは格段に減る。

人と魔族のハーフだからかダルには魔族の特徴的な尻尾《しっぽ》や翼はない。

魔法以外でダルの正体がバレるとしたら、神官の使う『審判』の魔法を喰《く》らった場合だろう。

——魔族はその姿を人に擬態《ぎたい》し人の中に紛れている。人に紛れた魔族を見つけ出すのは非常に困難だ。

誤って魔族ではない無関係の人間を傷付ける訳にはいかない。数少ない判別手段として神官の魔法が挙げられる。

神にその身を捧げた者のみが使えるとされる魔法『審判』。

邪《よこしま》な感情や悪意を持つ者のみを傷付けるとされる裁きの光で対象を焼き払う魔法だ。魔族には必ず効くとエルフは豪語している。

実際に『審判』を使って幾多《いくた》の魔族を見つけ葬ってきたので、間違いであるとは言えない。

「魔族は共通の敵か。なぁ、デュランダル。何故、魔族は他種族を襲うんだろうか？」

「それは魔族がかつて、人間やエルフ達に虐《しいた》げられたからですよ」

ん？

「今ほど力を持たなかった魔族を人間やエルフは奴隷として扱い、国の発展や繁栄の為に酷使《こくし》したとか」

あー、はい。なるほどね。

「不当に扱われ、尊厳すら踏《ふ》み躙《にじ》られその苦しみに耐え続けている時に、魔王と呼ばれる先導者が現れ、人間やエルフに反逆したのが始まりだったと思います」

――人間とエルフの自業自得《じごうじとく》じゃないか。

第二章　魔族

かつて奴隷《どれい》だった魔族の反逆。当時の人間やエルフにしてみればクーデターのようなものか。奴隷から解放されたい魔族と、変革を認めない人間とエルフ。対立は深まる一方だったはずだ。

となるとあれか。

「エルフが魔族を毛嫌いして滅ぼそうとしているのは、自分達にとって不都合な歴史だからだよな?」

「そうなりますねー。エルフは昔からそういう所がありました。選民思想が強かったので。魔族が姿を隠した後は、人間との間に何度も小競り合いを繰り返してますし」

「俺たちもそこら辺の歴史は知らないからな。人も不都合だから隠そうとしているのは確かだよな?」

「そうですね。おそらく王族だったり、一部の学者だったりは知っていると思いますよ。アルカディアの王様も魔族と人との確執《かくしつ》をしっかり理解していたから、あれ程対応が早かったんだと思います」

「なるほど、ようやく腑《ふ》に落《お》ちたよ」

ここまでくると人間と魔族の間で和解という選択肢が生まれる事はないだろう。

魔族にとって人間はかつて自分たちを虐《しいた》げた憎い存在で、人間にとって魔族は大切な者を奪っていった殺戮者《さつりくしゃ》だ。

仮に何らかの形で和解がなろうとしても、エルフが介入してくるのが目に見えている。

どちらかを滅ぼすまで続く泥沼の闘いになってしまっている。

魔族が手段を選ばないのも理解出来た。彼らにとってこの戦いは種族の存亡をかけた生存競争だ。

「それにしても随分《ずいぶん》と詳しいなデュランダル」

「そうですか？」

「自分で言っていたじゃないか、王族や一部の学者くらいしか知らないって。デュランダルはなんで知っているんだ？」

「私の場合は前のマスターが歴史を調べていたからですね」

「前のマスターという事はタケシさんか？」

「はい！　前のマスターはエルフと懇意《こんい》にしていました。エルフの国に滞在していた時間も短くありません。その時に学者に聞いたり文書を漁《あさ》ったりして歴史を調べていましたので、一緒にいた私も知る機会がありました」

エルフの国か。彼らの選民思想が苦手で俺は行ったことはなかったな。

歴史について学ぶなら行ってみるのもありか？　魔族についての歴史が分かるなら魔王についての情報を得る事が出来るかも知れない。

そんなに気軽に動けない立場ではあるから機会があればだな。

「デュランダルは魔王について何か知っているか？」

「先程も言ったように魔王は奴隷たちの先導者、言わば革命軍のリーダーのような存在でした。経歴で言えば魔王自身も奴隷だったと言われています」

「魔王まで奴隷だったのか。それだけ人やエルフの支配が強かったんだな」

「そうなりますね。魔王といっても当時は他の魔族と何も変わらなかったみたいです。突出《とっしゅつ》した強さはなかったようですので。人やエルフが力や知識を得る機会を与えなかったのもありますが」

それはそうだろう。奴隷が力を手に入れれば反抗してくるのは目に見えている。

支配者からすると、奴隷は力や知識のない無力の存在の方が良い。仕事の効率という意味で見れば知識は与えた方がいいだろうが、効率が上がったとしても反逆されたら意味がない。

魔族を押さえつける事で支配者としての立場を誇示《こじ》した。

「魔王が他の魔族と違った事があるとすれば、奴隷たちを統一するほどのカリスマと、知識欲を持っていた事でしょうか？」

「知識欲？」

カリスマは分かる。集団を率いるにはこの人に付いていけば大丈夫だと信じさせる何かがなければならない。

多くはその者の実績を見て安心する。とはいえ魔王は当時他の魔族と同じ奴隷だった。実績も何もないとなれば、声や思想といった本人の素質の部分が大きいだろう。

知識欲か。いや、考えれば分かる。力を持たない者たちが自分達より強い者に対抗するには知恵を絞るしかない。

その為《ため》の知識を得る事に貪欲だったのだろう。

「話が逸《そ》れるが、魔族に力がなかったというのがイマイチ実感が湧かなくてな」

「そうですね今の魔族を基準に考えればそうなると思います。種族全体を通しても魔族の強さは上位に位置しますから」

「俺たちが闘った魔族は強かった。楽に勝てた覚えがないから尚更《なおさら》な。過去の人間たちが今より強かったというのなら納得出来るが……」

「今よりは強かったとは思います。それでも今の魔族程ではないです。単純に今の魔族が年月をかけて強くなった。そして過去の魔族が弱かった、それだけです」

過去は過去、今は今ということか。

「今の魔族にあって、過去の魔族になかったものがありました。それが弱かった原因でしょう？」

「なかったもの？」

「魔法ですよ」

「魔法が使えない魔族か、考えもしなかったな」

魔族の象徴として真っ先に上がるのが魔法だ。翼や尻尾《しっぽ》といった身体的特徴もあるが、魔族と象徴するのは彼らだけが使える『闇』属性の魔法。

その一つ一つに強力なものが多く、殺戮性能が高いのも特徴だ。

「当時の魔法は六属性だったとされています」

「闇を除いた属性だな」

「はい。当時はまだ闇属性が発見されておらず、魔族の中にも使える者はいませんでした。彼らも属性は六つしかないと思い込んでたと思います」

「それでも、闇属性以外の魔法を使えばどうにかなったんじゃないか？」

闇属性がなくても種族的に魔力の多い魔族が魔法を使えばそれだけ脅威になったはずだ。

その事を問うとデュランダルは驚いたように、カタッと震えた。

「マスターはご存知ないのですね」

「何がだ？」

「魔族は闇属性以外の魔法を使えないんですよ。適性が全くないので」

「そうか、そういう事か」

今まで闘ってきた魔族が闇属性しか使わなかった理由はそれか。魔法の性能が高いから好んで使ってると考えていたが、そもそも闇しか使えないのか。

「いい機会なので魔法の歴史についてお話ししましょうか？」

「俺も詳しく知らないから、頼むよ」

流石《さすが》に魔法の歴史のような専門的な話は俺も知らない。傭兵《ようへい》ではなく学者の道を選んでいれば、違っただろうな。

「そもそもの話として、人はいつから魔法が使えたと思いますか？」

「それは……、いや考えた事もなかった。少なくとも魔族が奴隷だった時代には使えているよな」

「人が魔法を使えるようになったのはそれよりも遥《はる》か昔です。まだ、神と呼ばれるものが下界に降りたっていた頃です」

「神……」

パッと浮かんだのがミラベルだった。

彼女はその頃からいたのだろうか？

「さて、マスターに質問です。人はどうやって魔法を知ったと思いますか？」

「人の中に魔法を生み出した者がいたか、あるいは人に魔法を教えた者がいた」

「後者ですね。魔族を除く、全ての種族に魔法について知識を教えた者がいます」

魔族は除け者《のけもの》か。教えた者が魔族を嫌っていたという事になる。つまり。

「教会が信仰する神だな」

「正解です」

エルフが魔族を嫌うのはもっと根本的な問題か。種族が信仰を捧《ささ》げる神が魔族を嫌っている。

それだけで嫌う理由になる。

神に選ばれたエルフと、神に見捨てられた魔族。魔族を不浄《ふじょう》なものとして扱う訳だな。

「魔法の知識を神に与えられた当初はまだ上手《うま》く使えなかったので、それほど大きな騒ぎにはなりませんでした」

「与えられた魔法《武器》を扱おうと努力したのが、人間とエルフという訳か」

「そうなります。そして年月をかけて魔法の研鑽《けんさん》を積む中で唯一、魔法《武器》を使えない《持たない》種族がいる事に気付いた」

「それが魔族が奴隷になった始まり……」

——つまりこれは、神によって意図して作られた迫害の歴史。

別段神に対する信仰がある訳ではないが、こういった歴史を知ると、神に対する見方も変わってくるな。

全知全能だったり超越者を語る存在だが、随分と陰湿《いんしつ》な事をする。

「話が随分と逸れてしまったので、戻しますね」

「俺が魔法について聞いたせいだな。すまない」

「大丈夫ですよ、マスターが疑問に思うのは当然ですから」

魔王と呼ばれる者は他の魔族と違って知識欲が強かった。

それは魔族にだけ与えられなかった魔法《武器》を得ようと必死だったからじゃないか？

まずは魔法を得る。そして対等な立場に立つ。魔族が奴隷の立場から抜け出すにはそれしかなかったはずだ。

「魔王は賢者と呼ばれる者の奴隷でした」

「賢者？」

「今で言う魔法使いの学者です。魔王は賢者の隙を見ては魔法についての書物を漁り、知識を蓄えたとされます」

「そこで得た知識のおかげで魔法を使えるようになった、という事か？」

「いいえ、前にも言ったように魔族には闇以外の属性適性はありません。そして、賢者たちが研究していたのは彼らが扱う六属性です。魔王が知識を得て実践しようとしても使えませんでした」

「魔力の扱い方が違うからだな」

魔法を使うのに重要なのは属性適性と魔力、あった方が良いのは使う魔法についての知識。知識に関しては中には感覚で使っている者もいるが、魔法についての理解を深めた方が魔法の性能は上がるので知識はあった方がいい。

――魔法は自分の属性適性を知って初めて使用出来るものだ。それは属性ごとに魔力の使い方が異なる点にある。自分にあった属性の扱い方を覚えなければどんなに頑張っても魔法は使えない。

神の陰湿な所はこれだろう。初めから魔族に魔法を使わせるつもりがないのだ。

魔族以外に教えた六属性の扱い方では魔族は魔法が使えない。仮に魔法を得ようと魔族が知識を蓄えた所で、それは魔族に合ったものではないから結局は無意味だ。

おそらく神は魔族が『闇』属性しか使えないのを知った上でやっている。陰湿極まりない。

「どうにもならない状況でしたが、それしか方法がなかった魔王はひたすら知識を得ようとしました。今の状況を変えようと必死に足掻《あが》いていました」

「藁《わら》にも縋《すが》る思いで求めた魔法が使えなかったのか。その心中は察するよ」

絶望したと思う。

何も変わらない世界を憎んだはずだ。

何も起きなければこのまま魔族はずっと奴隷として過ごす事になる。

「結局はその行為は無意味でしたね。数年かけて知識を得ましたが、闇属性の情報すら手に入らなかった。状況は何も変わらなかった。いえ、一つ変わった事があるとすれば、魔王の立場が変わった事でしょう。賢者に書物を漁っている事がバレ、それから、意見を求められるようになりました」

「罰は受けなかったのか？」

「そういった話は聞かなかったので、なかったのではないでしょうか？　当時の賢者は魔法の研究に行き詰まっていました。自分でもどうしたらいいか分からず悩んでいたようです。それこそ奴隷に意見を求めるくらい、追い詰められていたのでしょうね」

奴隷に意見を求めるほどという事は余程に困っていたのだろう。

周囲に意見や、知識を共有する同類《なかま》がいなかった可能性が高い。

一人でする研究は順調な時は誰にも邪魔されず快適に進むが、行き詰まってしまえば誰にも相談出来ず自分でどうにかしようと悪戦苦闘する事になる。

賢者は一人で苦しんだのだろう。

「賢者は魔王の意見を重宝《ちょうほう》しました。漸《ようや》く研究が進むと喜んでいたみたいです。他の奴隷よりも待遇は良かったようですよ」

「賢者にとって何より欲しかった意見《もの》だからな」

「そうですね。といっても多少待遇が良くなった位で魔族全体では何も変わらなかった。主人に気に入られて待遇が良くなる魔族は何人かいましたし、魔王もその一人でしかなかった」

「そうか……」

魔王が数年かけた努力は結局、その程度にしかならなかった。魔法を得ようとして足掻き、何も変えられない現実に絶望して、いずれ心が諦《あきら》めて従順な奴隷となる。

そうなる事を神が望んだのだろう。

「このまま進んでいけば魔族は奴隷のまま、人間とエルフの支配が強まった未来になったでしょう」

「けど、そうはならなかった」

過去においては人間とエルフの二強だったのだろう。

だが現在《いま》においては、人間とエルフの勢力は縮小し、ドワーフや獣人といった種族が力を付けてきた。

それぞれの種族が国を持ち、多少の違いはあれど均等した力関係になってるのが現状だ。

「教会の神にとって一つだけ誤算がありました」

「誤算？」

「はい。奴隷として抑圧《よくあつ》され、自由を奪われた魔族……いえ魔王に対して心痛める神《もの》がいた」

「神が他にいたのか。いやそれにしても魔王個人に対して心を痛めた？」

種族全体なら分かるが魔王個人という事は、神にとって魔王に何かしら思いがあるという事。

「その神の名は――ミラベル」

一瞬、デュランダルの言葉が理解出来なかった。なぜ、そこでミラベルが出てくるのだと。

「ミラベル、だと」

「前のマスターと同じような反応をするのですね。前のマスターもミラベルの名が出てきて大変驚いていました」

「タケシさんも」

タケシさんも驚いたという事は、彼は俺と同じ可能性が高い。

彼もまたミラベルと関わってこの世界にやってきた転生者《てんせいしゃ》という事だ。

「ミラベルは魔王に知識を与えました。何よりそれを魔王が望んだとされます。魔王の望みに応え、ミラベルが与えた知識が」

「『闇』属性の魔法について」

「はい、その通りです。この時初めて魔王は闇属性の存在を知り、ミラベルから魔族全てが闇属性の適性しかない事を教えられました」

　これで漸く、魔族は魔法を手にした。

　知識を得た魔王が、闇属性を見つけて開発したのかと思ったがそうではなかった。

　いや、それだけ魔法の研究は難しいという事だ。

　最初からある六属性から新たな魔法を見つけるのも至難とされるが、当時においては闇属性は存在しないものだ。完全な無から属性を見つけ、魔法を発見するのは不可能に近い。

　前世においても革命的な発見をする科学者がいた事から、可能性はゼロではないと言えるが、極めて低いものだろう。

「こうして手に入れた『闇』属性の魔法を実践し使える事を確認してから、魔王は密《ひそ》かに魔族に情報を共有しました」

「実際に使えるか確認してからか、用心深いな」

　神によって今の迫害は作られた。

　魔族だけ除け者にされ、差別を受ける事になった。その大元の原因が神である以上、神《ミラベル》から与えられた情報を鵜呑《うの》みにする事は出来ない。

「あくまでも密やかに、人間やエルフにバレないように長い年月をかけて魔族達《どうほう》に情報を共有していきました。自分たちの立場を種族全体で理解していたからこそ、情報の共有だけに留めてその時を待った」

　魔法の情報を手にしてすぐさま行動に移す者がいれば、魔族は淘汰《とうた》されて終わりを迎えただろう。

奴隷が魔法を使えるようになったという事実を人間やエルフが許すとは思えない。種族全体に広がる前に情報の発信源を潰《つぶ》す、そして驚異となる前に魔族を根絶《ねだ》やしにしただろう。

「魔王が奴隷解放の為に動いた時になって、初めて人やエルフは闇属性の魔法の存在を知りました。その時には既に情報は行き渡っていたので、手遅れでしたが」

「そこから予想出来る。奴隷たちが一斉に魔法を駆使して、反抗を始めたんだな」

「正解ですマスター。最初の反抗は抑止してくる主人に、そして次第に魔族が魔王の元に集まり集団となり、人間やエルフに対して反逆しました」

「それが今に至るまでの泥沼の闘いの始まりか」

「そういう事になりますね」

最初の始まりは神の差別。

奴隷として抑圧される立場から解放されたい魔族と、奴隷として支配したい人間とエルフ。

奴隷解放の目的から始まる戦いは、種族の存亡をかけた生存競争へと変わった。

前世においても似たような事はあっただろう。パッと浮かんだのはスパルタクスによる第三次奴隷解放戦争。もっともこれはローマ軍によって、制圧されて終わったが。

「一つ気になる事がある。なぜ神ミラベルは魔王個人に魔法を教えたんだ？　たまたまか？」

話の流れで一つ気になる事があった。

俺の懸念《けねん》が当たっていれば、誰を信じていいか分からなくなる可能性がある。

「その事について情報は殆《ほとん》ど残されていなかったので詳しくは分かりません。ただ一つ『罪滅ぼし』だったと魔王が発言しています」

　あぁ、なるほど。そんな遥か昔からミラベルは貴方《あなた》ミスしていたんですね。

　そうなると魔王もまたミラベルが関与した転生者の可能性が高い。

　その場合、なぜミラベルが魔王の正体を知らないのか。そしてなぜ黙っていたのか聞かなくてはならない。

　最悪の場合、俺は相談出来る唯一の存在を失う事になる。いや、待てよ。一つミラベルが魔王を知らない原因が思い当たる。

「デュランダル、確認していいか？　もしかして今の魔王は初代魔王ではないのか？」

「はい。初代魔王ではありません。今の魔王は前回勇者によって封印された五代目魔王ですね」

　やはり代替わりしていた。今より遥《はる》か昔の話だ。

　人間より長寿だから、生きているかと思ったが流石に死んでいたらしい。

「初代魔王はエルフによって毒殺されたと記されていましたね」

「毒殺……」

「初代魔王の息子が後を継いで二代目魔王となりましたが、親を殺された憎しみで魔族との闘いは激しさを増したとされます」

　二年ほど前にエルフの女王が毒によって殺された。犯人は分かっていないが魔族に疑いがかけられている。

初代魔王の事を考えれば、回り回って返ってきた可能性は高いだろう。

「魔族の事情は分かったがこちらも素直にやられる訳にいかないしな」

「やらかしたのはマスターの遠い遠いご先祖ですからねー。その責任を取れと言われても困りますね」

「そうなんだよな」

俺も俺で守りたいものはある。

黙って死ぬ訳にはいかない。

「魔族も長く続く闘いで数を著しく減らしています。魔王がいなくなると姿を隠したりするのはその所為《せい》ですね。現存する魔族は昔ほど多くはないでしょうが、大戦を生き抜いた魔族もいるので手強《てごわ》いですよ」

「反逆した時からずっと闘い続けてる種族だもんな。そりゃ強いか」

「とはいえ数では圧倒的に劣りますからね、奇襲や毒、人質を使ったり数に劣るなりの戦い方をしますので手段を選ぶ事はないでしょう。決して油断しないように！」

「ありがとうデュランダル。気をつけるよ」

魔族が強い理由が良く分かった。

戦闘種族魔族といっても過言ではないな。闘い続けた理由は悲しいものではあるが。

改めて認識しろ。魔族は狡猾《こうかつ》で油断出来ない相手だ。

数に劣る故に手段を選ばず、この生存競争に勝つ以外に未来がない以上は、魔族は俺たち以上に必死だ。追い詰めたとしても油断するな。

ベリエルのような人間に友好的な魔族は稀《まれ》だろう。

「おや、一階からマスターを呼ぶ声がしますよ」

「本当か？　俺は聞こえなかったが？」

デュランダルが言うような声は聞こえなかったが……。

念の為、扉を開けて耳を澄ましてみる。

「カイルさん！　いらっしゃいますか！　お客さんです！」

たしかに聞こえた。宿屋の店主の声だ。

「今向かいますよ！」

声を張り上げて返事をする。本当に俺を呼んでいた。

「良く聞こえたなデュランダル」

「意外と耳はいいんですよね私」

どこに耳があるんだよとツッコむのは野暮《やぼ》か？

とはいえ俺にお客さんらしい。デュランダルと長話をしている内に、夕暮れになろうとしているがこんな時間に？

疑問に思いながらデュランダルを片手に一階に下りると、宿屋の店主の横に衛兵の姿が見えた。

もうその時点で嫌な予感しかしない。

――どうでもいい補足だが、俺たちの泊まる宿屋は二階建てだ。一階に幾つかの部屋と、受付。食事を食べるためのスペースがある。

料理は元は料理人だという店主の妻が作ってくれておりなかなかに美味《うま》い。

俺たちは二階の部屋で人数分の部屋を取っている。お金だけは無駄にあるからな。

「お待たせしました」

「勇者パーティーのカイル・グラフェムさんでお間違いないですか？」

声をかけると衛兵が一礼して確認してきた。こういったやり取りを過去にも何度もしている。

何も言わずとも用件は分かってしまった。

――勇者パーティーの誰かが問題を起こした。

基本的に勇者パーティーが問題を起こした場合、その問題を解決してきたのは俺だ。

金にものを言わせた場合と、頼み事を受ける事で相手に納得してもらっている。

不幸中の幸いで今まで大きな問題にはなっていない。魔王討伐を皆が期待しているのも大きいか。勇者パーティーでなくなった瞬間がどうなるか考えるだけで恐ろしい。

そういった経緯から、問題が起きた場合はとりあえず俺に連絡するというのが、衛兵の中で広まっているらしい。嬉《うれ》しくない認識だ。

「トラ・ヴィルカス・ヘルスティム・ノーゼンカズラさんが、公園で遊ぶ少年に猥褻《わいせつ》な行為をしようとして捕まりました。ご対応いただけますでしょうか？」

「分かりました。対応します」

◆◆◆

――捕まったのは俺たちの仲間、格闘家のトラさんだ。

本名はトラ・ヴィルカス・ヘルスティム・ノーゼンカズラ・F・タイガー・ホワイト・シルバーファーク。長いのでトラさんと呼んでいる。

ちなみにノーゼンカズラまでが名前で、その後がファミリーネームだ。

勇者パーティーの中で一番捕まった回数が多いのがトラさんだ。

今回は少年に対して猥褻な行為をしたらしい。もうそのまま捕まっていろよと思ってしまうが、トラさんは強力な戦力である為仕方なく対応する事に決めた。

魔王討伐を果たしたらずっと牢屋《ろうや》に入れて置いた方が良いと個人的には思う。

衛兵に一言掛けてから部屋に荷物を取りに行き、その後衛兵に着いて詰所に向かった。

送り出してくれた宿屋の店主の同情の眼差《まなざ》しが痛かった。

「おぉ！　カイルではないか！　俺を迎えに来てくれたのか！」

詰所の中に入ると見覚えのある獣人が嬉しそうに声を掛けてきた。

彼はトラさん。虎の獣人だ。

――獣人について軽く話をしよう。

大陸の南西に『ジャングル帝国』と呼ばれる国があり、そこに住む住人の九割が獣人だ。

当初は小さな国であったが、エルフや人間の勢力が魔族の闘いで縮小した時期に、国として大きくなったらしい。

身体能力が非常に高く、魔法より体術を得意する者が多いのも種族の特徴だ。

トラさんもジャングル帝国出身であり、多くの格闘家を生み出した名家の出らしい。

その姿は人の身をした虎と言えば分かるだろうか？　俺たちと同じように二足歩行、指の数なども全く同じ。虎を人間サイズに落としたような感じだ。

その肉体は逞《たくま》しく太ももや腕なんかは丸太のように太い。筋肉の鎧を纏《まと》っているかのようだ。

休息中だったからか鎧ではなく、白いシャツと黒いズボンというかなりラフな格好だ。

服の上からでもその逞しい筋肉が伺える。

人やエルフとのハーフの場合、良くアニメや漫画で見かけるような耳や尻尾が生えた人間の姿をしているが、彼の場合は純血なのでしっかりと獣人だ。

黙っていると厳《いか》つい顔だが、俺に対して嬉しそうに笑っているので、愛嬌《あいきょう》のある大きな猫という印象を受ける。

もっともその声は、外見に見合ったような低く逞しい声だ。

「お相手さんは何て言っていましたか？」

「少年の両親は未遂に終わったようですので、賠償金さえ貰《もら》えれば許すと言っていますね」

「分かりました。こちらからお受け取りください。ついでに保釈金も」

「はい、確認しました。責任を持ってご家族にお渡しします」

話しかけてきたトラさんを無視して衛兵と話を進める。

今回の場合はお金で解決する問題のようだ。

持ってきた鞄《かばん》から相手の提示した金額を衛兵に渡す。ついでに保釈金も渡すが、迷惑料も込めて少し多めに。

今回はスムーズに済みそうだと思っていたら、衛兵があっ！　と思い出したように声をあげた。

「そういえば被害にあった少年が勇者パーティーにお願いしたい事があると」

「迷惑かけましたし引き受けます」

「分かりました。お金を届ける時にその事をお伝えしておきます。詳しい内容は少年から直接聞いてください。何でも遊び場にゴブリンが出てくるようになって困っているとか」

「ゴブリンの討伐ですね。明日のお昼前に伺うと伝えてもらっても構いませんか？」

「大丈夫ですよ、お任せください」

衛兵にここが住所ですと、走り書きされたメモを渡されそれをポケットにしまう。

こちらに一礼してから衛兵が詰所から出ていった。伝言の事もあるから今から向かうのだろう。ご苦労さまです。

「トラさん、明日のゴブリン討伐手伝ってもらうぞ」

「おぉ！　カイルからのデートの誘《さそ》いか？　俺はちょうど暇《ひま》していたから構わんぞ！」

嬉しそうにトラさんが声を上げるが決してデートではない。

とはいえ、明日の用事は決まった。ゴブリンの討伐。難しい仕事ではないが油断せずに行こう。

衛兵に謝ってから、トラさんを連れて詰所を後にした。

「相変わらず良い尻をしているな！　今晩どうだカイル？」

宿までの道中で尻を触ってきたトラさんに、迎えに行くんじゃなかったと後悔した。その日はデュランダルに愚痴を零《こぼ》してしまったな。


——翌日のお昼過ぎ、俺とトラさんは拠点《きよてん》にしている町を出て目的地の川まで歩いていた。

「町から随分と離れた場所に向かうな。子供の遊び場にしては随分と離れているんじゃないか？」

「目的地はもう少し先の川だよ、トラさん。魚釣りや川で水遊びをしているらしい」

話を聞く為、被害者の少年の元には俺一人で向かった。

加害者のトラさんを連れていって家族を刺激するのは良くないだろうという事で、トラさんには宿屋で待ってもらった。

少年の話を聞いた所、町を出て西に真《ま》っ直ぐ進んだ先にある川でゴブリンの群れを見かけたという。

友達と魚釣りをしていたが、怖くなって慌てて逃げてきたらしい。

運良くゴブリンに見つからなかったので大事にならなかったが、遊び場の一つを失って困っていた。

そこで俺たちにどうにかしてほしいと。

拠点としている町『マンナカ』の周辺にある川は一つしかないので、場所に迷うことはないだろう。

団子岩と少年達が呼んでいる三つ重なった岩の近くで見かけたと言っていたから、そこを重点的に探そう。

探索の必要があるのでダルに同行をお願いしようとしたが、顔を合わせたら顔を真っ赤《か》にして逃げてしまったので諦めた。

難しい仕事ではないので、俺とトラさんの二人で向かう事にした。

獣人であるトラさんは人よりも目と鼻が良いので、ダルの代わりに探索を任せておけば大丈夫だろう。

「あの辺だな」

町を出て三〇分程歩いた頃に目的地である川が見えてきた。

後は目印の重なった岩を探すだけだが……。

「カイル、居たぞ」

どうやら先にゴブリンを見つけたらしい。

トラさんの真剣な声に、デュランダルに手を置きトラさんの視線の先に目を向けるが、俺の視力では黒い点が幾つか見えるだけだ。

「トラさん、何体いる？」

「ハイゴブリンが一体とゴブリンが一〇体といった所だな」

「一般的なゴブリンの群れだな。ゴブリンシャーマンはいるか？」

「いや、杖《つえ》を持ったゴブリンは見当たらないな。厄介なのはハイゴブリンだけだろう」

ハイゴブリン一体に対してゴブリンが一〇体から二〇体というのが一般的なゴブリンの群れだ。ゴブリンを討伐するのに当たって厄介《やっかい》なのがハイゴブリンが複数いる場合。

個体そのものがゴブリンより強いのもあるが、それは誤差の範囲。単純な脅威はその数だ。ゴブリン一体一体の個体が弱い為、群れを作って狩りを行うのがゴブリンの生態だ。

その司令塔となるのがハイゴブリンで、ハイゴブリンが複数いる場合はそれだけ群れが集まっているという事になる。

俺たちが過去に行った依頼で、ハイゴブリンを一〇体ほど確認した事がある。その時のゴブリンの総数は一五〇を超え二〇〇に届かんばかりの数だった。

一体一体が弱くてもそれだけ数が多いと脅威になる。その時は少しずつ数を減らしてから、サーシャの魔法で一掃した。

もう一つゴブリンを討伐するに当たって注意するのがゴブリンシャーマンの有無だ。いないならそれでいいが、群れの中にゴブリンシャーマンがいる場合、真っ先に倒さなければ痛い反撃を受ける事がある。

　ゴブリンは『闇の精霊』の異名で知られており、ゴブリンシャーマンが使う魔法はその異名の通り『闇』属性だ。

　魔族と違って知識がない分威力は落ちるが、元々の殺戮性能だったりが高いのが闇属性だ。ゴブリンシャーマンが使ってもそれだけで驚異になる。

　今回の群れの場合は、ゴブリンシャーマンは居らずハイゴブリンは一体だけ。ごく一般的な群れだ。

「どうする？」

「一先《ひとま》ず俺の攻撃が届く距離まで近付こう。最初の攻撃は俺がやる。撃ち漏らした敵をトラさんが仕留めてほしい」

「クハハハ、あれくらいの規模なら俺一人でも十分だがな」

「無駄に時間をかけたくない。スムーズに終わらせよう。トラさんも日が暮れる前に帰りたいだろ？」

「それもそうだな」

　作戦が決まった以上、さっさと終わらせよう。

　ゴブリンに気付かれないようゆっくりその距離を縮める。その距離がおよそ一〇〇メートル程になって、群れの全容を確認出来た。

　トラさんが言っていたように数は一一体。

子供のような体型のゴブリンに混じって一体だけ大人サイズのゴブリンがいる。あれが司令塔のハイゴブリンだな。

群れ全体が同じ方向を見ていて、こちらに気付いた様子はない。

彼らの視線の先にあるのは川だ。

群れが揃《そろ》って同じ方向を見ている。何をしている？　あれはよく見れば釣竿《つりざお》か。少年達が置き忘れたものだな。

釣竿をハイゴブリンが持って振り回しており、それゴブリン達が眺めている。

都合がいい事に一ヶ所に固まっている。上手くいけばトラさんが出るまでもなく一撃で済むかも知れない。

鞘《さや》からデュランダルを抜き、魔力を喰《く》わせる。

「『飛燕《ひえん》』」

バレないようにあくまでも小さく技名を呟《つぶや》くと一緒にデュランダルを横に一閃《いっせん》。

すると剣を振った軌道から二メートル程の燕《つばめ》のような形をした斬撃《ざんげき》が現れ、意思を持つように一直線にゴブリンに向かって飛んでいく。

デュランダルを手放せない理由の一つで、俺が持つ数少ない遠距離攻撃がこの飛ぶ斬撃『飛燕』だ。

デュランダルに喰わせた魔力を剣の一撃と共に放出するという単純なものだが、その威力は俺が振るった剣撃の鋭さに合わせ上がる。

今の一撃なら岩だろうとバターのように切り裂くだろう。

魔法を使えない俺の代わりにデュランダルが俺の魔力を喰い、喰った魔力を操作して飛ぶ斬撃へと変えている。使う武器がデュランダルでなくては出来ない技だ。

飛んでいく飛燕にゴブリンが気付いた様子はない。これは当たるな。そう確信した時には隣にいたトラさんの姿がなかった。

飛燕を追いかけるように音もなくトラさんがゴブリンに迫っていた。

悲鳴を上げる間もなく、飛燕が最初のゴブリンの体を真っ二つに切り裂く。

その後も威力が落ちる事もなく一ヶ所に固まったゴブリンを襲う。

「三体逃れたな。言ってもそれまでだが」

飛燕によって八体のゴブリンが体を真っ二つに切り裂かれ絶命したのが見えた。ハイゴブリンを含む三匹だけ異変に気付いて避けたようだ。

それでも既に遅い。

いきなりの事で困惑するゴブリンに、音もなく肉薄したトラさんの拳《こぶし》が襲う。遠くからでもパァンとゴブリンの頭が弾《はじ》け飛《と》ぶのが見えた。

丸太のような腕だが、どんな力で殴れば頭が弾け飛ぶんだと疑問に思ってる間にもう一体が。

ハイゴブリンがトラさんの姿を確認した時にはその体にトラさんの蹴りが入っており、威力が高すぎて上半身が飛んでいったのが見えた。

「トラさんに殴られたら死ぬな」

「機嫌を損ねてはいけませんよ、マスター」

「気をつけるよ」

ゴブリン達との戦闘は文字通り一瞬で終わった。この程度の相手ならそもそも俺たちが出るまでもない。あくまでもトラさんがした事の罪滅ぼしの為だ。一先ず合流するか。

デュランダルを鞘にしまい、ゴブリンの生死を確認しているトラさんの元へと近付く。

「トラさん？」

彼に近付いた時にピリッとした空気を感じた。強い警戒と殺気。トラさんが身に纏う空気に釣られるように俺もデュランダルに手をかける。倒しそびれたゴブリンがいないか視線を向けるが、見た限りだと動いているモノの気配はない。

トラさんの耳と鼻がピクピクと動いている。俺には分からない何かを感じ取ったという事か。

――ザっと、背後で足音がした。

警戒していたのに気付かなかった！　油断していた自分に嫌気がするな。思わずギリッと歯を噛《か》み締《し》めてしまう。警戒しながら振り返るとそこにいたのは怯《おび》える一匹のゴブリン。

俺たちが先程倒したゴブリンと遜色《そんしょく》ない、普通のゴブリンだ。

思わず二度見してしまう。音もなく俺たちに忍び寄ってきたと思ったモノがゴブリン？

「カイル、構えろ」

拍子抜けする所だったが、トラさんの低い声にデュランダルを抜く。俺と同じように振り返ってゴブリンを見る目は鋭く冷たい。

トラさんが構える。先程よりも空気が冷たく感じた。相対するゴブリンは見ているこっちが可哀想《かわいそう》になるくらいプルプルと震えている。

なんだこの状況は？　何故《なぜ》トラさんはここまで警戒する？　答えは分からない。だが、一つだけ確かなのは俺はトラさんの判断を信じるべきという事だ。

――ハァっと目の前のゴブリンが大きくため息を吐いた。それだけでも通常では見られない珍しい行動だがそれより驚く事が起きた。

「目の前に怯えるゴブリンがいるんだから、もう少し油断しろよ」

ゴブリンが喋《しゃべ》った。悪態をついたと言ったらいいか。不満をぶつけるように『ふざけんなよ』と吐き捨てている。

先程までの震えた姿はどこへやら。異様な雰囲気を醸し出すゴブリンに、漸くトラさんが警戒している意味が分かった。

ただのゴブリン討伐だと思ったが、どうやら簡単には終わらないらしい。

視界の端でトラさんが動いたのが分かった。正直に言うと動きが早すぎて俺の目では捉えきれなかったと言っていい。

凄《すさ》まじい勢いで放たれた拳が風切り音を奏で、相対するゴブリンを殴り飛ばした。豪快に吹き飛ぶゴブリンを見るとトラさんには殴られたくないなと改めて思う。

「油断するなカイル、防御したぞあのゴブリン」

「ただのゴブリンじゃない訳か」

空中で受け身を取る姿が視界に映る。ゴブリンらしい小さく貧相な体。トラさんの丸太のような太い腕で殴られて無事で済む訳がないんだがな。お前と同種のゴブリンは拳の一振りで弾け飛んでいたぞ。地面に着地したゴブリンがこちらを忌々《いまいま》しそうに睨《にら》んでいる。

「チッ、これじゃ俺の計画が台無しじゃないか。勇者パーティーを誘い出して、油断している時に一人ずつ殺すつもりだったが」

ブツブツと俺たちに対して文句を口にするゴブリンの体を黒い闇が包み込む。初めて見る光景ではない。むしろ何度も見てきたモノと言っていい。

ゴブリンの周りに起こっている不思議な現象は魔法によるものだ。『闇』属性の魔法で『擬《ぎ》態《たい》』と呼ばれる、その姿を本来とは異なる姿へと変化させる魔法。俺たち人間や魔法に長《た》けたエルフにも使う事が出来ない。唯一使える種族、それこそが俺たちと宿敵《しゅくてき》と言える存在。

――魔族。

黒い闇を振り払うようにヒュンヒュンと風を切る音と共に鞭《むち》のようなモノが振り回された。闇が晴れる。その先にいたのは先程まで俺たちが対峙《たいじ》していたゴブリンとは違う姿をした者。体格はそれでも小さい方だろう。一五〇センチくらいか。小さな体格に反して筋肉が盛り上がっている。ゴブリンの貧相な体が嘘《うそ》みたいに筋肉で守られた肉体だ。

印象的なのは筋肉質な体と、地面に届く程長い銀色の髪。三つ編みのように丁寧に編み込まれている。場違いな感想ではあるが、セットするのが大変だっただろうなと思う。

オールバックのように髪を後ろに流している為、額から生えた角がよく目立つ。

顔は分かりやすく悪人面だな。どこかゴブリンの面影がある。もしかしてハーフか？　目を閉じているんじゃないかと疑ってしまう程細い瞳。僅かに赤い瞳が覗《のぞ》いていた。口角をこれでもかと吊《つ》り上げて笑う姿を見ると、瞳の細さが尚際立つ。

ユラユラとこちらを窺《うかが》うように揺れる腰から生えた赤黒い尻尾《しっぽ》は、先端がドリルのように尖《とが》っている。体を覆う闇を払ったのはあの尻尾だろう。

その身に纏うのは燕尾服《えんびふく》と呼ばれるモノだ。この世界だと貴族なんかが着ているのを良く見かける。筋肉によってピチピチになった燕尾服を見るとサイズが合ってないんじゃないかと心配してしまう。

「勇者のくせになまいきだぞ！」

どこかで聞いた事があるフレーズだな。もっとも前世と違い、この世界にはたしかに勇者と呼ばれる存在とソレと敵対する者がいる。

「残念。ここにいるのは勇者ではないよ」

「クハハハハ！　エクレアはダルとお茶会をしているぞ！」

「どこで聞いたんだ？　今日は二人と会っていないだろう」

「昨日宿屋でダルと話した！　エクレアと一緒に町を散策すると言っていたぞ。何でも美味しい飲み物を提供するお店を見つけたそうだ。場所は教えてもらったから今度一緒に行こうではないかカイル！」

ダルに聞いたのか。部屋を飛び出して行ったとはいえ、結局宿屋には帰ってくるからな。トラさんを迎えに行った後、ダルに会う事がなくて心配していたが、この様子だといつも通りだな。

あんな事があった後だ。俺と会うのは恥ずかしかったのだろうか？　俺もどういう顔で会ったらいいか分からないから時間が欲しい所ではあった。

「俺を無視して楽しそうに話してんじゃねぇ！　俺を誰だと思っていやがる！」

「魔族だろ？」

「クハハハハ！　その筋肉は褒めてやっていいぞ！　なかなか鍛えているではないか！」

「そうだろ！　この筋肉を作るのは大変だった。なかなか話が分かる獣人じゃないか！　貴様もいい筋肉をしているな！」

二人が笑い合う。待て待て待て待て、敵同士で何意気投合しているんだ！　筋肉の友情ってやつか！

トラさんを下から上へとじっくりと見て満足そうに頷《うなず》いてから俺に視線を向けてきた。値踏みするような目だ。トラさんと同じように下から上へとじっくり見られているようだ。少し恥ずかしい気分になる。

――鼻で笑われた。

殺そう。何を見て笑ったかは二人のやり取りから一目瞭然《いちもくりょうぜん》だ。間違いなく筋肉を見ていた。誤解がないように言っておくが、トラさんや目の前の魔族の男が鍛えすぎているだけで、俺もしっかり筋肉はついている。

剣を振るう以上、それを支える筋肉は必要だ。ボディビルダーのような肉体をした二人と違い、俺の肉体はボクサーに近い。筋肉の厚みは違うが戦うのに必要な筋肉は備えている。

バカにされるのは腹立たしい。苛立《いらだ》ちに任せて殺気を向けると、魔族の男がピューッと口笛を吹いた。

「筋肉はそれなりだが、いい殺気と闘気だ。クロヴィカス様がお前たちを警戒する理由がよく分かる」

「クロヴィカスだと⁉」

心が冷えていくのが自分でも分かる。先程まで感じていた苛立ちが嘘のように消える。

その名前は俺たちと因縁のある魔族の名前だ。俺たちの心に深い傷を残した、とある悲劇の元凶と言える。

「そうだ！　俺の名前はテシタス！　『剛拳』のテシタス！　次期四天王とも名高い偉大な魔族！　クロヴィカス様に仕える者だ！」

――込み上げてきた怒りを吐き出すように大きく息を吐く。

「そうか。元々魔族である以上見逃すつもりはなかったが事情が変わった。悪いがクロヴィカスの情報を吐いてもらうか」

「素直に吐けば痛い思いをしなくて済むぞ！」

ポキリポキリと隣にいるトラさんが拳を鳴らす。

俺たちが捜していた魔族の情報を得るチャンスと言える。怒りは抑えろ。戦場においては不要な感情だ。常に冷静でいろ。

デュランダルの切っ先をテシタスに向けると、青筋を浮かべ分かりやすく苛立っている。

「クロヴィカス様だ！　貴様ら風情《ふぜい》が気安く呼び捨てにするんじゃねぇ！」

こいつの怒りのポイントはイマイチ分からないな。余程クロヴィカスに心酔しているのだろう。ならこれ以上は時間の無駄だな。

後は痛め付けて動けなくしてから無理矢理聞き出すとしよう。

ドンッと大きな音を立てて、隣にいたトラさんが地面を蹴ってテシタスに肉薄する。相変わらず馬鹿げた身体能力だなと、トラさんに呆《あき》れつつ魔力で肉体を強化する。

体の中を常に魔力が巡り肉体を強化している。その為、この世界の人間は小さな子供でも意外と力持ちだったりする。体の中を流れる魔力の量を意図的に増やせば、その分肉体は強化される。部分的に強化する技術もある。

俺の魔力操作の師匠とも言えるのが、共に戦っているトラさんだ。

トラさんを追いかけるように地面を力強く蹴り、テシタスとの距離を一気に詰める。

「『昇竜脚《しょうりゅうきゃく》』」

先に接近していたトラさんの膝蹴りがテシタスを捉える。両腕でガードしていたようだが、あまりの衝撃に体が浮いたようだ。顔が痛みで歪《ゆが》んでいる。

「舐《な》めるなよ獣人が！」

ドリルのように尖った尻尾を薙《な》ぎ払《はら》いトラさんを吹き飛ばす。トラさんを見ればガードは間に合ったようだが、足の踏ん張りが足らなかったようだ。彼の巨体を吹き飛ばすとなるとなかなかの威力だな。

トラさんと入れ替わるようにテシタスに斬り掛かる。

「チッ！　次から次へと」

「悪いな、魔族相手に正々堂々なんて言う気はないんだ」

デュランダルの刀身がテシタスの右腕を切り裂く。腕を切り落とすつもりでいたが魔力で強化していたのか。思っていたより硬いな。

デュランダルに込める魔力を少し増やすか。次で切り落とそうと剣を振るが、先程と同じように腕で受け止めようとはしない。剣の腹を殴って軌道を逸らそうとしている。

一度は腕で受け止めた事から防御に自信があったのだろうが、思いの外デュランダルの切れ味が良かったらしい。あからさまに警戒している。籠手《こて》でも着けておけば違ったんじゃないか？

改めて思うが魔族は鎧を着ない奴が多いな。剣を使うこちらからすると有難い話ではあるが。たしか『擬態』の魔法に影響が出るんだったか？　詳しい話は知らないが、鎧を着た状態で『擬態』の魔法を使うと音や質感に違和感があるらしい。

魔力で肉体を強化しておけば、鎧を着てなくても十分だと判断している者もいるだろう。魔族は魔力量も多いし、魔力による肉体の強化が上手い。それにメインはどちらかといえば魔法。だからこうして俺から距離を取ろうとしている。

「鬱陶《うっとう》しいぞ人間が！」

トラさんにやった時と同じように、ドリルのように尖った尻尾で薙《な》ぎ払ってきた。テシタスの行動が読めていた事もあり、それに合わせてデュランダルを振るう。

本当に尻尾かと疑いたくなる硬度だ。それでも切り落とす為に必要な魔力は込めた。少しの抵抗の後に赤い血飛沫《ちしぶき》と共に尻尾が宙を舞う。

痛みに顔を顰《しか》めている。忌々しそうに俺を睨《にら》んでいるが俺ばかりに気を取られていると死ぬぞ？

「え？」

すぐ側まで接近していたトラさんに気付き呆気《あっけ》にとられていたテシタスの顔を丸太のような太い足が蹴り飛ばした。

いい音したな。錐揉《きりも》み回転に飛んでいくテスタスを見送る。あ、でも頭が弾け飛んでないな。魔力の防御が間に合ったという訳か。

念の為、追撃しようとデュランダルに魔力を喰わせていると、俺たちの足元に黒い魔法陣が浮かんでいる事に気付いた。

回避しようと行動に移す前に、丸太のような太い腕でトラさんに担がれた。

「舌を噛《か》むなよ」

「任せた」

俺を肩に担いでいるにもかかわらず、重量を感じさせないスピードでその場から離れる。その直後に黒い魔法陣が光を放ち、俺たちが先程までいた場所で黒い爆炎が巻き起こる。

トラさんの判断が早かったおかげで魔法に巻き込まれる事はなかった。闇属性の魔法『ダークエクスプロージョン』だな。

詠唱もナシにあの威力だから、つくづくふざけた属性だと思う。七属性の中で闇属性だけ明らかに殺傷能力が高すぎる。

「よっと」

トラさんの肩から飛び降りてテシタスが飛んでいった方に視線を向けると、魔法を詠唱している姿が見えた。あらら、距離を取っちゃったから相手が魔法をメインに切り替えてきたな。

「トラさん、テスタスの魔法は俺が対処するから後は任せた」

「うむ！　俺に任せておけ！」

俺の魔力は一般人に比べれば多いが、それでも魔法使いに比べると雀《すずめ》の涙《なみだ》のようなモノだ。もう少し魔力が欲しかったな。肉体の強化にも魔力を使うから、あまり大技ばかり使っていると、あっという間に枯渇してしまう。今回はトラさんもいるから大丈夫だろう。

テシタスの方も詠唱が終わったのか、獰猛《どうもう》な笑みを浮かべて、こちらを見据えている。やる事は一緒だな。大技で一気に決めるつもりだ。

「消し飛べ！　『ダークプロミネンス』」

テシタスの頭上から現れた二〇メートルを超す巨大な炎の球体が現れる。闇の炎に抱かれて消えろってか？　黒い炎を見ると厨二心《ちゅうにごころ》をくすぐられる者もいるかも知れない。

残念ながら俺はあの魔法の脅威を嫌という程知っているので、微塵《みじん》も感じないがな。

俺たちに向かってテシタスが放った魔法が迫ってくる。トラさんは笑みを浮かべてテシタス目掛けて一直線に走りだす。こちらに配慮していつもよりスピードが遅い。

「頼むぞデュランダル」

「任せてください」

俺から離れたトラさんにも聞こえないくらい小さな声でデュランダルが返事をくれた。心強いな。

デュランダルに魔力を喰わせ上段に構える。

迫ってくる魔法は思っていたよりも遅い。威力重視だからだろうな。

使う技はゴブリン退治の時に使ったモノと同じ。違うのは込めた魔力量といった所だ。俺が使う『飛燕』という技はデュランダルの性能に依存している。

魔剣デュランダルが持つ『解放』と呼ばれる能力によるモノだ。それほど難しい話ではない。デュランダルに喰わせた魔力を『解放』の能力で斬撃として飛ばしている。込めた魔力が多ければ多い程その威力は上がる。

普段は俺自身の魔力量の少なさから殆《ほとん》ど込める事はない。それでも十分に効力を発揮するのだからデュランダル様々だ。

今回は俺の持つ八割近い魔力を込めた。迫ってくる炎の球体を見据えて剣を振り下ろす。

「『飛燕』」

燕の形をした魔力の斬撃がデュランダルから放たれる。テシタスが放つ魔法のように迫り来る質量は感じないが、真っ直ぐに飛んでいく斬撃に結果は予想出来た。

「思ったよりデカかったな」

「私のおかげですよ」

デュランダルから放たれた魔力の斬撃はあまりにデカかった。大きさ四〇メートルくらいか？　テシタスが使った魔法の倍くらいの大きさ。燕のような形をしているから怪鳥か何かと見間違えてしまうだろう。実際にアレくらいのサイズの魔物はいるしな。

テシタスの放つ『ダークプロミネンス』と俺が放った『飛燕』の衝突と、その勝敗は一瞬だった。

黒い炎の球体を真っ二つに切り裂き、そのままテシタスへと向かっていく。驚いた様子だったが、すぐに回避行動を取っていた。

デカイとはいえ真っ直ぐにしか飛ばないからな。軌道を予測出来ると回避は難しくない。

「なら次で仕留めてやる！」

転がって迫ってくる『飛燕』を躱《かわ》したテシタスが、忌々しそうに詠唱を始めるが、時すでに遅しだな。

「『剛襲撃』」

『飛燕』を躱す事ばかりに意識を向けすぎてトラさんの姿をテシタスは見失っていた。頭上に小さな影が出来たことに気づいた時には遅かったはずだ。

勢い良く放たれたトラさんの踵落《かかとお》としが生々しい音を立てていた。遠目にもテシタスの頭が潰《つぶ》れているのが見える。流石に死んだな。

地面に倒れて動かないテシタスを確認したトラさんが、終わったぞー！　とこちらに手を振っている。

「終わったみたいだな」

「アレをまともに喰らったら流石に死にますよ」

「テシタスには同情するな」

「それで良かったんですか？」

ん？　何の事だ？　デュランダルの言っている意味がよく分からない。こちらは特に被害もなく魔族を倒す事が出来た。トラさんの力が大きいな。

「クロヴィカスの情報を聞き出すんじゃなかったんですか？」

「あ……！」

目的の一つを完全に忘れていた。今思い出しても意味がないな。二人揃って最後は倒すことしか考えていなかったか。サーシャはともかく、ノエルに言ったら小言を言われるだろうな。

「過ぎてしまった事は仕方ない。切り替えよう」

「今から生き返らせるのは不可能ですからね」

「当初の目的であるゴブリン討伐は済んだ。それで良しとしないか」

「実際問題あの魔族がクロヴィカスの情報を吐くとは思えないですから、アレでいいと思いますよ」

やってしまった事を正当化しようしているみたいで嫌だが、デュランダルの言葉通りか。テシタスはクロヴィカスに心酔しているようだった。そういう奴は自分の命が天秤《てんびん》にかかっても、迷いなくクロヴィカスを選ぶだろう。

尋問や拷問のスキルがない以上、情報を聞き出すのは最初から無理があったか。

「ああいう手合いはヨイショして相手から喋らせるのが一番と前のマスターが言ってましたよ」

「たしかにそうだな」

「まぁ、前のマスターは一度も成功した事がないですけどね」

――タケシ！

感心した俺がバカみたいじゃないか。頼むから成功させておいてくれ。そうしたら俺も次から実行したからさ。思わずため息を吐《つ》く。

トラさんが俺を呼んでいる。一先ず合流するか。デュランダルを鞘にしまってトラさんの元へと歩いていく。

何はともあれ少年からの依頼はこなしたし、今日はトラさんと一杯飲みに行こうかな。

――チュンチュンという鳥の鳴き声が聞こえる。既に時刻は朝を迎えているようだ。

人は何か後悔した時にタラレバを考えるという。あの時こうしていたら、違う行動を取っていればとついつい考えてしまうらしい。

現在進行形で俺もつい考えてしまっている。後悔とまではいかないが、あの時よく考えて発言していればこうはならなかっただろうと。

「どうしてこうなった」

目が覚めてから変わらない光景に頭を抱える。どうやら夢ではなかったらしい。いつもと同じ部屋でいつもと同じベッド。

ただ一ついつもと違う事がある。同じベッドの上で俺の横で眠るトラさんの姿だ
何があったか簡潔に纏めるなら依頼を達成した後、打ち上げとして二人で宿屋で飲んだ。

俺は体質《チート》で、酔うことはないので、酔った勢いでという事は起こりえないが代わりにトラさんが酔った。

酔った勢いでトラさんに襲われた。

抵抗したが筋肉《ちから》の差で押し切られ、俺は喰われた。

最中になって漸く気付いたがトラさんは女性であった。

彼、いや彼女は文字通りの肉食系女子だった。

第三章

声なき声

――どうしてこうなった。

視界に映る裸のトラさんを見て思わず頭を抱える。

お酒に酔った勢いで男女の過ちをするとは思わなかった。前世を含めても今までなかった事だ。

俺の場合、お酒に酔ってもいないが……。

改めて昨日の出来事を思い出す。ゴブリン討伐までは良かったはずだ。

「少年たちも喜んでいたな、とりあえず昨日の問題はこれで解決だ」

「クハハハ！　カイルには迷惑かけたな！　代わりに今晩の飯は俺が出そう！」

トラさんがクハハハと豪快に笑う。低い声だ。体格もあって迫力《はくりょく》がある。

つい先程、トラさんの被害者の少年に依頼が終わった事を伝えてきた所だ。

彼が忘れていた釣竿《つりざお》も一緒に持って帰ったので、声を上げて喜んでいた。

その時はトラさんも一緒に来ていたので、トラさんに少年に謝罪させた上で家族の人達にも二度とこういう事を起こさないと約束した。

少し手間はあったが、トラさんの問題は解決した。出来る事なら二度と起こさないでほしい。

「個人的な事だから控えていたが、回数が回数だから聞かせてくれ。どうして少年に猥褻《わいせつ》な事をしようとしたんだ？」

「最初は俺より強い者が良かったのだが、俺より強い者はなかなかいなくてな！　次第に性的趣向が可愛《かわい》い者に向いた」

「それでどうして少年に？」

「うむ、俺に向かって少年が『左手』で手を振ったので、その好意に答えなければと思いお持ち帰りしようとした！　ちょうど相手が俺の好みにマッチしていたしな！」

「そして、捕まったと」

思わず頭を抱えた。

トラさんの性的趣向はどうでもいい。所詮《しょせん》個人の趣味だ、どうこう言うつもりはない。

問題なのは種族間の価値観の違いだ。

人間、エルフ、ドワーフ、獣人、それぞれが独自の文化を持つ。当然ながらその価値観は違う。トラさんが少年を持ち帰ろうとしたのも、この価値観の違いが原因だ。

獣人の中では相手に向かって右手を振ることは親しい者に対する挨拶《あいさつ》である。では左手は？

俺たちの価値観からするとどっちも同じだと思うが、獣人は違う。

相手に向かって左手を振るという行為は、獣人の中で相手に対して好意を、愛を伝える行為だとデュランダルに教えられた。

そういう事だからトラさんに対しては左手は振らない方がいいですよーと。

勿論《もちろん》少年がそんな文化を知る訳がない。

少年がたまたま左利きだった事もあって起きた悲劇だろう。トラさんに言わせれば自分に対して好意を伝えてきたのだから、応《こた》えて何が悪い！　といった所か。

もう少しお互いの文化について学んでほしいというのが俺の気持ちだ。

「トラさんに悪気がないのは分かったから、お互いの文化についてもう少し考えてほしい」

「善処しよう！」

クハハハ！　とトラさんが笑う。

期待出来ないなこれは。思わずため息を吐《つ》く。これから先同じような事が起きるかも知れない。そう思うと足取りが重くなる。

「とりあえず飲むか。酔う事はないけど気分は味わえる」

「今夜は奢《おご》るから好きなだけ飲め！」

「そうするよ。あと、尻を触るな尻を」

「相変わらず良い尻だ！　クハハハ」

なんで男の尻を執拗《しつよう》に触ろうとするんだと、言いかけたがやめた。個人の趣向だ。深くは言うまい。

お酒と食事を取るために拠点《きよてん》にしている宿屋に向かう事にした。その道中で何度か尻を触ってこようとしたので逃げるように駆け出したのは許してほしい。

——事のきっかけは酒の席の会話だったと思う。

「カイルの好みの女性はどんな女だ？」

「特にこれといったものはないな。あえて言うなら性格か？」

出来れば俺の胃に優しい女性がいい。口には出さなかった。

なるほどなーと頷《うなず》いた後お酒を飲む。その飲み方も豪快で男らしい。

トラさんと飲み始めて一時間くらいか？　サーシャは化け物だから比べるつもりはないがトラさんもなかなかお酒が強い。

「俺など、どうだ？」

「トラさんが女性なら良かったかもね」

俺の返事にトラさんは首を傾《かし》げていた。変な返しをしたつもりはないが……。

「女性なら良いのだな」

「そうだな。トラさんの性格は分かってるし付き合いやすいだろうね」

「そうか！」

うんうんと、少し嬉《うれ》しそうにトラさんが頷く。あくまでも女性ならだ。トラさんはたまに問題を起こすが基本的には頼れる兄貴のような人だ。

気心も知れた間柄だ。悪くはないだろう。

だがあえて主張するなら俺はノーマルだ。同性同士には興味はない。

それから妙に機嫌のいいトラさんと一時間ほど一緒にお酒を飲んで、お開きとなった。

といっても帰る場所は同じ。部屋も同じ二階にある。俺の部屋の前まで会話しながら一緒に向かった。

「俺が女性なら良いのだな？」

俺の部屋の前でトラさんが聞いてきた。お酒に酔って顔は少し赤らんでいる。なんでそんなにしつこく確認してくるんだと疑問に思いながら。

「トラさんが女性ならね」

そう言った瞬間に俺はトラさんに担がれ、俺の部屋に連れていかれた。

そこで俺は初めてトラさんの性別を知り、流されるままトラさんに喰《く》われた。

――自業自得《じごうじとく》だ。

酒場でのやり取りを思い返せば、トラさんをさんざん煽《あお》った結果が招いたものだ。

あえて言い訳させてもらうとするなら、俺はトラさんを男だと思っていた。トラさんの性別を知っていればまた対応は違ったはずだ。

後悔しても仕方ない。既にヤッてしまった事をなかった事に出来ない。責任取るべきだよな？

ため息が漏れた。

「んん……」

ため息に反応したのかトラさんが身動《みじろ》ぎした。様子を窺《うかが》おうと顔を近付けるとトラさんと目が合った。どうやら起きたようだ。

「おはよう」

「うむ、おはよう」

いつもと変わらないトラさんだ。

そこに少し安心したが、よくよく考えるとトラさんは裸だった。

行為をした後でアレではあるが、目のやり場に困ったのでトラさんにシーツを渡す。

クハハハと笑ったトラさんが、シーツで体を隠したので改めて向き直る。

「トラさん、……あの……その」

正直に凄《すご》い言い難《にく》い。

流石《さすが》に女性に対して男と勘違いしてたなんて侮辱《ぶじょく》が過ぎるだろう。

そんな事を言えば平手の一発は飛んでくる。それがトラさんから放たれたら俺の頭はゴブリンのように吹っ飛ぶに違いない。

いや、決して怖くて言い出せなかった訳ではない。

「ごめん、俺トラさんの事、男だと思ってた」

言った後に、生きてたら良いなと歯を食いしばったがいつまで経《た》っても平手は飛んでこない。

身構える俺に、クハハハというトラさんの笑い声が聞こえた。

「殴られると思ったか？　男と間違えられたくらいで怒るほど俺は繊細ではないし、心は狭くないぞ」

言葉に詰まった。罪悪感が凄い。

「つまり酒場のあれは男と思っていたからか。俺が勘違いして早まってしまったのだな！　それは悪かった」

「根本的な問題は俺にあるから謝らないでくれ」

「そうか？　分かった。カイル、悪いが一つだけ答えてくれ。カイルは俺に好意を持っているか？」

　真剣な表情だ。はぐらかすのはまずいだろう。いや、最初からそんな気はないしトラさんに嘘《うそ》を吐く気もないが。正直に言おう。

「仲間としての好意はある。それが異性としてという意味なら自分でもよく分からない。正直、混乱してる部分が大きい」

　俺の素直な気持ちだ。仲間としてトラさんに好意を持っている。

　異性としてと問われれば回答に困る。ほんの少し前まで男と思っていたのだ。まだ少し混乱している。

　俺の返答に対してもトラさんは怒る様子はなかった。クハハハと豪快に笑って返すだけだ。

「そうか。なら昨日の夜の事はそこまで重く受け止めなくて良い。忘れてくれても構わん」

「いや、流石にそれは」

「その代わり！　これから俺はカイルのみに好意を伝える事にする！　カイルのみに愛を囁《ささや》こう！　もしその気持ちに応える気になったら言ってくれ。結婚しよう」

「あ、はい。その時は言います」

なんというか、強い人だ。女性ではあるが、凄い男らしい人だ。

こういう人だからこそいつも頼ってしまう。きっとこれから好意を抱く事はあっても、嫌いになる事はないだろう。

クハハハ！　と満足気に笑うトラさんを見て俺も思わず笑った。二人で暫《しばら》く笑いあった後、トラさんがベッドから立ち上がった。

「俺は湯浴《ゆあ》みをしに行こうと思う。カイルもどうだ？　一緒に行くか？」

「昨日の今日で心の準備が出来ていないから、遠慮しておくよ」

「クハハハハ！　そうか残念だ！　では次に期待しよう！」

「トラさん待った！　行くならせめて服を着ていこう！　俺たち以外にも客がいるから！」

シーツを巻いただけの状態で行こうとしたので、流石に止めたし服を置いていかれても困るので着てもらった。

クハハハハと最後まで豪快に笑いながら去っていった。

先程まで一緒にいた人がいなくなるだけで少し寂しく感じるな。部屋の中のこの静けさがそう思わせるのかも知れない。

一人でポツンと佇《たたず》んでいると、床に倒れていたデュランダルがカタカタと震えた。

「ゆうべはお楽しみでしたね」

「どこでそういう情報を仕入れてくるんだ」

「前のマスターですね」

――タケシ！

今のデュランダルの発言からすると、しっかりと俺とトラさんの情事を見ていた訳だ。

どこに目があるか分からないが。

「でも、良かったんじゃないですか？」

「どういう事だ？」

デュランダルの発言の意味が良く分からず、問いかける。

良かった？　トラさんに好意を向けられた事か？

「トラさんが言っていたじゃないですか。これからはマスターにだけ好意を向けると。それが本当なら、トラさんが猥褻な行いをしたりして捕まる事はなくなりますよ。良かったですね」

「そういう事か」

たしかにトラさんが捕まる事がなくなるのなら、俺にとって一つ胃痛の種が消える事を意味する。

パーティーの中でも一番捕まった事が多いから尚更《なおさら》だ。

良い事ではあるが、こうも真正面から好意を伝えられると気恥ずかしい部分がある。

悪い気はしないがどう答えたらいいか分からないのが本音だ。

あと、ダルの反応が怖い。二日前のやり取りから彼女が俺に対して好意を持ってくれているのが分かった。そんな彼女にトラさんと肉体関係を持った事が知れたらどんな反応をされるだろう？

想像するだけで恐ろしい。俺の事を嫌いになるだけならまぁ良し。傷付くしショックではあるが大きな問題にはならないから良し。

痴情《ちじょう》のもつれに発展してパーティー間の関係が崩れるのが最悪のパターン。

この場合だと、俺とトラさんとダルの関係が悪化する。勇者パーティーの丁度半数だ。間違いなくパーティーとして機能しなくなる。

「デュランダル」

「どうしました？」

「ダルに正直に言った方がいいだろうか？」

「やめておいた方がいいと思いますよ。間違いなくショックを受けると思いますし、その場合彼女がどういった行動をするか想像もつきます。何よりダルさんと付き合っている訳ではないでしょう？」

「付き合ってはいないな。ダルともトラさんとも」

「ダルさんが勘づいた時で良いと思いますよ。その時ならある程度察しているのでショックは小さいと思いますし。タイミングが重要なので、ダルさんが勘づいてる様子なら早めに行動してくださいね。遅すぎたら取り返しがつかなくなりますよ」

「分かった、気をつけるよ。それにしても随分《ずいぶん》とこういった対応に詳しいな」

「前のマスターも似たような事がありましたので」

――タケシ！

なんだ、タケシさんもモテてるじゃないか。デュランダルが酷評していたから変なイメージがあったぞ。

性格は悪くないと言っていたから、内面をしっかり見てくれる人に出会えたのかな？

「前のマスターの場合、女同士の取っ組み合いの大喧嘩《おおげんか》になりましたし、前のマスターもお腹《なか》を刺されるような修羅場になったので、マスターもそうならないように気をつけてください」

――タケシ！

「分かった。気をつける」

いや、本当に気をつけよう。仲間に刺されて死ぬなんて絶対に嫌だ。痴情のもつれなら尚更。ただでさえパーティーに魔王が混ざっていて、俺だけでなく仲間も殺される可能性があるのだ。修羅場に紛れて仲間や俺が殺される事態は避けたい。

今現在も誰が魔王か探している最中ではあるが、正直難航している。

元々の仲間に対する好感度もあるし、疑う事に慣れてないからだろう。せめて分かりやすいヒントがあれば良いのだが…。

個人的な見解《けんかい》だが、魔王は随分と慎重だ。

これまでの旅の事を考えたら、魔王が動ける機会は何度もあった。魔族や魔物の仕業として仲間を殺せる場面もあったはずだ。

それでも動いていない。いや、動けない事情があるのか？　そうなるとタイミングを待っている事になる。

魔王が動かない事情は何があるだろうか？

戦力的な問題？　個人の強さなら一対一で魔王に勝てる者はいないというのがミラベルの意見だ。

それに加えて仲間が油断している時の暗殺なら容易《たやす》く行えるだろう。それでも行わないという事はやはり、魔王はタイミングを図っている。

魔王が狙っているのはおそらく戦略的な勝利だ。勇者パーティーを殺す、あるいは崩壊させるだけなら魔王にとって容易いことだろう。

だが魔王にとっての敵は俺たちだけではない。魔族以外の種族全てが敵になる。俺たちを殺すだけでは所詮戦術的な勝利でしかなく、大部分は何も変わらない。

言い方は悪いが俺たちが死んだ所で、世界が大きく変わる事はないだろう。

混乱はするだろうが、俺たち以外の戦力がない訳ではないのだ。アルカディアの王様は自分がバリバリに闘える武闘派でもあるし。

ジャングル帝国の住人はただの一般人すら闘える戦士だ。俺たちはその中でも優れた者として選ばれただけだ。正直、替えはいるだろう。

その事は魔王自身も分かっているはずだ。

だからこそタイミングを図っている。

魔王が狙《ねら》っているのは最も重要な場面での裏切り。取り返しのつかない程の大きな敗北を与えるチャンスを狙っている。

大局《たいきょく》を動かすほどの事態がいずれ起こると見ているのだろう。

俺がするべき事はそれが起きるまでに魔王である証拠を見つけ、魔王を倒す事だ。

「デュランダル」

「何ですか？」

「世界が揺らぐ程の事態なんて想像出来るか？」

「そうですね幾つかありますよ」

あらかじめそういった場面がどういったものか分かっていれば警戒しやすいと、デュランダルに尋ねてみると、回答は浮かぶらしい。

流石デュランダル先生だ。

「どういった場面だ？」

「まず一つはエルフの国が守護している世界樹が枯れる、あるいは破壊される場合ですね。世界全ての魔力や生命に関わる事なので、取り返しのつかない事態になりますよ」

「世界樹か」

その場合は魔族にも影響が出るはずだ。

世界の全てを道連れにするつもりでなければまず出来ない。

「二つ目は教会の信仰する神が殺される場合ですね」

「神を殺す事なんて出来るのか？　今は下界にいないものとされているし、そもそも出会えるのか？」

「神の住まう天界と呼ばれる場所に行く手段は一応あるんですよね。それには神による招待が必要なので、まず有り得ませんが」

「なるほど、神が自ら招待するようなら、天界に行けるし神に出会えるのか」

「そうなります。教会の信仰する神が殺されるような事態になれば、世界中に混乱が広がると思います。世界で一番信仰されていますからね。教会に仕える神官達は揺れるし、王族の中にも信心深い者もいますから大騒ぎですよ」

まず神に招待してもらう必要があるから、これは実質不可能じゃないか？

勇者パーティーとはいえ、神から見れば少し力のある人間たちの集団でしかない。わざわざ天界まで招き寄せるとは思えない。

「後は、そうですね。神が封印したとされる三つの災厄《さいやく》が目覚めた時でしょうか？」

「三つの厄災？　そんなもの聞いた事もないが」

「教会に仕える神官達なら知っていると思います。教会の教えにも出てくる禁じられた災厄。約束された滅びとも言われています」

急に不穏になってきた。

そんなものが本当に存在するなら、大変な事になるんじゃないか？

「心配しなくても大丈夫ですよマスター。厄災を封じた封印は神の生命と連動しているそうです。だからこそ強力であり、封印の期限も解く方法もない。神が死ぬような事態にならない限りは目覚める事はありません」

「神が死ぬような事態になれば、それこそ世界は終わりだな」

「そんな事はまずないでしょうから、安心してください」

——嫌なフラグが立った気がする。

どうしたものか。俺個人でどうにか出来る問題ではない気がする。最悪を想定して備えるにしても限界がある。一人で考えるより仲間に相談するべきか。

「ところでマスター、今日のご予定は？」

「そうだな、最近姿を見ていないし、ノエルの顔を見に教会に行こうと思っている」

今、現在仲間の一人であるノエルは宿屋にはいない。

朝早くから出掛けているとかではなく、単純に宿屋にいない。一応ノエルの部屋も借りてはいるが、こちらに用事がない限りは帰ってくる事はないだろう。

ノエルがいる場所はこの町にある教会だ。

人間を毛嫌いしているのもあり、不特定多数の人間が出入りする宿屋で泊まる事をノエルは嫌がる。

その結果、町などで休息をとる場合はその町にある教会にノエルだけ滞在する事が多い。

神官の中でもエリートに分類されるノエルの滞在を嫌がる神官はいないらしい。

それこそ余程の汚職をしてない限りは歓迎してくれるだろう。

「教会にはエルフが多いので対応には気をつけてくださいよ」

「分かってるよ。もう何回も行っているし、彼らの性格は分かってるつもりだ」

しっかり人の出来ている神官はいいが、入りたてだったり選民思想の強いエルフの場合だと、あからさまにこちらを見下してくる。

俺が聖属性《せいぞくせい》の魔法を使えないのが大きいだろう。聖剣の使い手で聖属性を使える勇者には露骨《ろこつ》に対応が違う。

それをエクレアは凄い嫌そうな目で見ていたが。

「ノエルと最後に会ったのは七日程前になるのか？」

「この町に来てすぐに別れましたからねー。商人だったり旅人だったり、この町は人間の出入りが多いのでノエルさんは嫌そうでしたね」

「今も教会に引《ひ》き籠《こも》ってるだろうな。宿屋の部屋とる必要なかったか……」

「必要なかったと思いますよ。あのタイプの引き籠りエルフは無理やり引っ張り出さないと外にも出ないです。前のマスターも部屋から出なかったそうですから似ていますね」

――タケシ！

言いたい事色々とあるけど、見損なったぞタケシ！

「それでも昔よりは良くなったぞ。前は人間とすれ違うだけで舌打ちしてたからな」

「近付いただけで『消《き》え失《う》せなさい』って言ってましたもんね」

「色々ありすぎて思い出しただけで胃が痛くなるんだが」

「エルド伯爵を杖《つえ》でフルスイングしてぶっ飛ばした時のマスター、顔面蒼白《そうはく》でしたね」

「あれは流石にな。買収出来る気がしなかったから、ノエルはずっと牢屋《ろうや》行きだなって覚悟したよ」

「エルド伯爵が度が過ぎる善人で良かったですね」


あの時の事は今思い出しても吐きそうになる。まだ旅に出て三ヶ月くらいの時だ。

この時のノエルは借りてきた猫のように警戒心剝《む》き出《だ》しだった。過去に人間とトラブルがあったようだが、彼女が話そうとしない為、詳しい事は分からない。

勇者パーティーは六人のうち三人が人間だ。

獣人のトラさん、エルフのノエル、ドワーフのサーシャ。

トラさんとノエルは外見で分かりやすいが、サーシャはドワーフの特徴があまりない。

ドワーフと言えば高度な鍛冶《かじ》や工芸技能を持つ種族だ。外見は男女ともに背丈が低いものの力強く屈強《くっきょう》、日に焼けた健康的な肌の者が多い。男性は立派なひげを生やしているので非常に分かりやすい。あと、お酒好きでも有名だ。

サーシャはドワーフであるが魔法使いの為か、肌は白く筋肉は最低限しかない。小柄な体型は同じだが、パッと見はドワーフではなく背の低い人間と判断される。

彼女が魔力の回復手段にお酒を選んだのはドワーフとして当然だったのだろう。種族的にお酒に強いのでアルコール中毒ではあるが、悪酔《わるよ》いしないのがせめてもの救いだ。

話を戻そう。パーティーの半分が人間だった事もありノエルは最初の頃、とにかく機嫌が悪かった。

話しかけるだけで舌打ち。目が合うだけで舌打ち。距離が近いだけで罵倒《ばとう》が飛んできた。

特に人間の男である俺にはより強く噛《か》み付《つ》いてきた。

今思えば、よくもまぁ耐えたと思う。

彼女の態度が緩和したのは俺の傭兵《ようへい》時代の話をした時だったか？　もしかしたら過去に会った事があるのかも知れない。

驚いた顔をしたノエルを見たのはそれが初めてだった。とはいえ、その話は今は関係ないので置いておこう。

アルカディア王国と公国クレマトラスの国境沿いに領地を持つエルド伯爵と呼ばれる人物がいる。

アルカディア王国の国境を守る事を任された貴族の一人で、非常に優秀な人物と言える。

彼の領地を俺たちが訪れた時、彼はある魔物の被害で困っていた。

何でも領地のすぐ近くの森をドラゴンが縄張りとしたらしく、餌《えさ》などを探して領地まで現れるという。

家畜も多く襲われ、村人にまで被害が出ていたので、どうにか討伐しようと彼らも奮闘したが、ドラゴンは彼らの想定よりも強く、逆に蹴散らされてしまったらしい。

このままではまた村人たちに被害が出ると心を痛めていた所に俺たちが訪れた。

エルド伯爵から事情を聞いて魔物の被害を放っておく事は出来ないと判断し、ドラゴンの討伐を受ける事になった。

森の中で俺たちを待ち受けていたのは、グリーンドラゴンと呼ばれるドラゴンの一種。

緑竜とも呼ばれるドラゴンではあるが、ドラゴンの中ではまだ若い個体を指し比較的弱い部類に入る。

エルド伯爵たちが蹴散らされたと聞いていたので、拍子抜けしたのが本音だ。グリーンドラゴンとの闘いは特に苦労する事もなかったので割愛《かつあい》しよう。

やった事もサーシャの魔法でドラゴンを縛って、俺とエクレアで首を切り落としただけだ。

さて、問題があったのはこの後だ。

エルド伯爵の屋敷にドラゴンを倒した事を報告しに行くとすぐに領主の部屋へと通された。

彼はこれで村人に被害が出なくて済むととても喜んでいた。領民に慕われる理由が彼を見ていると分かる。

俺たち一人一人にも手を握って深く感謝をしていた。もし、この時に戻れるならあらかじめエルド伯爵に伝えるべきだった。ノエルは人間嫌いなので、感謝の言葉だけで良いと。

俺たちにしたと同じようにエルド伯爵がノエルの手を握って感謝した後だ。ブチッと何かがキレる音が聞こえたなと思った瞬間にはエルド伯爵は宙を舞っていた。

一応、領主に会うのだからと武器の持ち込みを控えようとしたが、彼が『我らが勇者たちを疑う必要などない。そのまま入ってもらえ』と言ったのも悪かった。

ノエルの手をエルド伯爵が握った瞬間に手は振り払われ、彼がえっ？　と驚いた表情を見せているうちに傍《そば》に置いてあった杖でノエルは彼の顔をフルスイング。

ホームラン！！　といった感じで飛んでいきピクリとも動かなかった。

一瞬何が起きたか護衛の兵も俺たちも分からなかった。

フシャー！　フシャー！　と猫のように威嚇《いかく》するノエルを見て、終わったと頭を抱えたものだ。

俺たちと同じように呆《ほう》けていた兵たちも、状況を理解してノエルを取り押さえようとした。

兵もまた人間の男である為、彼女は非常に暴れたが数には勝てず牢屋に連行されていった。

これは俺たちも牢屋行きだなと他人事のように達観《たっかん》していたが、俺たちが連れていかれたのは客室だった。

俺たちも仲間として問答無用で牢屋にぶち込んでもいいはずだが、監視付きではあるが領主が目が覚めるまでこの部屋に待っているように言われた。

領主の判断に全て委《ゆだ》ねるらしい。

領主が目を覚ましたのは翌日だった。俺たちの前に現れたエルド伯爵は元気そうであったが、ノエルに殴られ腫《は》れた頬《ほお》が痛々しい。

どんな罪状になるのやらと考えていたが、杞憂《きゆう》だった。エルド伯爵は善人だった。度が過ぎるほどの。

「我が勇者たちのおかげで私の愛する領民がこれ以上被害に遭《あ》わなくて済むのだ！　この程度の傷、何ともないさ！」

ノエルの犯行を笑って済ませる程の善人。

更にドラゴンを倒してくれたお礼だと謝礼まで出そうとした。申し訳なくて、流石に謝礼は辞退しようとしたがエルド伯爵は譲らなかった。

謝礼を渡そうとするエルド伯爵と断る俺たちの間でしばらく押し問答が繰り広げられ、どうにかエルド伯爵に折れてもらった。これで謝礼まで貰《もら》ったら人として終わりな気がする。

エルド伯爵の優しさには感謝しかない。今度会ったら何かお礼をしよう。エルド伯爵はたしかお酒が好きだったはずだ。サーシャに相談してみるか。


——時刻は昼過ぎ。

昨日の夜は遅くまで起きていた事もあり、昼までゆっくりした後に俺はノエルを訪ねて教会にやってきていた。

教会の入り口にいたエルフの神官にノエルの居場所を聞くと、裏庭に居ると教えられた。

エルフではあるが、神官らしい穏やかな目をした人だった。あの人は良い人そうだ。

エルフの神官に言われたように裏庭に向かうと、木に向かって何かしているノエルを見つけた。

何してるんだあいつと思いつつ声をかける。

「ノエル！」

声に反応してこっちを見た彼女は、碧眼《へきがん》を大きく開いてビックリしたような表情をした後、小走りでこちらに向かってくる。

太陽に反射する金色の髪が眩《まぶ》しい。

「急にどうしたのさ？　僕に何か用事かい？」

コテンッと首を傾げた時に、髪に隠れていたエルフの特徴的な尖《とが》った耳が見えた。

その耳に着けられた髪飾りが、見覚えがある気もしたが気の所為《せい》だろうか？

兎《と》にも角《かく》にもノエルが元気そうで良かった。

ところで、何を投げたんだ？　こちらに向かってくるまでに放物線を描いて飛んでいくものが見えたんだが、彼女の手に握られた五寸釘《ごすんくぎ》の打たれた藁人形《わらにんぎょう》と関係するのだろうか？　よし、見なかった事にしよう。

「この町に来てからノエルとは別行動だったろ？　ノエルが元気か気になってな」

「見ての通り僕は元気さ。君に心配されるまでもないよ」

フンッと鼻を鳴らしそっぽを向くノエル。僅《わず》かに見える耳が赤く染まりピクピクと動いている。

デュランダルの言葉を借りるなら彼女はツンデレエルフらしい。どうにも素直ではない。

「それでもノエルが元気そうで良かったよ。安心した」

そう言って笑いかけると、彼女は同じように鼻で笑うだけだが、耳はピクピクと動いている。

何とも分かりやすい。

昔の彼女と違って、今のノエルは耳や態度に出るから分かりやすい。さて、挨拶も済んだし気になる事を聞いてもいいだろうか。

見なかった事にしようと思ったが、この存在感を無視する事は出来そうにない。

「ところでノエル一つ聞いていいか？」

「僕に質問かい？　有意義なものである事を願うよ」

彼女は見当つかない様子だ。

俺からすれば気になって仕方ないが、ノエルにとってはそうでもないらしい。

「なぁノエル、その手に持っている物は何だ？」

尋ねるとノエルが小さく鼻を鳴らした。

「凡人の君に理解出来るとは思えないけどね。呪《まじな》いだよ」

「呪《まじな》い？」

「そうさ。ただの呪《まじな》いの道具さ」

どう見ても藁人形だ。呪《まじな》いというより呪《のろ》ってただろそれで。

「呪《まじな》いは分かるが何でしてたんだ？」

「それは僕の勝手だろ？」

「いや、それはそうだが。少し気になってな」

「まぁいいよ。さっき言ったように呪《まじな》いをかけていただけさ。少しばかり気に入らない雌猫《めすねこ》がいてね」

「雌猫？」

「そうさ、僕のモノに手を出した泥棒猫さ」

目がつり上がってる。明らかに怒っている様子だ。俺に対してではないと思うが、あまり追求しない方がいいだろう。猫か。猫に何か盗られたのか？　ご飯とか？

あまり触れるのはまずい気がする。話題を変えよう。

「そうか。呪いについては浅学《せんがく》だから聞いても分からないだろうな」

「最初に言ったろ。君には理解出来ないって」

「それでも俺に教えてくれたんだろ。ありがとうノエル」

「まぁ、いいよ。礼を受け取ってあげるさ。僕も聞きたい事があるから聞くよ」

あ、こちらの返事は関係なしか。

聞くから答えろって事ですね、分かります。

「これまで七日ほど町に滞在してるけど、何か有益な情報は手に入れたかい？」

「情報とは少し違うが、クロヴィカスの部下を名乗る魔族と交戦した」

「僕に連絡がなかった事を考えると、たまたま遭遇したようだね。念の為に聞くけど倒せたのかい？」

「どうにか倒したよ。トラさんも一緒にいたのが大きいな。一人だと危なかったかも知れない」

テシタスは正直に言って魔族の中でも弱い分類に入るだろう。魔力の操作がまだ未熟と言えた。それでも魔族が使う魔法は強力だ。距離を取られて魔法を連発されていたら危なかっただろう。

トラさんという優れた前衛《ぜんえい》がいたおかげだな。

「それで、その魔族から何か情報は得られたのかい？」

――答え難《にく》い質問がきてしまった。言えばどういう反応をされるかが予想がつく為、非常に言い難い。

「情報を得る前に殺してしまった」

ノエルが深いため息を吐いた。

予想していた反応ではあるが、実際にされると心にくるな。気持ちは嫌というほど分かる。貴重な情報源を逃した訳だ。あの場にノエルかサーシャがいれば結果は違ったかも知れない。

「君とトラさんの二人じゃ仕方ないか」

「勢い余ってしまってな。途中まで捕縛《ほばく》するつもりでいたんだが」

「まぁいいよ。言った所で何も変わらないからね。この話はこれで終わりにしよう。他に情報は？」

「…………」

「まさかとは思うけど君が手に入れた情報はそれだけかい？」

「正直に言おう。探している情報はまだ手に入っていない」

喋《しゃべ》ってはいけない情報という意味なら幾つか入手した。どれもこれも胃に痛い情報だ。

仲間の一人が王族と魔族のハーフとか、仲間に魔王が混ざっているとか、トラさんが女性だったとか。

いや、トラさんは別に喋っても問題ないか。

一応俺の中では進展はあった。魔王の居場所が分かったのだ。誰かは分からないが。

それでも言えないので、正直に言おう。進捗《しんちょく》ゼロです。呆れたようにまたノエルがため息を吐いた。

「君でそれなら他の奴《やつ》らも同じだろうね」

俺の事を評価しているのか貶《けな》しているのかよく分からん。ただ、ノエルのお眼鏡《めがね》に適《かな》わなかったのは確かだ。

さて、何か挽回《ばんかい》出来るような情報はあっただろうか？　思考を巡らす。

初日に宿屋にいた男が言っていた事を思い出す。だが言い方は悪いがただの酔っ払いが口にしていた事だ。それでも何もないよりはマシか。

「いや、一つだけあった。けど情報の発信源が発信源だけに質の方に問題があってな」

「ん？　構わないよ話してごらん。それが有益かどうかは僕が判断するさ。凡人の君より遥《はる》かに的確にね」

「分かったよ」

それもそうか。判別はノエルに任せればいい。俺も酔っ払いの情報だから期待はしていない。

「俺が聞いたのは宿屋の客だ。酒を飲みながら話していたから、それが嘘か本当かは分からない」

「前置きはいいよ。時間の無駄さ」

「悪い。そいつが言うには『デケー山脈』の麓の森で魔族の姿を見かけたらしい。竜と人のハーフのような特徴的な見た目をしていたから、お伽話《とぎばなし》に出てくる四天王に違いないと」

どうだ、いい情報だったろ？　ガハハハとその後一杯奢らされた。

だいぶ飲んでいたらしく足元がふらふらになりながら、一階の借りた部屋に向かっていたのでこの情報を信じていいのか分からなかった。

もしかしたら、この情報が正しくて有益な可能性も……、なさそうですね。ありがとうございます。

眉間《みけん》にしわを寄せ明らかに不機嫌なノエルに、言うんじゃなかったと後悔した。

「有益か無益かで判断してあげるよ。無益だよ。正直ゴミと言っていい」

「あ、はい」

「自分で言ってて分かってると思うけど、デケー山脈は僕たちの国『テルマ』の国境沿いにあるんだ。そういった情報は君たちよりも早く正確に教会の方に届いているんだよ」

「そうですねー」

「時間の無駄だからもう言わないよ」

つまり、そんな情報は教会に上がっていない。

所詮、酔っ払いのホラ話という事だ。

ノエルが言うようにデケー山脈はテルマの国境沿いに位置する。防衛を考えればその周辺の諜報《ちょうほう》に力を入れているのは仕方ないだろう。

今のエルフの敵は魔族ではあるが、人間達とも小競り合いを何度かしている。完全な味方という訳ではない。

教会の大多数はエルフだ。そしてノエルはその教会の中でも大司祭と呼ばれる地位に就く重役である。

そんな彼女に届けられる情報は酔っ払いの話などより遥かに正確だ。俺の情報は彼女が言うように無益な情報だったらしい。

――補足として話しておこう。

教会の階級は七つに分かれている。『法皇』『大司教』『大司祭』『司教』『司祭』『助祭』『神官』。

ノエルは上から数えて三つ目の大司祭。普通にお偉いさんである。何でこの旅に参加したんだと疑問に思う。

朝方、エルド伯爵についてデュランダルと話していたからだろう。あの時は急な事態と、胃痛で考える余裕がなかったがよくよく考えたら、普通に国際問題じゃないか?

アルカディア王国の貴族を大司祭の地位に就くエルフがぶっ飛ばした。十分有り得る。

教会だけじゃなくてエルフの国『テルマ』ともドンパチやる事になるかも知れない。

大きな騒ぎになる事を嫌ったエルド伯爵が、彼が譲る事で場を収めたのか。エルド伯爵の顔が浮かぶ。

いや、エルド伯爵《あの人》が底なしの善人なだけだ。少し胃が痛くなってきた。

教会に一つだけ言いたい。

ノエルを大司祭の地位に置いて大丈夫ですか？　いや、ノエルが優秀なのは分かる。しかし人間嫌い《こんなやつ》が前面に出すぎて、何かと問題となっているのも事実だ。

もう一度言いたい。大丈夫ですか？

「カイル、何か僕に対して失礼な事を考えなかったかい？」

「イエ、ソンナコト考エテイナイデス」

「何で片言《かたこと》？　これだから凡人は」

はぁとノエルがため息を吐く。いつもの光景である。なんというか慣れてしまった。

「それで、ノエルの方は何か情報を摑《つか》んだのか？」

「君たちと僕とでは出来が違うからね。当然摑んでいるさ」

ドヤ顔である。渾身《こんしん》のドヤ顔である。

イラッとしてしまったのは許してほしい。そして許してやってほしい。彼女は昔からこうだ。自信満々で余裕に溢《あふ》れている。自分より劣る者を見下す気質《きしつ》がある。正直にいって良い人ではない。

けど仲間の事を思いやるくらいの善良さはある。たまにミスをしてパニックになり、泣きそうな顔は非常に可愛い。

とはいえ、どうやら彼女はしっかりと情報を摑んだらしい。

「とある魔族の居場所を摑んだよ」

「魔族の居場所？」

「君が入手出来なかった情報さ」

それだけで誰の事かすぐに分かった。

「『片翼《かたよく》』のクロヴィカスの情報だよ」

頭で分かっていても感情まで抑え込めなかったのか、ふつりと込み上げてきたものがある。

僅《わず》かな怒りだ。激情ではない。それでも俺自身が分かるくらいには怒りが込み上げてきている。馬鹿らしい話ではあるが、どうにも敵であるはずの魔族に情が移ってしまっていたらしい。

――くだらない話を一つしよう。俺たちが無力さを噛《か》み締《し》めることになった一人の男の話だ。


ベリエルという男は勇者パーティー《俺たち》に良くも悪くも大きな影響を残した魔族だ。

彼と出会うまでに幾度か魔族と死闘を繰り広げているが、どの魔族も人間に対する嫌悪《けんお》や憎悪が垣間見《かいまみ》えた。

彼らの闘いの歴史を見ればそれは当然と言えるが、当時は何も知らず闘っていたものだ。

多くは過去の仕打ちで人間やエルフに対し激しい憎悪を抱いている。奴隷から解放される為に立ち上がれば、それを抑圧《よくあつ》しようと人間やエルフが立ちはだかった。

衝突は避けられなかった。

その闘いは今に至るまで長い時を経ても続いている。魔王を倒せばこの闘いは終わるのか？

正直に言って終わらないだろう。

魔族が滅びるか、他の種族《俺たち》が滅びるか、どちらかが世界から消えるまでその憎悪は続くだろう。既にどちらも止まれない所まで来てしまっている。

だからこそベリエルのような魔族は稀《まれ》だ。憎い存在でしかないはずの人間を彼は愛していた。

初めて会った時は彼が魔族だと知らなかった。

宿屋の主人をしていた彼は旅人との相手にも慣れており、その人当たりの良い笑みを浮かべて接客していたものだ。

――妻を愛する魔族《ひと》だった。

料理を作る彼と話をしていると、自分が変われたのは妻のおかげだと語っていた。

どれだけ妻が美しいか、どれほど妻が可憐《かれん》か長々と語る彼を見て、良くもまぁ出てくるものだと思ったものだ。

彼女は聖女のようだ。いや！　天から舞い降りた天女に違いない！　料理をする手を止め、両手を大きく広げて仰々しく語るベリエル。

正直お腹が空いていたので早く料理を作ってくれと思った。結局その後一〇分ほど彼の話は続いた。

まだまだ語り足りないというベリエルを止めてくれたのは彼の妻、『アイリス』だ。

お客さんに何してるのと、プンプン怒る彼女に謝りながらもベリエルはどこか嬉しそうだった。どれだけ妻《アイリス》が好きなんだと呆れた程だ。

――子供を愛する魔族《ひと》だった。

翌日、同じように料理を作る彼と話していて、しまった！　と思った時には遅かった。

どれだけ子供が可愛いか、どれほど子供が愛おしいか止まらないマシンガンのように長々と語るベリエルに、今日も料理は遅くなるなと悟ったものだ。

それでも嫌な気はしなかった。

世界が魔族の脅威に怯《おび》え、笑顔がなくなっていく中で、彼のように幸せそうな人を見るのが何よりの救いだった。

勇者《俺たち》パーティーが間に合わなかった事も少なくはない。その度に悲劇はある。この世界ではありふれた悲劇だった。

悲劇を救う為に、笑顔を守る為の勇者パーティーだ。

昨日と同じように、お客さんに何をしているのと怒るアイリスと、だらしなく顔を崩すベリエル。そんな光景を見てこの幸せを守らないといけないと誓った。

――悲劇が起きたのはそれから二週間後の事だ。

朝早くから騒ぐベリエルの声に心配して声をかけると、アイリスと子供の姿がないと捜し回っていた。

三人で一緒に仲良く寝ていたそうだ。一番早く起きたベリエルが顔を洗いに少し離れた間に事件は起きたらしい。

彼が部屋に戻ると窓が開いており、ベッドにいるはずのアイリスと子供の姿がなかった。

何かが起きていると、瞬時に理解し必死に宿の周りを捜していたらしい。

誘拐《ゆうかい》された可能性が高い。

俺とベリエルの認識が一致した。まだ近くにいる可能性が高い、町を捜そう。ベリエルが慌てて宿を出て行った後にまだ寝ていた仲間に声をかけ、ベリエルの家族を捜す事にした。

教会に一人滞在していたノエルにも事情を説明して、一緒に捜してくれないかとお願いをした。

『なんで僕が人間なんかの為に』とブツブツ言ってはいたが、なんだかんだ協力してくれるらしい。

俺たち勇者パーティーの六人とベリエルの七人で町全体を探し回った。それほど大きな町ではない。この人数で捜せば足取りくらいは見つかるはず、しかし捜せど捜せど見つからない。

時刻が昼を過ぎた頃に、ベリエルを除く俺たちで情報の共有をしていた時に話しかけてくる男がいた。

その男はベリエルが町の外れで待っていると教えてくれた。何でもアイリスの手がかりを見つけたと。

ノエルが少し不審に思っていたが、一先《ひとま》ずベリエルに会うことを決め、町の外れへと向かうと暗い表情をしたベリエルの姿があった。

あまり良い情報ではないのだろう。彼の表情から察する事が出来た。何か分かったのかと聞こうとする前にベリエルが叫んだ。

「すまない、俺の家族の為に死んでくれ！」

理解するのに数秒を要した。どういう事だと疑問を投げかける暇すらなかった。

ベリエルが俺たちに向かって『闇』属性の魔法を放ってきたのだ。驚きはした。それでも皆が冷静に魔法を回避する。

こちらを睨《にら》むベリエルを見て彼が魔族だと瞬時に理解し、仲間たちが戦闘態勢へと入った。

――ベリエルとクロヴィカス、彼ら二人は戦友《とも》だった。

これは後になって分かった事だ。

魔王が反逆の為に立ち上がった時から彼ら二人は人間やエルフと闘ってきた。

『片翼』のクロヴィカス、『鏖《みなごろし》』のベリエルとしてその名が恐れられる程の歴戦《れきせん》の魔族であった。

二人は幾多《いくた》の戦場を共にし、命を預けあった親友とも呼べる関係だった。

今から三〇〇年程前に当時の勇者によって魔王が封印された事で魔族は潜む事を選択し、その時に二人は別れた。

次に動く時までにどちらか片方が亡くなっている事はないと。互いの実力を信頼し合い、来るべき時を待とうと別れた。

そして魔王が復活した。来るべき時がきた《きたるべきときがきた》。

共に闘おうとクロヴィカスがベリエルの元に訪れた時、彼が見たのは変わり果てたベリエルだった。

人間を憎み、共に魔族の世界を作ろうと戦っていたベリエルは、人間の女を妻にし子供まで作っていた。彼が見たのはかつての戦友《ベリエル》ではない。腑抜《ふぬ》けとなった裏切り者《ベリエル》だった。

クロヴィカスはベリエルを許せなかったのだろう。

それ以上にベリエルを変えた人間を許せなかった。

だからクロヴィカスは彼の家族を誘拐し、魔族として闘えと迫った。家族の命を救いたいのなら勇者パーティー《俺たち》を殺せと。

ベリエルは苦悩した。人間と魔族との間に揺れた。人間は憎い存在だ。許すことの出来ない存在だ。

だがアイリスと出会い、彼は愛を知り変わった。人間は今でも好ましくない。それでもアイリスと触れ合い共に生活する中で、人間に対しての憎悪がなくなっていた。

人間の中にも良い人はいる。親友のように笑い合える者がいる事を、家族と過ごす日々で知った。

何よりアイリスと子供の為に生きようとベリエルが決めた時に起きた出来事だった。

そしてベリエルは勇者パーティー《俺たち》と闘う事を選んだ。彼にとって何より大切な家族の為に。

ベリエルは強かった。今まで闘ってきたどの魔族よりも。もし、ベリエルが昔のように無慈悲に闘っていれば俺たちは負けていた可能性もあった。けど、そうはならなかった。

彼の中に迷いがなければ勝てなかったかも知れない。ベリエルは迷ってしまった。

クロヴィカスを疑ってしまった。

たとえ勇者パーティー《俺たち》を殺しても家族を解放しないのではないかと。クロヴィカスの狡猾さを知っていた為、その迷いは深かった。

そして、何よりもアイリスと過ごした日々が彼を弱くした。

彼は人間を知りすぎた。人間に対して情を抱くようになってしまった。宿屋で共に談笑した事を思い出した。必死になってアイリスを探した俺たちを見てしまった。

彼の攻撃に躊躇《ちゅうちょ》が生まれた。

それが彼の優しすぎる故の敗因だった。

ベリエルの命は取れなかった。俺たちもまた彼に対して情を向けてしまったから。

彼の攻撃に躊躇《ためら》いがあるのに気付いてしまったから。

傷付き倒れ、それでもこちらに向かってくる彼が闘う理由を察してしまったから。

普段なら文句を言うであろうノエルも、ベリエルを治療する事を拒否しなかった。それでもまた、挑んでくる可能性があったから彼が死なない程度に回復した。

その事に驚いたベリエルが泣きながら俺たちに事情を話してくれた。

彼の代わりに家族を救おう。

そう奮起《ふんき》して行動に移した。サーシャとノエルの二人の働きによって、ベリエルの家族の居場所が分かるのにそう時間はかからなかった。

傷だらけの体で俺も連れていってくれと懇願するベリエルの執念とも言える思いに負けそうになったが、最悪を想定して彼にはその場に残ってもらった。

人質を盾にされ、再び俺たちに敵対するような事になれば、救えるものも救えなくなる。

俺たちに任せてほしいと強く説得して、ベリエルの家族がいる場所へと向かった。

だが、結果を言えば既に手遅れだった。

クロヴィカスは最初からベリエルを信じていなかった。変わり果てた裏切り者《ベリエル》を許せなかった。

だから、彼の最も大事なものを壊した。

俺たちが駆けつけた先で見たのは二つの死体。惨《むご》たらしく殺された死体は人の形をしていなかった。

子供の頭はネジ切られ、両手足は切断されて積み木のように積み重なっている。その体は玩《がん》具《ぐ》のように弄《もてあそ》ばれていた。

アイリスの体は綺麗《きれい》に縦に両断され、それぞれが違う椅子《いす》に座らされていた。体から流れた血が椅子を赤黒く染め上げた。

壁にベリエルの家族の血で書いたであろう赤い文字が刻まれていた。

――『魔族に栄光あれ』。

今になって思えば、あの時あの場でベリエルを殺しておくべきだったかも知れない。

そうすればきっと彼があれ以上傷付く事もなかった。妻や子供の事を心配しながらも、心を壊すことなく逝《い》けたかも知れない。

傷だらけの体。それでも家族を思う一心で俺たちの後を付いてきていたベリエルはその光景を見てしまった。

あまりに残酷な悲劇の惨状を。

「アアアアアアアアアア！」

口から血を吐こうともその慟哭《どうこく》の声が止む事はなかった。変わり果てた家族の亡骸《なきがら》に縋《すが》り付くように跪《ひざまず》き、壊れたように家族の名前を繰り返していた。

大切なモノを全て壊された、ベリエルの心もまた壊れてしまった。耐え難い程の心の痛みだっただろう。ベリエルにとって何より大切な家族だった。彼にとって生きる意味を教えてくれた最愛の宝物だった。

心が現実を受け入れられなかった。やがてベリエルは俺たちの制止の声も聞かず、家族の亡骸を大切そうに抱えて自害した。

折り重なるように三人の遺体が転がる悲劇の現場を、きっと俺たちは忘れる事はないだろう。彼の代わりに仇《かたき》を討とう。ベリエルの墓の前でそう心に決めた。


——閑《かん》話《わき》休《ゆう》題《だい》。

「クロヴィカスはどこにいる？」

自分でも驚く程低い声が出た。

感情が声に乗ってしまったらしい。落ち着け。冷静になれ。

言い聞かすようにフゥーと息を吐く。

その様子をノエルが呆れたように見ていた。

「落ち着きなよ。君らしくないよ」

「いや、すまない」

「魔族の為に怒るなんて変わり者だね」

やれやれとノエルが首を振る。

彼女もベリエルに何があったか、どういう最後を遂げたかを知っているがこの反応だ。

俺たちと違って教会に籠《こも》っていたからベリエルと接していなかったのもあるが、魔族という事でそもそも印象が悪いのだろう。

彼女からしてみれば仲間に言われて仕方なく魔族の家族を探していたら、魔族が襲いかかってきた。そんな感じだ。

事情があるにせよ、ノエルからすれば知った事ではないのだろう。

そういう所はエルフらしい。

「で、クロヴィカスの場所についてだね」

「奴がどこにいるか知りたい」

「その質問についての回答なら答える気はないよ」

「何故《なぜ》だ⁉」

思わず声が出た。ノエルが呆れたように、いや困ったように首を振る。

「今の君に教えたらすぐにでも向かっていきそうだからだよ。相手は歴戦の魔族だ。しっかりとした準備をしないと今度こそ負けるよ」

ぐうの音が出ないくらい正論だ。彼女は何一つ間違っていない。

ノエルの言うようにクロヴィカスの居場所を聞いたらすぐにでも出発しただろう。それではダメだ。相手は最初期からエルフや人間たちと闘っている歴戦の魔族だ。ベリエルのような迷いもなければ、殺すことに躊躇などないだろう。

油断すれば間違いなく殺される。だからこそしっかりと準備するべきだ。彼女のおかげで冷静になれた。

「そうだな。念入りに準備をしよう。出発はいつにする？」

「五日後にしないかい？　三日後に教会から連絡がくる予定になってる。情報を整理してから改めて出発した方が良いと思うよ」

「分かった。パーティーの皆にも伝えておく。その様子だとクロヴィカスは教会の手の者が見張っているんだな？」

「ま、そういう事だよ。今の所目立った動きはないみたいだから安心しなよ」

クロヴィカスの居場所については早くても三日後だな。教会の情報を整理して出発前に確認する事になるだろう。

彼女の話からエルフが諜報に力を入れているのが良く分かる。それは魔族だけに向けられていないのも。

「とりあえず俺は仲間の元に戻るよ。三日後ぐらいに教会に顔を出せばいいか？」

「僕が一度報告を聞きたいからね。君たちにも分かるように説明をしないといけないしもう一日欲しい、四日後に顔を出してほしい」

「分かった。四日後に皆と行く」

「準備の方は任せるよ。人間なんかの商人と商談したくないからね。僕の方は情報を整理して待ってるよ」

そこら辺は役割分担だな。

彼女に商人と商談なんかさせたら大騒ぎになりそうだ。エルフの商人なんてエルフの国じゃないといないだろう……。

一先ず宿に戻るか。ノエルの顔も見れた。仲間にもこの事を共有しないといけない。

夜になっても帰ってこない奴もいるし、何人かはどこにいるか分からない。早めに動こう。

「四日後に会おう。ノエルも無理するなよ」

「誰に言ってるのさ。凡人と僕とじゃ、そもそも出来が違うんだ。いらない心配さ」

自信満々な所は昔から変わらないな。

情報に関しては彼女に任せておいていいだろう。旅の準備は俺が主導で動いた方がいいか。

エクレアは喋ろうとしないから商談にならないし、サーシャに任せたら無駄に酒を買おうとする。

トラさんとダルは……いや、考えないようにしよう。前に任せて大変な目にあった。

ノエルに別れを告げて教会を後にする。帰り際に何か言っていたような気がするが、気のせいか……。

「もっと一緒に居てくれてもいいじゃないか……」

◆◆◆

宿屋に戻ってきた俺を迎えたのは勇者パーティーの仲間ではなく宿屋の主人と衛兵だった。

これで何度目だろうか？　話を聞かなくてもいい。また誰かがやらかしたらしい。

「カイルさんですか？」

「俺がカイルです。どうかしましたか？」

前に来た衛兵とは違うようだ。こちらを確認すると一礼する。

横にいる宿屋の主人の同情の眼差《まなざ》しが痛い。

「カイルさんと同じ勇者パーティーのエクレア様が無銭飲食で捕まっています。対応お願い出来ますか？」

「分かりました。向かいます」

どうやら今回はエクレアらしい。彼女がやらかすのは久しぶりである。

今回は無銭飲食か……。お金には困ってないと思うが何かあったのか？

まぁいい。賠償金を払えば解決するだろう。さっさと済まそう。

トラさんの時と同じように衛兵に案内され詰所まで向かうと、どこかしょんぼりした様子のエクレアの姿が見えた。

反省はしているらしい。彼女の場合は悪気はないと思う。おそらくお金を持っていくのを忘れてそれを説明出来なかったとかじゃないか？

「お疲れさまです。お相手は何と言っていますか？」

「お店の方は料金さえ払ってくれたらいいと」

「分かりました。いくらになりますか？」

確認すると大した金額じゃない事が分かる。鞄《かばん》から提示されたお金を出して衛兵に渡すと、カイルさんも大変ですねと労《ねぎら》われた。彼は前回と同じ衛兵らしい。

汚い話だが、お金で解決出来る問題は楽でいい。

「エクレア、お金は払ったから行こうか。一応後でお店の人には謝りに行こう」

「…………」

泣きそうな顔で彼女が頷いた。

トラさんの時に比べたら胃のダメージは少ない。彼女も今度は気をつけると思うし大丈夫だろう。

詰所を出てしばらくお互いに無言で歩いた。エクレアは元々無口なので、俺が喋ってないだけだ。なんというか凄い落ち込んでいるので話しかけにくい。

事情を聞いた方がいいな、これは。

「エクレア、少し座って話そうか？」

「…………」コクン

「少し行ったところにお店があった思う。飲み物を頼んでから話そう」

「…………」コクン
出来れば喋ってほしい所だが、仕方ない。それも個性として受け入れようか……。

エクレアと一緒に少し歩いてお店に入る。以前、宿屋にいた客にここの果汁ジュースが美味《おい》しいとすすめられた。それを頼もう。

「エクレアも同じものでいいか？」

「…………」

彼女が頷く。店員に注文をしてからエクレアと向き合う。先程からずっと落ち込んでいる。そこまで落ち込む事ではないのだけど。他の仲間に比べればまだ可愛い方だ。

店員が果汁ジュースを持ってきてから彼女と話す事にした。既に何となく察してはいるが。

「もしかしてだけど、お金忘れたのか？」

「…………」コクン
「食べた後に気付いたのか？」

「…………」コクン
「となると、それを説明出来なくて騒ぎになった感じだな」

「…………」コクン
エクレアは今にも泣きそうだ。彼女が喋らないから尋問している気分になる。

捕まった経緯は予想通りだ。このままだとずっと落ち込んでいそうだな。話題を変えるか。

聞きたい事もあったし。

「エクレア、一つ聞きたい事があるんだがいいか？」

「………」コクン
「不躾《ぶしつけ》な質問だったら答えなくていい。エクレアはもしかして喋れないのか？」

今まで一度も喋ろうとしなかった。声を出すのが恥ずかしいとか、話すのが苦手なのかなとか考えたが流石にここまで喋らないのはおかしい。喋らないのではなく、喋れないとかか？

コクリと彼女が頷いた。どうやら喋れないらしい。

「それは病気か何かか？」

エクレアが首を横に振る。病気ではないらしい。

「呪いとかか？」

またエクレアが首を横に振る。違うとすると何がある？　病気でもない、呪いでもない。

「それは病気ではないが、生まれつきのものか？」

エクレアが頷く。生まれつきか。もしかして勇者である事が関係あるのか？

分からないな。何かを訴えるようにこちらを見ているが、何を伝えたいかが分からない。

喋れないのなら筆談はどうだ？

「喋れないのは分かった。筆談は出来ないか？」

エクレアが首を横に振る。筆談が出来ない？　彼女は文字を読める。書けないということはないだろう。なんだ？　不可解だ。何かあるのか。

「自分で何が原因か知っているのか？」

エクレアが頷く。生まれつきの原因を知っている。思考を巡らせ。何か分かるはずだ。ヒントはあったんじゃないか？

喋れない原因は病気でも呪いでもない、文字は読めるのに筆談は出来ない。何かしらの力が干渉《かんしょう》している？　だとすれば
「それはもしかして神が関係しているのか？」

エクレアは頷く事も、首を横に振ることもしない。真っ直ぐにこちらを見ている。訴えかけるような目だ。

「最後の質問だ。エクレアは転生者か？」

同じだ。頷く事も首を振ることもしない。先程と同じようでこちらを真っ直ぐに見ているだけ。転生者と言った時にその瞳が微《かす》かに揺れた。どうやら、そういう事らしい。

「言えないんだな」

エクレアが頷いた。良く分かった。

彼女は俺と同じ転生者だ。

エピソードⅠ　勇者エクレアは喋れない

――○月×日、私は死んだ。

死因はなんて事はない飛び降り自殺だ。

生きていく事に絶望して、身を投げた。これから先の未来が見えなくて、どうしたらいいのか分からなくて気持ちがぐちゃぐちゃになって、気付いたら飛び降りていた。

死んだらもしかして彼に会えるんじゃないかって思った。

私を庇《かば》いトラックに轢《ひ》かれて亡くなった、高橋敦《たかはしあつし》君に。

別に恋人だった訳じゃない。友達でも親しい関係でもなかった。仕事の同僚で元同級生。そしてお兄ちゃんの友達。それだけ。

いや、自分の気持ちに嘘《うそ》をつくのはやめよう。彼は私の好きな人だった。

好きで好きで仕方がなかった。大好きだった。学生の頃から、私をイジメから救ってくれたあの時から。

ずっとこの思いを伝えられなかった。内気な自分が嫌いだった。

勇気を出せない私が嫌いだ。彼と一緒に居るだけで満足してしまっている私が嫌いだ。

追いかける事しか出来ない私が嫌いだ。

学校も仕事も追いかけるように同じ所を選んだ。ただ彼を見ているだけでも良かった。

出来れば想《おも》いを伝えて恋人になりたかったけど、それでも近くにいられるだけで嬉《うれ》しかった。

その死後でさえ追いかけようとしている。

きっと私はストーカーなんて呼ばれるんだろう。


「分かってると思うけど、貴方《あなた》は死んだわ。死因は自殺」

「はい」

「本当ならもう少し長生きするはずだったんだけどねー。これぱっかりは仕方ないわね」

彼女はミラベルと名乗っていた。

神様と呼ばれる存在らしい。

「次の転生先はもう決まってるから、ちゃちゃっと行っちゃいましょう！」

「あの！」

「どうしかしたの？　あ！　種族が心配？　貴方の来世は人間だから安心して」

人間じゃない場合もあるの!?　それは嫌だけど、そうじゃなくて！

「彼と、私を庇って亡くなった敦くんと同じ世界《ところ》ですか？」

「ん？　誰だったかしら。えーと、あ！　あの子か。残念ながら別ね。貴女は貴女用の転生先が用意されてるからそっちに行きなさい」

ペラペラと手元の書類を捲《めく》って確認してくれたけど、それは私が望む回答ではなかった。

「同じ世界は無理ですか？」

「無理よ」

「どうしてですか⁉」

「言っても仕方ない事だけど、定命《じょうみょう》の者の命の流れは全て決められているのよ。生まれた事も死んだ後の事も全てどうなるか定められている。それを変えることは出来ないわ」

「それじゃあ……」

「ん？」

「それじゃあ、死んだ意味がない！　敦君のいない世界なんて私はいらない！　彼のいない世界で生きていくことなんて出来ない！」

死んだら会えると思った。それなのに死んでも会えない。敦君のいない世界？

嫌だ。そんなの絶対嫌だ。

「無理なものは無理なの。諦めなさい」

「お願いします！　敦君と同じ世界に行かせてください！」

「だから無理だって……」

「どんな目にあってもいい！　罰を受けたっていい！　だから敦君と同じ世界にしてください」

「あなた……」

土下座でも何だってする。死ねと言われたら死のう。もう死んでるけど。

辱《はずかし》めを受けろと言うなら受けよう。それで敦君に会えるなら構わない。

何だってする。何をされてもいい。だから同じ世界に行かせてほしい。

数秒の沈黙の後にため息が聞こえた。

「既に定められた命の流れを無理やり変えようとすれば、それは大きな歪《ゆが》みになるわ。それ相応のペナルティを受けることになる。用意された先に転生するのと違って、貴女の思い通りにはならないわよ。それでもいいの？」

「はい！　敦君のいない世界に興味はありません」

「人間って分からないわー」

ミラベルはやれやれといった感じ。

神なんて言ってるけど人間くさい。

「そう。ならペナルティについて話しておくわ。転生してから話が違うなんて言われても困るから。その話を聞いて止めたくなったら言って」

「はい」

こちらを気遣っているのが分かる。根は優しいのだろう。

「貴女は転生先の世界で一言も喋《しゃべ》れないわ。文字は読めるけど筆談による会話も出来ない。頷《うなず》くか、首を振るか伝えたい事は行動で伝えないといけない。物凄《ものすご》い不便よ、貴女が思っているよりずっと。それでも行く？」

「はい！　そこに敦君がいるなら！」

またため息。出来れば諦めてほしかったのだろう。

「正直に言うわ。このペナルティは他の神《もの》にバレない為のものよ。貴女がこの事を転生先で喋らないよう縛り付ける為のもの。記憶をなくせばそのペナルティも必要ないけど、違うわよね」

「はい。敦君の事は忘れたくありません」

転生しても敦君の事を忘れてしまえば、意味はない。

「たまーにね、他の神がチェックしてるのよ。ちゃんと仕事しているか。今からやろうとしてるのはハッキリ言って不正なのよ。もし見つかったら私も降格だけじゃ済まない。だから予定の世界へ転生してほしいのだけど……」

彼女をジッと見つめる。ここが勝負どころだ。

「分かったわよ‼　ねじ込んでやるわよ。けど、私のリスクが大きい以上ペナルティは譲らないわよ」

「はい！　ありがとうございます！　ペナルティだろうと何だろうと受けます」

「今回のやり取りがあった事を伝えるのも禁止。前世がある事や転生者である事、そして神《わたし》が関与した事を伝えるのも禁止！　既に貴女の想い人が転生先にいる以上、チェックの対象なの！　絶対バレないようにします」

なんというかヤケクソになってる。私のせいだけど。

「ここまでするのよ。必ず貴女の想い人に会いなさい」

「はい！　必ず敦君に会います」

「貴女が行く世界は少しばかりハードよ。だからありったけの才能をあげる。それこそ物語の主人公を張れるくらいの。せっかく不正してまで転生させるんだもの、簡単に死なれては困るわ」

「はい！　ありがとうございます」

「それじゃあペナルティを与えるわ。行ってらっしゃい」

彼女の手から放たれた光が私に当たる。

あれ？　喋ろうとしてるのに声が出ない。こんな感覚なのね。

これくらいのリスクは上等！

敦君に会えるなら構わない。もう一度、貴女の傍《そば》に行きます。今度こそこの想いを伝えたい。

あ、喋れないじゃん私。どうやって伝えよう。

――さよなら佐藤栞《前世》。そしてエクレア・フェルグラントとして私は新たに生を受けた。

「そういえばあの子は大丈夫かしら？　一応才能は与えたから簡単に死なないと思うけど、念の為一〇年後くらいに見に行きましょう」

ミラベルがなんか言ってた。どうでもいいけど。


転生して最も困ったのは幼少期、それも赤ちゃんの時だ。

なんといっても私は喋れない。

声を上げない赤ちゃんに両親や神官が大慌てしていたのを覚えている。この頃は両親に心配と迷惑をかけたからほんと申し訳ない。

病気なのか呪《のろ》いなのか色々と調べてくれた。最終的にこの子には神の加護が宿っている。それが原因かも知れないと神官が判断した。

加護というよりペナルティなんですけどーって言いたかった。

まぁ加護って解釈のおかげで私が特別な子って感じな扱いになったから良し？　変わった子として扱われてたら育児放棄とかあったんじゃないかな？

そんな訳で、神の加護を受けて生まれたという事でとても大切に育てられた。

私の家系が勇者の血を引くというのが大きかったかな？　加護を受けて生まれてきたからこの子は次代の勇者に違いないと教会の神官だったり、家族が大騒ぎしていた。

違うよーって否定したかったけど喋れないのがもどかしい。赤ちゃんだからそもそも言葉話せないけど。

――時は流れる！

五歳くらいになった頃に父さんがしている素振りの見真似《みまね》で、木の棒を振り回していた。

この世界に敦君が居るみたいだけど何処《どこ》にいるのかが分からない。そうなると世界中を捜し回らないといけない。

でも、どうやらこの世界は魔物やら賊やら前世に比べたら物騒なようで、それなりに力がないといけないみたい。

正直、習い事なんてピアノくらいしかした事なかったし、運動音痴だったから剣を振った所でって思ったけどこの体凄い！

教えてくれた事をその通りにすると体に馴染《なじ》むまでが本当に早い。ミラベルが言っていたように才能が凄いみたい。

私がブンブン木の棒を振っていると父さんが『流石《さすが》は俺の子だ。次代の勇者としての才覚が既にあるな』と自慢げだ。誰目線だ？

小さい頃に私が抵抗出来ないのをいい事に、私に髭面《ひげづら》で頬《ほお》擦《ず》りしたのはまだ許してないんだぞ。

私のモチモチの柔肌に対してあんなジョリジョリと。私は根に持つタイプだ。絶対に許さん。

このまま綺麗《きれい》な肌をキープして敦君に、肌綺麗だねって言われたいのだ。

——時は流れる！

一〇歳くらいになると自分の行動範囲が増え、色んな所を見て回れるようになった。

今まで過保護な程に大切に育てられていたので、町の中を探索するのだって一人では許してくれなかった。

今私がいるのはアルカディア王国と呼ばれる国だ。王都から南に行ったところの『ハジマリ』と呼ばれる町で生まれて今まで育った。

この町は勇者が生まれた町として知られているらしく、観光客っぽい人がチラホラと見える。

その大きな理由は町の中心地に置かれた大きな岩に刺さった剣。なんと先代の勇者様が残した聖剣らしい。この剣を抜く事が出来るのが次代の勇者と言われている。

だからこそ聖剣を抜こうと屈強《くつきよう》そうな男の人が挑戦して、抜けなくて肩を落としているのを見かける。

私なら抜けるんじゃないかなーって、挑戦しようとしたけど父さんや何故《なぜ》か家で居候してる神官に止められている。

抜くのはまだ早いらしい。もう少し体が出来て実力がついた頃に抜けと。

二人とも私が抜ける前提である。

――時は流れる！

一五歳くらいになると体つきが女の子らしくなってきた。

残念ながら前世と同じで胸はあんまり大きく育ってない。いや、まだ成長期だしこれからこれから！

敦君は胸派だろうか？　私はお尻《しり》の形には自信があるから敦君はお尻派であってほしい。

母さんの血をしっかり引いたみたいで、今の私は美少女だ。近所の男の子たちからの熱い視線を感じるが私が思いを向けるのは敦君だけだ。諦めろ少年たちよ。

いつでも敦君捜しの旅に出られるよう、私は現在猛特訓中だ。

体が大きくなるまでは筋トレや素振りがメインだったけど、最近は父さんを相手に対人訓練もしている。

才能バッチリな私ならすぐ勝てるって思ったけど、このヒゲモジャ凄い強い。騎士でも傭兵《ようへい》でもないのになんでこんなに強いのか疑問だ。

一応こんなヒゲモジャだけど勇者の血筋だから？　納得いかない。いつか倒す。

居候の神官がそろそろ魔法を覚えないかと提案してきた。

よーし！　魔法も剣もいけるオールマイティな美少女剣士に私はなる！

――時は流れる！

とうとう二〇歳だ。前世なら大人の仲間入りだね。残念ながら胸はそこまで大きくならなかった。普通より少し大きいくらい？　お母さんと同じ巨乳が良かったのに……。

こうなると敦君がおしり派である事を祈ろう。

筋トレしてるから変な筋肉が付かないか心配だったけど、女の子らしい柔らかい肌をしてる！

それなのにしっかり筋力は上がってるから不思議だ。これが異世界パワーなのか⁉

さて、特訓の成果が出たのかとうとうお父さんを倒した。思いっきりぶちのめした。ざまぁみろヒゲモジャめ。私の柔肌をジョリジョリしたのが悪い！

剣の腕はみるみる成長していく。なんというか凄い勢いでレベルが上がっている感覚だ。この体の才能はほんと凄い。

魔法の練習も並行して行っている。喋れないから魔法は使えないかなって思ったけど、適正属性と魔力さえあれば大丈夫らしい。

呪文を詠唱した方が魔法の威力は上がるが、呪文さえしっかり覚えていれば魔法は発動出来るらしい。

私の適正属性は『聖』と『雷』。魔力は常人の三〇倍くらいあるらしい。魔法使いとしてもやっていけるだろうって言われた。凄いぞ、私！

二〇歳になって少し経《た》った頃に父さんと一緒に王都に行く機会があったが、敦君はいなかった。結構探索したけど見つからなかった。

どこに居るんだろ敦君。早く会いたい。

そろそろ旅に出たいけど、父さんと神官に止められている。運命は決まっているがまだその時ではないって。何言ってんだこのヒゲモジャ。

——時は流れる！

二三歳になった。美貌《びぼう》は磨きがかかっていると言っていい。この町一番の美少女と話題になってる程だ。

正直いつでも敦君に会ってもいい。綺麗だね、可愛《かわい》いねって言ってほしい。

早く捜しに行きたい。

もう旅に出てもいいと思うのに、未だに許されていない。魔法の発動もスムーズに行えているし、父さんにも難なく勝てるようになった。

今では父さんのお弟子さんと二人がかりで対戦しているが、それでも勝ててしまっている。

実力はもう十分だろう。理由を聞いても前と同じだ、まだその時ではないって。電波でも受信してるのか、このヒゲモジャ。

さて、今まで何事もなく平和であったけど今年になってちょっとした騒ぎが起こっている。アルカディア王国のとある貴族が不祥事《ふしょうじ》を起こして爵位と領地を没収された。それに納得いかなかった貴族が配下の兵と共に教会を襲撃し、エルフの神官達を人質にして王家に爵位と領地の返還を求めているらしい。

正直バカだと思う。そんな要求が通る訳がないし、仮に通ったとしても騒ぎが治まった後に潰《つぶ》されるのが目に見えている。

それでもアルカディア王国としては困った事態である。元とはいえ自国の貴族が教会を襲撃してしまっている。人質のエルフに危害でも加えたら国際問題待ったナシだ。

相当切羽詰《せっぱつ》まっているのか、王国からの使者がヒゲモジャの元にまで来ていた。私への要請かと思ったが父さんに動いてくれないかという相談だった。私の方が強いんだけどなー。

結果からいうと無事にこの騒ぎは収束した。

父さんも動こうとしたが、それより早く動いた者がいた。なんと旅の傭兵らしい。

たった一人で教会に立《た》て籠《こも》っている貴族たちをなぎ倒して、人質を助けたという。

凄いよね。聞いた時「やるぅー」って思っちゃった。

たしか『剣聖』カイル・グラフェムだったかな？　強い人はいるんだねー。

アルカディア王国の武術大会にも出ていたらしい。その大会で優勝して剣聖の異名を継承したみたい。

今回の騒ぎはその場に居合わせたエルフの大司祭が大事にしないように治めてくれたのが一番大きい。

下手したらエルフの国と戦争になる所だった。グッジョブだよ会ったこともない傭兵君とエルフの大司祭様！

そういえば、魔王が復活したなんて噂《うわさ》が流れてるけど大丈夫かな？

――時は流れる！

二五歳になって私は勇者となった。

魔王が復活したという噂は事実みたいで、それを証明するように今まで姿すら見せなかった魔族が各地で暴れている。

被害は小さいものではない。アルカディア王国にも影響は出ている。

父さんがついに『運命の時は来た。付いてこい、聖剣を抜き勇者となれ』って格好つけてたけど、父さんが言う前に既に聖剣を抜いてしまっていた。

魔族や魔物の被害が増えて世界的にも混乱が大きくなってる。

これはもう私の出番じゃないかなって。

思ってた以上に聖剣はあっさり抜けた。聖剣を抜こうと私の後に並んでた者がえーって！声を上げていたのを覚えている。

私が聖剣を持っているのを見て父さんは膝から崩れ落ちてた。どれだけショックだったんだこのヒゲモジャめ。

それから『聖剣を抜いた者が現れた。今代の勇者が誕生した』と、世界各地に私の名が広がった。それだけ魔族の驚異に怯《おび》えていて、期待しているのだと思う。

勇者としてアルカディア王国に招集されたのはその後すぐだった。

そこで私は運命《かれ》と出会った。


「剣聖、カイル・グラフェム！　よくぞ我が招集に答えてくれた。感謝する」

「魔族の脅威は世界にとっての脅威。対抗する戦力に選ばれた事を光栄に思います」

王様と会話する彼から目が離せない。金髪碧眼《きんぱつへきがん》の物語に出てくる王子様のような男の人。

髪の色や目の色は違うけど、間違いない敦君だ。

顔は全く同じだった。髪の毛を染めてカラーコンタクトを付けたのかなってくらい。体格は少しガッチリしている？　前のスーツを着こなしていた彼も好きだけど、鎧《よろい》の似合っている彼も素敵だ。好き。

勇者として世界各地を旅して敦君を捜すつもりだったけど、こんな形で再会出来るなんて！

ヒゲモジャが言っていた運命ってこの事？　敦君が私の運命の人って事!?

おっと、いけない。落ち着け私。二五年ぶりの敦君だからって騒いじゃダメだ。

今はなんか王様が大事そうな事を言っているしそっちに集中……あ、真剣そうな顔もカッコイイ。

「さぁ行くのだ我が勇者たちよ！　魔王を倒しこの世界を救うのだ！」

気付いたら王様の話は終わってた。何かやけに顔が青白いけど大丈夫？　手もお腹に当てて摩《さす》っているけど、お腹でも痛いの？　御手洗い我慢してるなら早めに行った方がいいと思うよ。

あ、それよりもう旅立つ感じ？

敦君をずっと眺めてたから何も聞いてないんだけど？　他のみんなが動いてるしそっちについていこう。

こんなに近くに敦君がいるなんて。夢じゃないよね？　会えたんだよね？

勇者パーティーとしてこれから敦君とずっと一緒？　最高すぎる！

「エクレアだったかな？」

城を出てすぐに敦君が話しかけてきた。声も前と同じだ。声を聞いているだけでキュンキュンくる。

ヤバい緊張する。返事をしたいけど、喋れないのがもどかしい。

とりあえず頷く。

「勇者エクレア。このパーティーは勇者である君の元に集まっている。君が俺たちを先導してほしい」

真剣な表情もカッコイイ。碧眼が似合ってる。ほんとに王子様みたいだ。

敦君の言葉を無視するなんて出来ない。頷く事で返答する。

私がリーダーか。勇者としてどういう行動したらいいのだろうか？

向かうにしても目的地がないし。そういえば昔やってたゲームも勇者が主人公だったかな？

それと同じようにすればいいいか。

敦君と一緒に旅が出来る。最高！

「え？　どちら様ですか？」

記憶がたしかだとゲームの勇者はこうやって民家に入って道具を集めていた気がする。タンスの中にはお金？　旅の資金は必要だよね。

お金を鞄《かばん》にしまうと家の住民が声を荒げて襲いかかってきた。びっくりしたけど反射的に投げ飛ばす。

「何をしているんだ？」

敦君がびっくりしている。そこで漸《ようや》く冷静になった。どうやら私は敦君と一緒にいるのが嬉しすぎて浮かれていたらしい。テンションが上がりすぎてハイになってみたい。

ゲームと同じように行動してた？　犯罪？

あ、衛兵さんが来た。

恥ずかしい。穴を掘って埋まりたい。

よりにもよって敦君の前でやらかしてしまった。敦君が上手《うま》く取り成してくれたおかげで捕まる事はなかったけど、やってしまった‼

「大丈夫か？　誰でも間違いはある。同じ過《あやま》ちを繰り返さない事が大事だ。切り替えていこう」

励ましてくれる敦君の声に泣きそうになる。

その優しさが辛いよー。

今すぐ時を戻したい。敦君と再会した時に戻してもっと勇者らしく出発したい。

とはいえ、やってしまったものは仕方ない。敦君が言うように同じ事をしないようにしよう。

切り替えろ！　私！

頷くと、敦君がニッて笑う。素敵！　カッコイイ！　付き合ってほしい！

この世界だと敦君じゃなくてカイル君って事になるのかな？　そう呼ぶようにするね！

想いを伝えたいけど、言葉が出ない。行動に移すには恥ずかしさが勝ってしまう。

せっかく会えたのに勇気を出せない私が嫌い。近くにいるだけで満足してしまっている。傍にいるだけで満足なの？　彼を追ってここまで来たのに。一歩踏み出す勇気を持とう。一緒に旅をする以上きっとチャンスはある！

今日この時この日に誓おう。勇者とは勇気ある者！　この旅が終わるまでに敦君に想いを伝えよう。

『転生する前からずっと好きでした』って。

――時は流れる！

勇者パーティーとして旅立ってから三年の月日が流れた。これまで多くの困難をカイル君たちと乗り越えてきた。私が思っていた以上に魔族は狡猾《こうかつ》で油断出来ない相手だった。皆の力を合わせなければ仲間の誰かが死んでいた可能性すらある。

早くこの戦いにケリをつけたい所だね。

私達のメインクエストとも言える魔王討伐の為に世界各地を回っていたけど、未だに魔王の足取りは摑《つか》めていない。ゲームのように魔王城のような拠点《きよてん》は構えていないらしい。

某ＲＰＧの初代魔王を見習ってほしい。あれくらい分かりやすいと私たちも楽だったのに！

ちなみにカイル君との関係だけど、特に進展はないです。喋れない口も羞恥心《しゆうちしん》に負けて行動に移せない体も全部嫌い！

せっかくカイル君と一緒に旅しているのに、まるで二人の距離が縮まっていないよー。これはどうにかしないといけない。

腕に抱きつくくらいはどうにか出来たけど、正面からハグはハードルが高いかな？　気軽にやってるダルちゃんが羨《うらや》ましい。

気付いたらパーティーの女の子からカイル君に対する熱い矢印を感じるし、私もモタモタしている暇はないと感じてる。ライバルに負ける訳にはいかないから勇気を出そう！

ま、今はそれどころではないんだけどね。

「………」

机の上に一通の手紙がある。私宛《あて》にヒゲモジャから送られてきた手紙だ。わざわざ弟子の人に持たせて厳重に運んできた手紙であり、かつ伝言として『手紙の内容は誰にも打ち明けてはいけない』と釘《くぎ》を刺された。

流石の私でも一大事である事は察しがついたよ。そしてこの手紙の内容こそが私が現在進行形で悩んでいる原因。

――手紙の内容はアルカディア王国が魔族に乗っ取られた。王様をはじめ上層部の人間が魔族によって洗脳されている可能性が高いというもの。

今から丁度一年ほど前。国に招集された際に王様の言動に父さんは違和感を感じ、部下を使って秘密裏に探っていたそうだ。

すると何年か前から政策が大きく変わり、兵を増強したり軍事面にかなり力を注いでいる事が分かった。

表向きは魔族に対抗する為のモノらしいが、狙いはエルフの国だろうと書いてあった。テルマに向けてかなりの数の密偵が向けられているみたい。

洗脳されているモノを探っていると一人の人物に辿《たど》り着《つ》いた。

それがアルカディア王国を乗っ取った一人の魔族。名前はリリス。王様の弟で大臣を務めるバルディア・ウォン・フィンガーランドの側室に迎えられた女性。そしてダルちゃんのお母さんでもある。

手紙にはアルカディア王国にどこまで魔族の手が伸びているかを調べると書いてあった。既に有力貴族や政治に携わる執政官は洗脳されているそうだ。

私にお願いしたい事は件の魔族、リリスの娘であるダルちゃんを見張ってほしいとの事。アルカディア王国はいつテルマに侵攻してもおかしくない状態にあるらしい。

その時勇者パーティーはリリスにとって邪魔な存在になる。リリスの娘であるダルちゃんが動く可能性が高いので気をつけるようにと。

もしかすると仲間の中にダルちゃんに洗脳されている者がいるかも知れないから注意するようにとも書いてあった。

「………」

カイル君を追ってこの世界に転生して、カイル君を見つける為に力を付けた。

気付いたら魔王が復活していて魔族の驚異に世界が遅れて気付いた。導かれるように勇者になり、世界各地から実力者が集められた。そこでカイル君と再会を果たせた。

ずっと会いたく会いたくて仕方なかったカイル君と一緒に旅が出来るのは嬉しくて仕方なかった。魔王の存在を忘れるくらいには再会の喜びがあったと思う。

勇者パーティーとして旅をする中で、魔物や魔族の驚異というものを改めて実感した。その狡猾さ残酷さに嫌気がさす程。

それでも頼りになる仲間がいた。カイル君がいた。だから力を合わせて魔王を倒せば終わりだと思っていた。旅が終わるまでにカイル君に思いを伝えられたらいいなって。

でも私が思っていた以上に魔族は狡猾な存在らしい。一緒に旅して絆を深めた仲間を疑わないといけない。違うって信じたいけど、今まで出会ってきた魔族の存在がその思いを否定する。

ダルちゃんだけじゃない。他の仲間も疑わないもいけないらしい。カイル君も疑うの？

「………」

心が痛い。どうしたらいいか分からないや。

助けてよカイル君。私は誰を信じたらいいのかな？

「…………」

――私の言葉は誰にも届かない。

第四章

告白

エクレアは転生者だ。

良くもまぁ今まで気付かなかったものだ。鈍い自分に嫌気がさす。もっと早く確認しておけば良かったな。

彼女が転生者だとすると、旅に出てすぐにエクレアが行った犯行にも納得がいく……訳ないな。普通に考えて犯罪だ。転生者だとするならどんな倫理観の世界で生きてきたんだとツッコミを入れたい。

先程のやり取りで彼女が答えられる質問とそうじゃない質問がある事が分かった。

神と転生者、それと彼女が喋《しゃべ》れない根本的な原因。神が関《かか》わってそうだな。

これについては今度ミラベルに会った時に聞いた方が早いな。もしかしたら彼女が関わっている可能性がある。

エクレア本人に聞くにしても、先程のやり取りを考えたら不毛な気もする。聞いた所で答えられないだろう。

「答えにくい質問だったのに、答えてくれてありがとう」

「…………」

エクレアが笑った。今日ようやく笑ったな。さっきまでずっと落ち込んでたからこの方がいい。

一先《ひとま》ず当初の目的を果たすために動こう。

「ベリエルの事を覚えているか？」

「…………」

一度首を傾《かし》げてから頷《うなず》いた。急にベリエルの事を聞いたから疑問に感じたのだろうか？

それでも頷いたから彼女も覚えているのだろう。

「教会でノエルと話してきたんだ。ノエルの情報が正しいならクロヴィカスの居場所が分かった」

「…………！」

驚いている？　いや、形のいい眉《まゆ》を寄せて顔が少し険しい。彼女もまたクロヴィカスにいい感情を持っていないのだろう。

ベリエルと関わった時間は俺に次いで彼女が多い。エクレアは喋る事が出来ないから一方的にベリエルが家族について話しているだけだったが……。

「予定通りなら五日後に町を出発する。ノエルが一度情報を整理してくれるから、前日に教会に集まって方針を決めてから向かおう」

「…………」

エクレアが頷く。異論はないらしい。

「旅の準備は俺がしておく。エクレアは五日後に出発出来るようにしっかり休息を取って準備しておいてほしい」

「…………」

エクレアが頷く。この感じなら大丈夫だろう。少し喉が渇いた。店員が持ってきてくれた果汁ジュースに口をつける。美味《おい》しいな、味はパインジュースに近いか？

エクレアも同じようにジュースを飲んでいる。美味しそうに飲んでる彼女が転生者とは思わなかった。

なんというかここ数日で色んな事を知ってしまった。胃が痛い情報もあるし。

今はこの一時を楽しもう。五日後には町を出る。目的地に着けばクロヴィカスと闘う事になるだろう。

簡単な相手ではない。死闘になるな。今は俺もゆっくり休息しよう。こんな日がずっと続けばいいんだがな……。

エクレアと別れた後、居場所が唯一分かっているサーシャの元に向かう事にした。

他の仲間は正直昼間はどこにいるか分からない。夜になれば宿に戻ってくるから、その時に話せば大丈夫だろう。サーシャの場合は下手すると朝まで飲んでて帰ってこない事があるから、直接酒場に行こう。その道中だ。

「ダル！」

仲間の一人、ダルの姿を見かけたので声をかける。声に反応してこちらを見た彼女は、驚いた表情の後にサッと走り去ってしまった。

この前からこんな感じだ。嫌われてる？

いや、それはないと信じたい。ダルに嫌われるのは結構ショックだ。追いかけてもいいが、宿屋に帰ってきた所で話した方がいいか。

最悪、扉越しに用件を伝えられたらいい。

とりあえず酒場に向かおう。サーシャにも伝えてしまいたい。

「今日は静かだな」

路地を少し歩き目的の酒場までやってきたが、前回と違い騒がしさはない。飲み比べはしてない感じか？　それならそれで助かる。

酒場の中に入ると何人かがテーブルやカウンターでお酒を飲んでいる。良くもまぁ昼間からお酒が飲めるな。

人の勝手だ。俺がとやかく言うことではない。酒場を見渡したがサーシャの姿はない。カウンターに酒場の主人の姿が見えた。聞いた方が早いな。

「すまない。ここに俺たちの仲間のサーシャは来てないだろうか？」

「上で一人で飲んでますよ。前と同じ部屋です」

布で拭《ふ》き終わった酒器をテーブルに置き、酒場の主人が上を指さした。どうやら今日は一人で飲んでいるらしい。

　都合がいいな。

「二階に行っても？」

「どうぞ」

　許可を貰《もら》ってから二階へと続く階段を上る。前と同じ部屋なら二階の突き当たりの部屋か。この部屋だな。

「サーシャ、いるか？」

「んー、いるわよ。話があるなら入ってきたら？」

　扉の前で声をかけるとサーシャの返事が返ってきた。遠慮なく入らせてもらおう。

　ドアを開けて最初に視界に入ったのが空になった酒瓶。八、九、一一本か。随分《ずいぶん》と飲んでるな。

　前回と同じ席に座っているサーシャがテーブルに頬杖《ほおづえ》をついてこちらに向かって手を振っている。テーブルの上には飲んでる途中の酒瓶と注がれている酒器が二つ。一つは俺のか……。

「とりあえず一杯どう？」

「女性からの誘いだし、一杯貰うよ」

　椅子《いす》に座ってサーシャと向き合うと、すぐに酒の注がれた酒器を渡されたので、一口飲む。

　酔いはしないが、サーシャが好んで飲む訳だな。後味がいい。果汁酒か？　悪くない。

「いい酒だな」

「でしょ！　この町の名産品らしいわ。最近ハマってるのよねー」

なみなみと注がれている酒を一気に飲み干した。美味しそうに飲んでいるな。サーシャ一人でこれだ。お酒好きのドワーフの国で飲み会なんてしたら大変な事になるな。

「それで用件は何かしら？　お酒が不味《まず》くなる話ならやーよ」

残念ながらお酒が不味くなる話である。サーシャにエクレアに話した事と同様の事を伝えると、めんどくさそう顔を顰《しか》めた。

彼女の場合は好きなだけお酒が飲めなくなるのが嫌なだけだろう。旅に出るとどうしても飲める量は限られる。色々と旅の必需品があるが、サーシャはそれを削ってまでお酒を持っていくから困る。

荷物になるからお酒の量は少なめにしろと何度か言ったが聞いてくれた試しがない。旅をしてる道中も、歩きながらお酒を飲んでるなんて常のことだ。それでも酔って戦闘に支障をきたした事は一度もない。それもあって強くは言えない。言っても聞かないしな。

「とりあえず分かったわ。五日後ね」

「前日に一度教会に集まるけどな。ノエルが整理してくれた情報を元に方針を決めよう」

「気にせず飲めるのは三日だけかー。四日目も早く済めばお酒を飲む時間が作れる？」

「出発の前日だから出来れば控えてほしい所だが」

「無理よ」

「だろうな」

知ってた。アルコール中毒の彼女がお酒を飲まない日なんてないだろう。

その日の量が多いか少ないか、それくらいの違いだ。こんなに飲んでるけどお金は大丈夫か？　パーティーのお金は報酬だったりを均等に分けて各々で管理しているが……。

そこら辺はしっかりしているだろう。ん？　サーシャがこっちを見て悪戯《いたずら》っぽい笑みを浮かべている。

「ところで……ダルとはちゃんと話せた？　肝心な所でヘタレなカイルがきちんと話せたか気になってたのよ」

「正直、その事についてサーシャに文句を言いたい所だけどこの際いいか。ちゃんと話せたよ。その事でサーシャに相談したいことが……」

「話せたならいいわ。内容の方は聞きたくないから言わないでちょうだい」

こいつ、逃げる気か！

「ダルが王族と魔族のハーフだった」

「なんで言うのよぉ！　知らぬ存ぜぬで済まそうと思ってたのに」

「目星《めぼし》はついていたんだろ？　なら一緒だ」

「分かってても知りたくはないのよ。責任を負いたくないから」

「俺一人で背負うには少しばかり問題が大きすぎる。知っている人間は少ない方がいいが、何かあった時にフォロー出来る仲間は欲しい」

「カイル一人に押し付けるのは流石《さすが》に可哀想《かわいそう》か」

サーシャがため息を吐きながら酒器にお酒を注ぎ一息《っ》に飲む。ため息を吐きたいのはこっちだ。この女、俺一人に全て任せて自分は知らん振りする気だったようだ。

それだけはさせまいとすぐさま言ってやった。俺だけに任せるな。サーシャ《おまえ》も道連れだ。

それに俺が居ない時に問題が起きても困る。

その点彼女は機転が利くし、同性である事からサポート出来る範囲も広い。サーシャが適任だ。事情の説明も必要ないしな。

正直に言うと他の面子《めんつ》だとフォローが期待出来ない。エクレア？　喋れないから無理だ。トラさん？　戦闘の面は期待出来るがあの人は基本脳筋だ。殴って何でも解決しようとする。ノエル？　論外だ。彼女が仲間に対して情があるのは分かっているが、それはダルの事情を知らないからだ。知ればどういう対応をするか予想出来ないので避けた方がいい。

サーシャが空になった酒器を突き出してきた。俺に注げって事か。なみなみとお酒を注げば満足そうに笑みを浮かべお酒を飲む。

「仕方ないからあたしも協力するわ。その代わり今日は付き合いなさい」

——結局こうなるのか。

思わずため息を吐く。お酒に付き合わなければそれはそれでめんどくさい。彼女が満足するまで付き合うとしよう。

それから暫《しばら》く飲んでいたが終わる気配がない。軽く二〇杯は飲んだと思うのだが。

「そういえば、ダルが王族だってよく気付いたな」

注がれたお酒を飲みながらサーシャに疑問を投げる。んっ！　と酒器を突き出してきたので、今度は俺が注ぐ。

「そうねぇ……魔族って気付いたのは最近だけど、王族に関しては最初の顔合わせの時には気付いてたわ」

「随分と早い段階で気付いたんだな。何かあったか？」

「王様よ王様。王家の連なる者しか持たない特徴を持つダルの事を王様はやたらと気にしてた。それこそ送り出す瞬間までダルを見てたのよ。送り出したくないって表情に出てたわ。最初は過保護なのかしらって思ったけど違ったみたいね」

やはり胃痛フレンド王様《おうさま》か。

俺はあの時はまだ気付いてはいなかったな。顔色が悪かったから体調不良かと疑っていた。胃が痛かったんだろうな王様。今はどうだ？

「王様からすると出ていってほしくないからな。なんというかよく見てるな、サーシャ」

「あたしの場合は魔法の研究をしているせいね。細かい変化にも敏感なのよ。それでダルの事に気付けたの。あの時は特に周りを観察してたのもあるかしら？　誰を信頼するか判断に迷ってたから」

「信頼か」

「あの場に居たドワーフはあたしだけよ。後は全部別の種族。首長の命令だから仕方なく応じたけど、あたしだって女よ。不安にだってなるわ」

こちらをジッと見つめる彼女の目はどこかか弱い。頬はお酒のせいか少し赤らんでる。いつもと違う彼女の様子にグッときた。しかし不安か……。

「不安は嘘《うそ》だろ」

「失礼ねー。なんでそう思うのよ」

「サーシャは城を出てすぐに酒を飲んでただろ。エクレアがやらかした時も顔色一つ変えてなかった。その上、騒ぎを気にせず飲んでただろ？　不安ならもう少し顔に出せ」

「あら、カイルも良く見てるじゃない。人の事言えないわよ」

あの時の勇者パーティーはみんな他人だった。魔王討伐の名目で集められていたが、言ってしまえば烏合《うごう》の衆《しゅう》だ。

絆《きずな》を深めた後ならともかく、初対面に近いあの時は皆が皆探っている感じだったな。

「不安はなかったけど、信頼出来る相手は探していたわね。魔法使いはどうしても呪文《じゅもん》を唱えてる間は無防備だもの。頼れる前衛《ぜんえい》は欲しかったわ」

「前衛が居なくてもサーシャなら闘えるだろ？」

「あら、ダメよ。今の場面は『俺が守るから安心しろ』って言わなきゃ。女心が読めないわねー」

「無茶ぶりは勘弁してくれ」

両手を上げて降参のポーズ。その様子をサーシャが笑う。ほんとに勘弁してくれ。今でさえ、ダルとトラさんとで問題を抱えてるんだ。

このタイミングでサーシャまで口説いてどうする？　タケシさんのように刺されるんじゃないか俺？

魔王討伐前にパーティーが崩壊する可能性がある。それが魔王の狙《ねら》いならどういうやり方だよって言いたい。

「今ではちゃんと信頼しているのよ。戦闘も私生活も。カイルに任せておけば大丈夫って安心出来るもの」

「サーシャにそう言ってもらえるなら嬉《うれ》しいよ」

「ならもう少し嬉しそうにしなさいよ！　なんで複雑そうな顔なのよ！」

「信頼してくれたのは嬉しいけど、酒の席で問題起こしてその度に俺を呼ぶのは勘弁してくれ」

「カイルなら何事もなく収められるって判断してるの。それも信頼関係よ」

いひひとサーシャが笑う。信頼出来る相手というより、問題を押し付けられる相手を探していたのが正解じゃないか？

問題の度に呼び出された回数は一度や二度ではない。それこそ数え切れないくらい呼び出されてる。どれだけ問題を起こせば気が済むんだと言いたくなった。

なんというか問題は起こす事は出来るが、問題を解決出来そうな面子が俺とサーシャ以外にいない。

良くも悪くもこのパーティーは問題児が揃《そろ》っている。前科者《ぜんかもの》だらけの勇者パーティーなんて前代未聞だろう。先代の勇者様も憂いているだろう。

「カイルが問題を起こした時はびっくりしたのよ。一般人に手を上げて捕まったって聞かされた時は酔いが冷めたわよ」

「あの時か……」

「育ての親をバカにされたんだっけ？　とはいえ軽率だったわね」

「冷静になるべきだったよ。それでも我慢していた方が後悔してたと思う」

「あら、そうなの？」

あまり思い出したくない記憶だな。絡んできた酔っ払いが鬱陶《うっとう》しかったのはたしかだが、もう少し冷静に対応するべきだったと思う。

それでも育ての親であるリゼットさんの事をバカにされて黙っている事は出来なかった。衛兵には『貴方《あなた》だけはもうしないでください』と言われたのが一番辛かったな。

「あの場にサーシャが居てくれたらな」

「あら、あたしじゃ無理かも知れないわよ」

「酔っ払いの相手は慣れてるだろ？」

「鬱陶しかったら魔法放っていいなら対応するわ」

「やっぱり居なくて良かったよ」

「失礼ねー」

冗談ではある。彼女だったら上手《うま》く収めてくれた気がする。サーシャにお酒を注がれたので一息に飲む。彼女の酒器に注ごうとしたが空のようだ。

「空だな」

「あら、ほんとね。飲みきったみたいね」

「そうか」

漸《ようや》く解放されるのか。なんだかんだ飲まされたな。今回の場合はサーシャがあらかじめ飲んでいた事もあって前回ほどは飲まされていない。

宿屋に帰ってダルと話すのは出来そうだ。

「まだあるから安心して」

「は？」

机の上に小さな魔法陣が浮かんだと思ったら、先程までとは種類の違う酒瓶が魔法陣から生えてきた。『収納』魔法だと……。バカな、まだストックがあったのか⁉

「あたしが満足するまで付き合ってもらうわよ、カイル」

いひひと笑うサーシャに何も言えなくなる。

「仕方ないな。加減はしてくれよ」

「どうかしら？　カイル次第ね」

「俺次第？」

「酒が美味しくなるような話を聞かせてほしいなって。あたしが聞きたいのはカイルの昔の事――。カイルはなかなか話そうとしないでしょ？」

仲間に昔の事を話したのは少ない。旅に出て少し経《た》った頃にトラさんに聞かれたから話したっけ？　その時は傭兵団《ようへいだん》に居た時の話だったな。まだリゼットさんも生きていた。

ノエルが驚いていたから、その当時に会ったのかも知れない。昔の話か……。

「大した理由はないぞ。つまらない話の方が多い。それに酒の席には合わないと思うが」

「それでも構わないわ。聞きたいじゃない。好きな人の過去の話とか」

「は？」

「教えてよ、カイルの事」

テーブルに頬杖をついてこちらを見つめるサーシャの視線がいつになく熱く感じる。そういう事なんだろうか？

どう返すのが正解だ？　好意について返した方がいいか？　いや、彼女が聞きたいのは俺の返事じゃなくて過去の話だ。

変に触れて拗《こじ》れても困る。好きな人とかどうとかは今は触れずにいこう。

「過去の話か、色々あったからな。話すにしても何から話せばいいか」

「カイルの小さい頃の話とかは？」

「小さい頃か。酒の肴《さかな》には合わない話になると思うぞ」

「それでも聞きたいのよ。どうしてカイルが傭兵になったのか知りたいから」

幼少期の記憶は正直話したいものではない。今でもたまに悪夢で思い出す。俺が無力で何も出来なかった時の記憶だ。

「そうだな。自分の才能に天狗《てんぐ》になってたガキだと思う」

「今のカイルを見てるとイメージが湧かないわね」

「今でも天狗になってたらダメだろ。当時は他の奴《やつ》より才能はあったんだ。同世代の子供の中でも一番身体能力は高かったし、勉強も出来た。努力もしていたが才能に甘えてた所もあっただろう。天才天才ともてはやされて調子に乗っていた」

「その感じだと、天狗の鼻が折れる事態があったのね」

「ま、そんな所だ。一杯貰えるか？」

「はい、どうぞ」

サーシャに注いでもらった酒を一口飲む。先程とは違う、アルコールが少しキツイか？　ほのかに甘さがありスッキリした味わいだ。悪くないな。

こういう時、酔えないのが嫌になる。昔の事を語るには少しばかり素面《しらふ》すぎる。

「七歳の時だな。住んでた村が山賊《さんぞく》に襲われた。家族に庇《かば》われてどうにか生き残る事は出来たが、俺以外全員亡くなったよ。今でも思う。もっと努力してれば違ったんじゃないかって。結局は七歳だ。何も変わらないだろうがな」

自分でお酒を注いで一息に飲んだ。昔の事を話すのは好きじゃない。自分の弱さを嫌という程突きつけられる。

サーシャは何も言わない。ただ真《ま》っ直《す》ぐにこっちを見ている。こちらを気遣っているのか……。

「サーシャも一杯どうだ？」

「そうね、貰うわ」

彼女が飲んでる姿を見ながら思い出す。

リゼットさんも良くお酒を飲んでいたな。決まって闘いがあった日の夜だ。それ以外の日は飲んでる所を見た事がない。

「その後どうなったの？　一人で生きてきたの？」

「いや、傭兵団の人に拾われた。リゼットという叔母《おば》に当たる女性だ」

もしあの後リゼットさんに拾われてなければどうなっただろうか？

家族を殺された復讐心《ふくしゆうしん》で己を鍛えたか？　復讐する事だけを目標に生きていたかも知れない。

いや、それ以前に七歳だ。庇護者《ひごしや》もいないガキが生き抜けるほどこの世界は甘くないだろう。どこかで野垂《のたじ》れ死にしてたか……。

「俺が傭兵になった経緯は、育ての親が傭兵だったからだ。『翠《みどり》の風』という名の傭兵団に所属していた」

「その傭兵団はたしか三年前に…」

「魔族との闘いで壊滅した。二〇歳の時に抜けて以来会ってはなかったが、風の噂《うわさ》で聞いてびっくりしたし後悔もした」

「自分が抜けずにいれば助けられたって？」

「そういう考えをするのは昔も今も変わらないな。現実を見れてないんだよ俺は」

「見たくないものから人は目を背《そむ》けるものよ。向き合えるならそれで十分じゃない？」

「そういうものか」

サーシャがお酒を注いでくれた。彼女から酒瓶を受け取って彼女の酒器に注ぐ。

二人一緒にお酒を口に含んだ。ほのかに甘い。それでも昔の記憶は酷《ひど》く苦い。

「育ての親が傭兵団に所属していたからな。必然的に俺も傭兵になったよ。初めて戦場に出たのは一〇歳の時だ。山賊討伐が仕事だった」

「怖くはなかったの？」

「戦場に出るまで怖かったと思う。いざ闘いになると無我夢中だったからな。初めて人を殺したのもその時だ。殺した感触がなくならなくて、気持ち悪くて吐いてたよ」

リゼットさんに背中を摩られながらずっと吐いてた。ミラベルが現れるようになったのもこの頃だな。これについては話せない。

「小さい頃の話なんてそんなものだ。それから二〇歳になるまで傭兵として戦場に出たり、魔物退治をしていたよ。ここら辺の話は前にしたよな？」

「そうねー。前に聞いたと思うわ。誘拐《ゆうかい》されてたエルフを助けたのは一五歳くらいだったかしら？　その子がもしかしてノエル？」

今から一三年前だ。傭兵団が町で休息を取っている時に、薄暗い路地に連れ去られる幼いエルフがいた。周囲に人はいたが気付いたのは俺だけだった。

後になって分かった事だが、少し規模の大きい人攫《ひとさら》いのグループだった。奴隷商に売り払うのが目的でエルフを誘拐しようとしていたようだ。

あの時は何とか助けようと必死だったな。数は思ったより多かったし、俺より強そうな奴もいた。

今になってみると傭兵団の仲間に声をかけるべきだったと思う。一人で無理してヒーローになろうとしたから、助けようとしたエルフに庇われて彼女は背中に傷を負った。弱かったな、あの頃の俺は。

どうにかなったから良いものの、二人揃って死んでた可能性もあったな。

あれから奮起したのか？　より強さを求めるようになった。守れる強さを手に入れたかった。

「どうだろうな。俺もあの時のエルフの顔は鮮明に覚えてないからな。話してた時のノエルの反応からその可能性はあるんじゃないか？」

「今から一三年前だからノエルが七歳の時ね。誘拐がきっかけで人間嫌いになったのも有り得るわよ」

「こればっかりはノエルに聞かないと分からないな」

聞いてもなかなか話してくれないから今の所謎《なぞ》のままだ。ノエルがつけてる耳飾りが当時プレゼントした物に似てる気はするが、よくあるものだからな。

リゼットさんにプレゼントしようとしたものをそのままあげたんだっけか？　もしあの時のエルフがノエルなら怒るだろうな。

「つまらない話だろ？　酒の肴にはならない」

「でも知りたかったから知れて良かったわ」

サーシャがお酒を注いでくれた。飲めって事だろう。お酒を口に含む。

「ところで、カイルの初体験っていつくらい？」

「ぶっ！」

お酒を吹き出さなかった自分を褒めたい。何とか我慢出来た。急になんて質問してくるんだ、こいつ。

少し前まで暗い過去の話をしてただろ？　言いたくないけど空気読め。

いや、逆か。俺が暗くなってたからサーシャが話題を変えてくれたのか。それでもその質問はない。

「急に何を……」

「あら気になるじゃない。好きな人の事なんだし。初体験がまだならあたしとお揃いじゃない？」

そういった情報はいらない。

「サーシャには悪いが初めてではないな。一〇年ほど前だ。同じ傭兵仲間だったと思う」

「あら、残念。当時の恋人とか？」

「いや、親しくはあったが恋人ではなかった。戦闘終わりで互いに昂《たかぶ》っていたのもあると思う。下品な話ではあるがな」

「つまんないわね。お揃いじゃないのも面白くないわ」

俺の回答にサーシャは不満そうだ。こういう時好きな人の初めての相手になりたいとかそういうのか？

そこら辺の事は前世の時から疎《うと》い。ミラベルにも注意されたな。貴方いつか刺されるから、女性関係には気をつけなさいって。

「恋人とか、奥さんとかいない？」

「いないな。二一歳頃にいたがすぐに別れた。それっきり会ってはいない」

「恋人もいたのー？」

サーシャが口を尖《とが》らせブーブー言っている。不満らしい。残念ながら恋人いない歴＝年齢ではない。

当時の彼女に悪い事をしたな。傭兵を辞めてほしいと強く言われたものだ。彼女も家族を早くに亡くしたのもあって、そういうリスクから離れてほしかったらしい。別れた大元の理由はそこだろうな。見解《けんかい》の不一致だ。

「今は恋人欲しいとか考えてない？」

「それどころじゃないからな。少なくとも今の問題を解決するまではそんな余裕はないと思う」

「欲しくなったらあたしに言ってね。なんでかはあえて言わないでいてあげる」

「感謝するよ」

正直恋人どうこうを考える余裕はない。

サーシャには言えないが仲間の中に魔王がいるのだ。恋人が魔王だったなんて事があれば女性不信になる。現状一番魔王から遠いのはエクレアだ。次いでダル。後はまだ判断に困るな。魔王を討伐するまでは考える余裕はない。三〇までに結婚出来ればいいが……。

「もう一つ聞いてもいいかしら？」

「答えられる範囲で頼むよ」

「貴方が使ってる剣について」

サーシャに言われて壁に預けたデュランダルを見る。椅子に座る時に邪魔だから預けたが、一瞬カタッて震えてたな。俺がサーシャと飲むのが嫌なのだろう。

「デュランダルの事か？」

「そうデュランダル。魔剣デュランダルよね。たしか二代前の勇者パーティーに所属していた『動けるデブ』のタケシが使っていたはずよ」

——酷い異名だ。

動けるデブってなんだ？　殆《ほとん》ど悪口じゃないか。タケシさんが勇者パーティーの一人だった事も驚いたが、それ以上に異名の酷さに驚いた。異名なんてものはその人物のあり方で付けられる事が多い。

勇者なんて異名は分かりやすい。サーシャはたしか『酒乱』だったか？　酒の席で魔法を使って暴れてから呼ばれるようになってた。

その前は『若き賢者』なんてカッコイイ異名だったのに。サーシャは気にした様子もないし、どうでもいいのだろう。

「動けるデブか、酷い異名だな」

「たしかタケシが自称してたそうよ」

なんでそんな事するかな。

タケシさんの事がよく分からない。俺の身近にいなかったタイプの人だ。間違いない。

「魔王について調べていると出てくるのよね。四代目魔王『ロンダルギア』についてとか。四代目の勇者ロイドについてとか。一人だけ明らかに浮いてるから変に目立つのよ」

「そうだな明らかに浮いてるな」

「変わった言動も多かったみたいよ。それは今は関係ないからいいわね。その剣、『レゾ遺跡』に刺さってなかった？　クレマトラスの王都から南東にある古びた遺跡よ」

そんな名前だったか？　クレマトラスの領内にあったのはたしかだ。

その土地を治める領主から、遺跡に魔物が棲《す》みついたからどうにかしてほしいと言われて討伐に行ったはずだ。

討伐したついでに遺跡の中を探索していた。隠し扉を見つけたから進んでいくとその突き当たりが最奥《さいおう》だったな。

装飾されて土台に刺さっているデュランダルが神々しかった覚えがある。

「抜いたらまずかったか？」

「多分ね」

背中に嫌な汗が流れる。

デュランダルが覚醒した時、何か言ってなかったか？　結界の礎《いしずえ》の為にデュランダルを使ったとかなんとか。うん。抜いたらダメなやつだ。

「たしか魔族の四天王の一人を封印してたはずよ」

「四天王？」

何故《なぜ》か五人いると噂されている四天王か。

「『不死の女王《アンデットクイーン》』シルヴィ・エンパイアだったかしら？　不死のアンデットで倒せないから封印する事で対処したはずよ」

「デュランダルを抜いた所為《せい》で、そいつが解放された可能性があると」

「おそらくねー」

まずい事をしたか？　いや、待てよ。たしかデュランダルが言っていたな。『マスターが抜く前から既に結界は破られていました』って。

だから気にも留めていなかった。封印されていたのが何か聞いておかなかったのは失態だ。

だが、誰が結界を破った？　抜いたのはちょうど五年前。魔王が復活したとされるのもその頃か……。となると魔王か。

「今の所、そいつの目撃情報はないよな」

「ないわね。デケー山脈の麓で四天王の一人『赤竜』のドレイクを見かけたって噂は聞いたわよ」

「酔っ払いのおっさんか？」

「あらよく知ってるわね。酒場で飲んでた酔っ払いよ」

「俺もそのおっさんに一度聞いたからな。ノエルに話したら無益な情報だって一蹴《いっしゅう》されたよ」

「ただの酔っ払いならそれでいいわよ。問題なのはそのおっさん、情報屋なのよ」

そうなると話が変わってくる。嫌な予感がするな。このタイミングでクロヴィカスの居場所が発見されたのも、エルフが四天王の情報を摑《つか》めていないのも何か関係あるか？

「その情報屋は信用出来るのか？」

「酒好きではあるけど、情報自体は信用できると思うわ。嘘やデマは言わないことを信条にしているみたいだし。怪しい情報があったら自分の足で確かめに行くそうよ。それこそドレイクの情報は自分の目でしっかり確かめたって」

「嫌な予感がするな」

「奇遇ね、あたしもよ」

「ノエルに改めて共有しておくべきだな」

「それがいいと思うわ」

俺たちを誘導している可能性がある。考えられるのはクロヴィカスが俺たちを引き付けている間に四天王のドレイクがエルフの国を強襲する。

ノエルの話を聞いた感じだと諜報《ちょうほう》が情報を摑めていないのなら、不意をつかれて大きな損《そん》害《がい》になるだろう。そうなると教会が揺れるな。面倒な事態になる。

「それで話を戻すけど、その剣は魔剣デュランダルで間違いないわよね」

「あぁ間違いないよ」

「ならその剣に能力が備わっているはずよ。魔力の蓄積《ちくせき》と解放その二つが」

「その能力は使っているつもりだが？」

「解放の方はね。蓄積の方は使ってないんじゃない？」

この感じだとデュランダルに魔力を食わせるのは蓄積ではないのか？　魔力の斬撃《ざんげき》として使ってるのが解放だとは思うが。

「デュランダルには持ち主の魔力をストックする能力が備わっているそうよ。それが蓄積ね。前の使い手のタケシも、カイルと同じで魔力が少なくて魔法が使えなかったみたいだけど、デュランダルに魔力をストックさせることで、足りない魔力をそこから補って魔法を使ってたみたいよ」

「蓄積させた魔力は自分のものとして使えるのか」

「そういう事ね。今みたいに戦闘がない日に魔力を貯《た》めておく事ね。そしたら使えるでしょ、カイルの魔法が」

考えた事もなかったな。魔法は幼少期の頃に諦《あきら》めたものだ。魔力の限界値は生まれた時に決まっている。そこから魔力を増やす術は今の所確認されていない。学者たちが長年それを研究しているが、成果が出ていない状況だ。

それもあって教会で使える魔法が分かった時に諦めた。使ってみたいという思いもあったが、そもそも使えるものではないので諦める事が出来た。

デュランダルに魔力をストックする事で魔法が使える。つまり『メテオ』が使えるって事か！　なんかワクワクしてきたぞ。

「嬉しそうね。目を輝かせちゃって子供みたいよ」

「そんな表情をしていたか？」

「分かりやすいくらいにね」

サーシャに指摘されると流石に恥ずかしい。誤魔化すつもりでお酒を注いで飲むと、クスクスと笑われた。そんなに笑わなくてもいいだろう。

「魔法の使い方教えてあげようか？」

「いいのか？」

「その様子だと知識はあっても早い段階で諦めたんでしょ？　ならしっかり練習して使い方覚えないと実戦では使えないわよ」

「それもそうだな」

サーシャもたしか『メテオ』を使えたはずだ。使用魔力が多いから連発は出来ないって言っていたな。彼女ですら連発出来ないくらい魔力を必要とする。俺じゃ天と地がひっくり返っても使えないだろう。

それがデュランダルのおかげで使える可能性が出てきた。ワクワクするな！

「しばらくは魔力をストックさせておく事ね。カイルの魔力量からして一〇日位はかかると思うわよ」

「そんなにかかるのか？」

「普通の人よりは多いけどね、それでも足りないわ。魔法使いでも使うのに苦労するくらい魔力消費するのよ？　前衛が使えると思う？」

「無理だな」

「そういう事。魔力のストックが出来たら教えてあげるわ。二人っきりで練習しましょう」

二人っきりで、の部分をやたらと強調してた。なんというかグイグイくるな。それが満更でもないのが男の悲しい性だな。

とはいえサーシャに魔法を教えてもらった方が上達が早いのは確かだ。魔法使いの中でもサーシャの実力はトップクラス。

それこそ彼女より上となるとサーシャの師匠である『大賢者』マクスウェルくらいじゃないか？　あの人はもう高齢だ。一戦から退き、後進を育てる事に力を注いでいる。

マクスウェル曰《いわ》く、「酒癖さえ悪くなければワシの後を任せられる」らしい。アルコール中毒なのが大減点のようだ。

誰だって酒ばかり飲んでる奴に後は任せたくない。

「サーシャに教えてもらえるのは心強いよ。その時は頼む」

「師匠と弟子の関係になるのかしら？　そういうのも悪くないわね」

「お手柔らかに頼むよ」

「どうしようかしら？」

クスクスと笑うサーシャに連られて俺も笑う。

クロヴィカスや四天王の事、正直不安材料が多い。魔族に対してはどうしても後手に回ってしまっている。

どこかで優位に立てないとキツイ闘いが続く事になる。その為にも魔王を捜すのが先決か。

俺の前で楽しそうに笑ってるサーシャもまた魔王の可能性がある。嫌になるな……。

「まだ付き合ってくれるわよねカイル？」

酒器にお酒を注ぎながらサーシャが微笑《ほほえ》む。

綺麗《きれい》な笑顔だ。思わず見惚《みと》れてしまった。

「お酒の方もお手柔らかに頼むよ」

「どうしようかしら？　今はカイルを独り占めにしたい気分だし、満足するまで付き合ってよね」

「帰す気ないだろ」

「そんな事ないわよ！」

二人で笑いあって一緒にお酒を飲む。

結局宿に帰れたのは日が暮れて、辺りが暗くなった頃だった。

正直飲みすぎて少し気持ち悪い。それでも前回ほどではない。酒の肴に摘《つ》まめるものを注文したおかげだろうか。

結局サーシャが満足するまで付き合わされ、随分と遅くなってしまった。宿屋に着くまでの道程が遠く感じたな。

中に入ると宿屋の受付の所に主人の姿がない。今の時間だとお客さんに料理を提供している所か。声をかければ出てくるだろうが、俺はもうお腹いっぱいだ。殆《ほとん》どは酒だが……。

自室に戻ろうと階段を上って部屋に向かっていると、俺の部屋の前でウロウロしてる人影が視界に入る。誰だ？　俺に用事がある人物のはずだ。月明かりで僅《わず》かに赤い髪が見えた。

「ダルか？」

声をかけるとウロウロしてた人物の体がビクッと跳ねた。

「カイル？」

恐る恐るといった感じで人影が尋ねてきた。声でハッキリと分かった。ダルだ。

彼女の顔が分かる距離まで近付く。逃げる様子はなかった。だが彼女がどこか緊張しているのが伝わってきた。

どれくらい前からここにいたのだろうか？　待たせてしまったのなら申し訳ない。

「俺を待っていたのか？」

「うむ」

ダルが頷く。なんというかいつもの調子ではない。元気がないとまではいかないが、どこか不安そうだ。一先ず話を聞いた方がいいな。

「とりあえず中に入るか？　用があって来たんだろ？」

「うむ」

彼女らしくないな。何かあったか？　何にしてもまずは話を聞かないと分からないな。

部屋の扉を開けて中に入る。廊下と同じように月明かりが僅かに部屋を照らしていた。

前世のようにスイッチ一つで灯《あか》りが点《つ》く照明のようなものは、残念ながらこの世界にはない。もう慣れた事ではあるが、不便に感じる時がある。

一応この世界にも照明器具のようなものはある。ドワーフの技術者が作った魔道具と呼ばれるものだ。

この世界にのみ存在する特殊な鉱石、魔石を用いたもので、魔力を与える事で様々な効果を発揮する、言ってしまえば家電のようなものだ。

戦闘にも使える魔武器と呼ばれるものもあるが、広く使われているのは魔道具の方だ。

この宿屋でも魔道具を利用しており、部屋の机の上に照明用の魔道具があった。

視線を向けるとYの字で両手を上に上げるマッチョの人形のようなものがある。大きさはおよそ一五センチ程か。

触りたくない気持ちもあるがそれに手をやり魔力を与えると、カチッとスイッチが入るような音と共に部屋全体が明るくなった。

マッチョの人形のようなものが光っていた。この魔道具が部屋を明るくしている。

「いつ見ても気味が悪いのじゃ」

「それには同意するな」

ゴミでも見るような目だ。しかしながらその感性を否定出来ない。俺も気味が悪いと思ってしまう。

誤解がないように言っておくが照明用の魔道具が全てこの形をしている訳ではない。大多数は前世におけるランプのような形をしている。

オシャレなスタンドが付いたタイプもある。

ドワーフの職人は同じものを作るのを嫌う傾向にある。正確に言うと、人が作ったものと同じものを作りたがらない。

広い意味で照明用の魔道具は作るが、同じ形状のものは頑《かたく》なに作ろうとしない。作った物に個性を持たせたいらしい。

その結果が、この気味が悪いマッチョの魔道具だ。作ったドワーフもセンスが悪いが選んだ宿屋の主人もセンスが悪い。

照明用の魔道具なんて多くの人が利用しているので、色んなデザインのものが出回っている。何故これを選んだかを問いたい。

たしかダルの部屋にあったのはサイドチェストをしているマッチョだったと思う。気味が悪い。

いや、これについて考えても無駄だ。ダルと話をする方が大事だ。

椅子を引いてダルに座るように促すと素直に座った。彼女らしくない！

椅子で縮こまっているのもそうだ。いつものダルではないので、俺が反応に困ってしまっている。

デュランダルを壁に預け、ダルに向かい合うように座ると彼女の体がビクッとした。なんというか面接してる気分になる。なんだこの空気は……。

「それで用事があったんだろ？」

「うむ」

話すことを躊躇《ちゅうちょ》してる？　不安なのか？　それとも怯《おび》えているのか？

ここは待つのが大事だな。ダルが話し出すのを待とう。彼女の気持ちの準備が出来てから話してもらった方がいい。

三〇秒……いや一分くらい経過したか？　目の前に座るダルが覚悟を決めたように小さく一度頷いてから口を開いた。

「カイルに言いたい事があったのじゃ！」

「俺に言いたいこと？」

「うむ。その前にごめんなさいなのじゃ！」

「どうして謝るんだ？」

「カイルは我に声をかけてくれたのに、我は恥ずかしくて逃げてしまったのじゃ」

「そうか。俺は気にしていないよ」

恥ずかしくて逃げたという事は嫌われている訳ではないようだ。

面と向かってダルに嫌いなんて言われたらショックだったな。その場合はトラさんと何かあったかバレた可能性が高いが、今回はそうではないようだ。

「うむ。カイルが気にしてないなら良い！」

「そうだな」

話せて安心したのかいつもの調子に戻ってきたな。

「それで、カイルに言いたいことがあっての……その」

と思ったら急にモジモジし始めた。

どうやら言い難い事らしい。流石にここまでくると予想はつくが、あえて言うのは野暮《やぼ》だろう。意を決したようにダルがこちらを見た

「知ってるかも知れんが我はカイルを好いておる」

ダルの顔が赤い。もしかしたら俺も釣られて赤くなってるかもしれない。

「我の生涯の伴侶《はんりょ》になってほしい」

真っ直ぐな告白。というよりプロポーズだった。

正直に言おう。予想と違った。付き合ってほしいとかだろうと思ったら、数段階飛ばしたプロポーズをされた。

トラさんといいダルといい、交際とかそういうのは挟まないタイプなのだろうか？

さて、なんて返すべきだ。真っ直ぐにこちらを見るダルの眉《まゆ》が心配そうに下がっている。

待たせるのは良くないだろう。ダルの事は嫌いではない。むしろ好意を持っていると言って

いい。

けど、俺が恋人を持つつもりは今の所ない。ダルの場合は恋人ではなく伴侶だが……。

今の状況は色恋にうつつを抜かしている場合ではないと俺は思っている。魔族の脅威が増しているのと、仲間に混ざった魔王の存在が大きい。

自分の将来の事を考えるにしても魔族との闘いが終わってからだと。が、仲間は割とそうではないらしい。トラさんにダルにサーシャと、知る限りでは三人に好意を寄せられているようだ。見目麗《みめうるわ》しい彼女たちに好意を寄せられるのは嬉しく思う。

けど流石に怖くなってきた。モテ期がきたと素直に喜べない。修羅場《しゅらば》が俺を待ってる気がしてならない。

ダルには悪いが断ろう。今の所、俺の考えは変わらない。

「ダル、いやダルフィア」

「うむ」

ダルフィアと彼女の本名を呼んだ時に嬉しそうにしていた。

そんな彼女に伝えるのは正直、気が重い。

「ダルフィアの好意を嬉しく思う。けど、今の俺は自分の将来を考えるほど余裕がなくてな。今は魔族との闘いに専念したいんだ。すまないがダルフィアの思いに応える事は出来ない」

俺の素直な思いを言ったはいいが、ダルが何も言わない。この沈黙が怖い。

断った腹いせにお腹を刺されたりしないだろうか？　大丈夫だよな？　いや、大丈夫だ。ダルはそんな事をしない。そう信じたい。

「我の事を嫌いではないのだな？」

「むしろ好意を持っていると思う」

「そうか、それなら良い！」

ダルがいつもの調子で笑った。そんな姿に呆気《あっけ》にとられた。

「魔族の問題が解決したら我の事も考えてくれるのだろう？　ならばさっさと片付けてしまおう」

「そうだな」

「その時はしっかり考えてほしいのじゃ。我はカイルと生涯を共にしたい」

ハッキリと口にするダルの顔は赤く染まっている。普段とは違うその姿が、なんというか抱きしめたくなるほど可愛《かわい》かった。

それは理性で抑える。そんなことはしてはいけない。

「面と向かって言われると恥ずかしいが、ダルフィアに言われると嬉しく思うよ。待たせるようですまない」

「うむ、構わん。夫の為なら我は待てるぞ」

なんで既に夫扱いなんだ？

ツッコむべきか？　言うのは流石に野暮か？

ここは我慢しよう。言うべきではない。ダルのプロポーズを断った後だ、激昂《げきこう》されたら困る。

しないと思うが怒らせたくない。俺はまだ刺されたくない。

「カイルと我が相思相愛で良かったのじゃ！」

どうやら俺はダルと相思相愛らしい。

それを否定しようとは思わない。思いの差はあるだろうがダルに対して好意を持っているのは事実だ。

異性というより仲間としての好意の方が強いだろうが、変わっていくのが人間である。

好意を真正面から伝えられて嬉しく思ってる時点でアウトだろう。

サーシャの好意に対しても嬉しく思ってたな俺。クズじゃないか！　カスと言っても過言じゃないぞ！

このままでは可憐《かれん》な女の子達を泣かせるゴミクズに成り果てる気がする。

彼女達の好意に対して真摯《しんし》に向き合うべきだ。でも魔王の事もどうにかしないといけない。

胃が痛い。

タケシさん、貴方《あなた》は痴情《ちじょう》のもつれで刺されたんですよね？　どうやら俺もそうなる可能性が高いので、出来ることなら対処法を教えてほしいです。

今すぐにでもデュランダルに相談したい所ではあるが、今俺の前には心配そうにこちらを覗《のぞ》き込むダルがいる。

「大丈夫かカイル？　何やら苦しそうじゃが？」

「大丈夫だ。少しばかり不安事があってな。考えていたら顔に出たんだろう」

「不安事か？　それなら我に打ち明けたらどうだ？　家族には隠し事をせずしっかり話すのが夫婦円満のコツだと母が言っていた！」

もう夫婦という事になってる。

俺断ったよな？　魔族の問題が解決するまではって遠回しであったけど。

言い方を間違えた気がしてならない。今のうちに訂正しておこう。このままでは取り返しがつかない気がする。

「ダルフィア、俺たちはまだ夫婦ではないぞ」

「カイルは我に好意を持っていて、我もカイルを好いておる。魔族の問題が解決したら我とカイルは伴侶となるのだ。今のうちに練習しておいても良いと思うぞ！」

「すまない。はっきりと伝えなかった俺の落ち度だ。怒ってくれて構わない。俺はダルフィアに好意を抱いていると言ったが、異性というよりも仲間に対してという意味なんだ」

「うむ」

嬉しそうな顔が一変して不満そうな顔だ。

間違えたか？　いやここでしっかり否定しておかないとまずい。攻めろ俺。

「将来的にはダルフィアを好きになるかも知れないが今はまだ分からなくてな。すまない」

頭を下げて謝る。必要なら土下座もしよう。

最悪殴られても構わない。ダルの好きなようにしてくれ。

三〇秒くらい経ったか？　ダルは何も言わないし、動いた様子もない。心配になって顔を上げると視界には不満そうなダルの顔が映る。

「カイル、我は不満だ」

「俺のせいだな、すまない」

「だが許す。我は気が長いのだ！　まだカイルが我を好きか分からないのなら、我を好きにさせるまでよ！」

「好きになるか分からないぞ」

「既に仲間として好意を抱いているのじゃろう？　なら、我の良さは知ってるはずじゃ。後は女としての魅力を魅せるのじゃ！」

腰に手を当ててハッハッハとダルが笑う。いつもの調子だ。一〇〇点ではないが、誤解は解けたから六〇点って所か。あのまま否定してないよりは遥《はる》かにマシだ。

否定しなかった場合のトラさんとサーシャがどういった行動を取るか予想出来ないから怖い。そういえば、ダルに言わないといけない事を忘れていた。早めに共有しておかないとな。

「ダルフィア、話は変わるが俺から一つ言いたい事があるんだ」

「む？　我に対する愛の言葉か？」

「すまないが違う」

「そうか……」

口を尖らせて不満そうだ。

言っては悪いが彼女は随分と恋愛脳だ。俺たちの目的は魔王討伐のはずなんだが……。

真剣に考えているのはもしかして俺だけか？　そんな事はないと信じたいな。

一先ず要件を伝えよう。クロヴィカスの事をダルに伝えると形のいい眉がつり上がっていく。

共通の認識としてクロヴィカスに対していい感情を持っていないようだ。彼女の場合はベリエルに思うところがあるのかも知れない。

殺されたのは彼女と同じ魔族と人間のハーフの子供だ。魔族と人間のあり方と対立関係を嫌という程見せつけられたはずだ。

この先ダルは魔族の血と向き合わないといけない。出来れば俺はそれを隠し通したい。ダルに不幸になってほしくないし、何より俺と王様の為に。

「それともう一つ。サーシャと俺が聞いた情報で、改めてノエルに伝える事がある。それを先にダルも聞いておいてほしい」

「四天王の事か？」

「あぁ、そうだ。情報屋から四天王の姿を見たと聞いた」

「我も聞いたぞ！」

「そうなのか？」

どうやらあの酔っ払いの情報屋は色んな所にいたらしい。お酒を奢《おご》ることでダルも教えてもらったのだろうか？

何にせよ説明を省《はぶ》く事が出来るのは助かるな。一応念の為に聞いておくか。情報に相違がないなら情報屋の話は信じてもいいと思う。

「ダルの聞いた四天王の情報を教えてくれないか？」

「うむ、構わないぞ」

俺と同じ情報ならデケー山脈で四天王の一人『赤竜』のドレイクを見かけたというものだ。

「我が聞いた情報ではクレマトラスの『レグ遺跡』で『不死の女王《アンデッドクィーン》』シルヴィ・エンパイアを見つけたそうじゃ」

知らない情報だ。知っている名前が出てきたせいかまだ知らない情報のはずなのに不思議と嬉しくない。

俺がデュランダルを抜いたせいで解放されたとされるシルヴィの情報じゃないか！　いや、既に結界は破られていたって言ってたよな？　本当か？　教えてくれデュランダル。

聞いた所でダルがいるから答えてくれないか。そうだデマの可能性はないか？　真偽をまず確かめよう。

「その情報は信用出来るものか？」

「うむ、我が国の諜報部隊が摑んだ情報らしい。既にクレマトラスにも伝えているそうだ」

「そうか」

ドレイクの情報より間違いなく正確なものだろう。クレマトラスにもわざわざ伝えるのだ。真偽をしっかり確認しただろう。

つまりクレマトラスにシルヴィがいることになる。ドレイクがデケー山脈にいる情報も正しい情報なら、まずい事態だ。

今まで情報も掴めなかった四天王が動き出した事になる。魔族も大きく動くつもりか？

どうする、どれから対応したらいい？

クロヴィカスは放っておけないだろう。だがお伽話《とぎばなし》でも聞かされる四天王の強さは並大抵のものではない。対抗出来る戦力は限られるだろう。

「ダル、俺たちが掴んだ情報は『赤竜』のドレイクをデケー山脈で見かけたというものだ」

「む！　という事は同時に四天王が二人見つかった事になるのか？」

「そういう事になるな。ノエルの情報を整理してからになるが、次の闘いは厳しいものになる可能性が高い。五日後に出発出来るようにしっかり準備しておいてほしい」

「うむ、分かったのじゃ！」

これでダルには伝えた。あとはトラさんだな。今日伝えに行くには少し時間が遅いか。明日の朝にトラさんの部屋に行こう。あの人は起きるのは早いから部屋に行けば会えるはずだ。

「カイルが寝るまで傍《そば》にいて良いか？」

「別に構わないが、寝る時は部屋に戻ってくれると助かる」

「一緒に寝てはダメか？」

上目遣いで甘えてきている。可愛いと思ってしまった。この誘惑に乗ってはダメだ。理性を保て俺！

「俺の理性が持たないから勘弁してくれ」

「襲っても良いのだぞ」

「正式にお付き合いしてからで頼むよ」

ダルは不満そうだ。ほんと勘弁してくれ。

体の関係なんて持ったら結婚までノンストップじゃないか？　今はそれどころじゃない。

一度情報を整理してみるか？　魔王の証拠ははっきり言って掴めていないが、人数を絞り込む事は出来るはずだ。

魔族が大きく動こうとしているのだ。それまでに候補を絞っておこう。魔族の動きに合わせて魔王もまた動きを見せると思う……。

「カイル、それならキスしてほしいのじゃ」

とりあえず目の前の彼女は違う気がする。こんな恋愛脳の魔王がいたら嫌だ。

「正式にお付き合いしたらな」

俺の返答に不満そうな声を上げるダルに思わずため息を吐く。

俺が寝るまでというより、ダルが満足するまで付き合う羽目になった。

「マスターも前のマスターと同じ末路《まつろ》になる気がします」

ダルが出て行った後、沈黙を保っていたデュランダルが語った。どうやらタケシさんは四人の女性と関係を持って大乱闘を巻き起こしたらしい。

——タケシ！

★★★★★

第五章　地雷

一人の男を巡って大乱闘か。他人事《ひとごと》には思えないな。

デュランダル曰《いわ》く、あの時タケシさんが無事だったのは奇跡だっただろうと。それほどの大乱闘だったようだ。

「タケシさんはそんな大乱闘になったのか？」

「女性たちに揉《も》みくちゃにされて、青痣《あおあざ》だらけになってましたね。刺されはしなかったですが」

「つまり刺されたのは別の時か？」

「その後になりますね。その時の大乱闘した女性以外にエルフの女性と仲良くしてまして、その人に刺されてました」

つまり五人か⁉　タケシさんめちゃくちゃモテてるじゃないか⁉　俺もパーティーのみんなから好意を寄せられている場合同じになる。流石《さすが》にそれはないだろう。

「タケシさんは上手《うま》く立ち回れなかったのか」

「前のマスターは女性にだらしない方でしたからねー。以前モテなかったから我慢出来なかったなんて言ってましたね」

「悲しい男の性《さが》だな」

以前、つまり前世か。

その結果五人の女性と関係を持って大乱闘と刺される程の修羅場《しゅらば》か。怖いな。

俺もそうなる可能性が少なからずある。気をつけよう。ほんと気をつけよう。

「デュランダル。聞きたいことがあるんだがいいか?」

「レグ遺跡と魔力の蓄積《ちくせき》の件ですね?」

「そうだ。話が早くて助かるよ」

「一緒に聞いていましたからねー」

こういう時変に説明しないでいいから助かる。後でデュランダルに相談する時も一緒に聞いているから、非常にスムーズに進める事が出来る。

俺が聞きたいのは三つ。レグ遺跡の封印について。シルヴィが復活したのが俺が原因かそうでないのかが気になって仕方ない。

もう一つは魔力の蓄積について。それが本当に可能なのか? そして今まで何故《なぜ》言わなかったかを聞きたい。

最後に聞きたいのはタケシさんの事だ。勇者パーティに参加していたのもそうだが、女性との交友のアドバイスをもらおうと思ったが期待出来そうにないので、勇者パーティとして活躍していた時の話を聞きたい。

「まずはレグ遺跡についてお話ししましょうか」

「あぁ頼む」

「マスターが懸念《けねん》されている事から答えますね。結界についてですが、マスターが抜く前から破られてました」

「そうか」

良かった！　ほんとに良かった。

俺のせいで四天王が復活してクレマトラスを襲っているなんて、正直シャレにならない。

前に聞いてはいたが改めて安心した。

「デュランダルが覚醒したのは俺が抜いてからじゃないのか？　結界が破られたとかそういうのが分かるのか？」

「私は結界の礎《いしずえ》としてあの地に刺されました。言ってしまえば私は結界の土台です。その上にある結界が消えればすぐに分かります」

「そういう事か。誰に破られたかは分かるか？」

「申し訳ありません。そこまでは分からないです。ただ純粋な魔力《ちから》によって無理矢理破られたのはたしかです」

四天王を封じるほどの結界を無理矢理か。やはり魔王の可能性が高いか？

魔王もまた先代の勇者によって封印されていたはずだ。魔王が自力で破ったのか、それとも誰かが解いたのか。

それについても追々《おいおい》、確認しないといけないな。一つ俺の中の不安事が消えたから良しとしよう。

「魔力の蓄積についてだが、俺に言わなかったのは何故だ？」

「それに関して私の認識が間違えていたと思います」

「認識の間違い？」

「はい。私はマスターは魔法を使わない方だと思っていました。私を抜いてから五年ほど経《た》ちますが一度も魔法を使った事がなかったので、魔法を使わない前衛なのだとばかり」

「タケシさんは？　彼も魔力が少なかったと聞くが」

「前のマスターの場合は魔力は少ないですが、ちょっとした魔法が使えましたので、蓄積の能力を使ってみてはどうかと提案しました」

「そういう事か」

魔法を使わない者にわざわざ魔力の蓄積を提案しないか。

俺はもう魔法が使えないものと判断していたから、魔法を使う努力すらしてなかった。

剣を使って闘う姿しか見てないデュランダルがそう判断するのも仕方ないか。

一つ疑問に思った事がある。たしかに俺は魔法を使わないが、魔力を使って斬撃《ざんげき》を飛ばしたりはする。蓄積した魔力があればより効率的に使えたんじゃないか？

「一ついいか？　たしかに俺は魔法を使わないが、戦闘で魔力は使うぞ。蓄積しておけば魔力不足に困る事がないと思うのだが」

「それに関してですが、今までマスターが戦闘で魔力切れを起こした事がないのが大きいです。私が提案するまでもなく、マスターは魔力コントロールが上手だったので戦闘では常に魔力に余裕がありました」

「魔力を使うといっても剣術の方がメインだったからな。戦闘で全て使う事はなかったな」

「はい。それと今から蓄積を使うマスターには言い難《にく》い事が一つ」

「言い難い事？」

デュランダルに言われると凄《すご》い嫌な予感がするんだが。なかなか言い出さないのも不安になる。

「蓄積は便利ではあるのですが」

デュランダルが言い淀《よど》んだ。これはまずい事か？

「その、脱力感が凄いです」

「脱力感？　どういう事だ？」

「蓄積はマスターの魔力を少しだけ溜《た》めるのではなく、持っている魔力全てを溜める形になります。体全体から魔力を引っ張っていく形になるので、全力疾走をした後みたいな疲労感が襲う事になります」

「少しだけは出来ないのか？」

「すみません、細かい調整が出来なくて」

「つまり、蓄積をする度に全力疾走した後みたいに疲れるのか？」

「そうなります」

なるほど。デュランダルが言い淀むはずだ。

俺に配慮しているのもあるか。魔法を使う為なら提案しただろうが、余裕を持って魔力を使って闘ってるならわざわざ持ち主が疲れるような提案はしないか。

「どれくらい疲れるか感覚が分からない。一度蓄積を使ってもいいか？」

「物凄い疲れますが、大丈夫ですか？」

「構わない。どの道使うつもりだった。それが早いか遅いかだ」

「わかりました。では私のグリップの部分を両手で握ってください」

デュランダルに言われた通りにグリップを両手で握る。

「いきますよ」

デュランダルの言葉と共に頭の毛から足のつま先まで体の至る所から、グリップに向かって魔力を吸い出されるような感覚が俺を襲う。

目眩《めまい》がするほどの疲労感に体が崩れそうになるが、デュランダルを杖《つえ》にしてどうにか耐える。

「マスター！　大丈夫ですか？」

「はぁ…はぁ…思っていた…より…キツイな」

喋《しゃべ》るのも正直しんどい。全力疾走と脱水症状を同時に味わっているようなそんな感じだ。

体から魔力を吸い出されるのがこんなにキツイとは思わなかった。

「普段、人は意識せずに魔力を体内に巡らせて身体の補助をしています。蓄積を使えばその補助に回している魔力まで全て吸い取る形になるので、疲労感は凄《すさ》まじいと思います」

「魔力がスッカラカンの状態が……これか……」

「通常の魔力切れとは少し違いますが、似たような感じですね。正直マスターを傷付けるみたいでこの能力は好ましくないです」

「デュランダルの配慮が……よく分かったよ……。すまない、少し……時間をくれ」

「はい。ゆっくり休んでください」

甘くみてたのはあるな。ここまでキツイとは。デュランダルを杖にしながらベッドまでどうにか歩き、倒れるように寝転がる。

体を動かす元気すらない。このまま寝てしまいたい程だ。蓄積をする時はこれからベッドの上でしよう。

疲れ果ててそのまま寝るくらいでいい気がする。戦闘がある時は絶対に出来ない能力だな、これは。

時間にして五分、あるいは一〇分くらいか。魔力が少し回復したのだろう。先程までの疲労感が嘘《うそ》のように消えた。

今のが魔力切れの感覚なのだろう。正直もう味わいたいものではない。だが『メテオ』を使う為にはこれを何度もしないといけない。

すまないサーシャ。魔法を使う前に心が折れそうなんだが。

タケシさんはこれを何度も行ったのか？

彼が勇者パーティーの一員になれた理由が分かった気がする。これを耐えられるだけの精力を持っていたのだろう。

寝ている状態から起き上がるとデュランダルが話しかけてきた。

「前のマスターも蓄積を使う度に疲れ果ててました」

「タケシさんもか」

「はい。前のマスターは『この疲労感はダイエットに効く』と喜んでいましたが」

――タケシさん。俺は貴方《あなた》がよく分からない。

俺と同じミラベルが関与した転生者なのは分かっている。デュランダルの前のマスターであり、四代目の勇者ロイド・フェルグラントと共に魔王と闘った勇者パーティーの一人。

『動けるデブ』を自称していたり、蓄積の疲労がダイエットに効くとか迷言を残している。

女性関係にだらしなく、複数の女性と関係を持って修羅場を迎え、あげく刺されたらしい。

転生前にモテなかったから我慢出来なかったとタケシは語っていたとか。

一言で言うなら変わった人だろう。転生者故の価値観がこの世界で随分《ずいぶん》と浮いてしまっている。そして俺の周りにいなかったタイプの人だと思う。

「デュランダル、タケシさんは勇者パーティの一員だったんだな」

「そうですね。前のマスターは勇者パーティーの一人でした。もっとも前のマスターが加入したのは最後も最後でした」

「最初からいた訳じゃないのか？」

「はい。勇者ロイドが魔王の情報を求めてエルフの国『テルマ』に来たのが加入のきっかけでした」

タケシさんは最初期のメンバーではなかったのか。彼がエルフの国で魔族について調べていたのは知っている。

ということは勇者ロイドが魔族や魔王の情報を知りたくてタケシさんに接触したのか！

「勇者ロイドがタケシさんに魔王の情報を聞きにきたのが加入のきっかけか？」

「いいえ、当時勇者パーティーの一人だった魔法使いの女性と肉体関係を持っていまして、彼女にねだられて加入しました」

タケシ！　女性にだらしないのは知っていたがお前！　パーティーの加入理由まで女性なのか⁉

「すまない。貶《けな》すつもりはないのだが、タケシさんがパーティーに入るのは反対されなかったのか？」

「前のマスターはその時既に『動けるデブ』として名が知れ渡っていましたから、勇者ロイドには歓迎されましたね。周りが女性だらけだったのもあるみたいです」

動けるデブとして名が知れ渡っていた？　タケシさんは自称していたはずだ。

つまり望んで動けるデブと呼ばれた訳か。何かしら理由はあるだろうが俺が聞いても分からないだろうな。俺なら嫌だもん、動けるデブって。

勇者ロイドは自分以外パーティーが女性で肩身の狭い思いをしていたのだろう。それでタケシさんが加入する事になって、同性の仲間が増えて喜んだと。

勇者ロイドといいタケシといい、ハーレムを作るのが得意だな。何故か特大のブーメランが飛んできた気がするが、気の所為《せい》という事にしよう。

「個人の事であれなのだが、タケシさんはどんな女性と関係を持っていたんだ？　聞いていたら一人は勇者パーティーの仲間のようだが」

「気になります？　気になっちゃいます？」

言いたくて仕方ないと言った感じのデュランダル。妙に鬱陶《うっとう》しい。

愚痴を言ってはいたがタケシさんの事も気に入っていたのだろう。自慢したいのだろうか？女性関係の事なんて自慢するような事ではないが。

「修羅場に発展するような事態になったみたいだからな。俺も可能性があるんだ。参考程度に聞きたい」

大乱闘になったと聞いたが一人は勇者パーティーだろう？　それなら魔法使いの一人勝ちじゃないのか？

腐っても勇者パーティーに選ばれた一人だ。一般人では天と地がひっくり返っても勝てないだろう。

俺の場合はパーティーメンバーなので、強さは折り紙付きだ。このメンバーで大乱闘なんてしたら死人が出る。おそらく俺が死ぬ。

「マスターも既に三人程から好意を寄せられているので気をつけた方がいいですよ」

「分かってる。気を使ってるつもりなんだ」

「あんまり気を持たせる事をしない、言わない事ですよ」

そういうのが大事なんだろうな。

「それで前のマスターと関係を持った女性でしたね？　肩書きだけサッと言うので気になったら聞いてください」

「分かったよ」

肩書きだけ分かればどういう女性と関係を持ったかは分かる。タケシさんの好みとかは正直興味はないしな。

「言いますよ。勇者パーティの魔法使い。同じく勇者パーティーの竜騎士《りゅうきし》。同じく勇者パーティの盗賊。四天王。エルフの王女の五名になります。どれが気になりますか？」

どれが気になりますか？　じゃない。

確信犯だろう。デュランダルが言いたそうにしてた訳だ。俺の反応を楽しみにしていたのだろう。そのラインナップを他人《ひと》に話すなら俺でもそうなる。

「色々と聞きたい所だが、一つずつ聞いていくことにする。魔法使いと関係があったのは知っている。なんで増えているんだ？　元々関係があったのか？」

「お答えしますね。前のマスターと魔法使いの方は肉体関係があったので知っていましたが、他二人は初対面でした」

「初対面だったのか」

「はい。マスターが加入する事を当初渋っていましたね。まぁ容姿の優れた方ではなかったので、それでも動けるデブとして名が知られていたので仕方なく加入を認めた感じです」

「勇者ロイドと魔法使い以外には歓迎されていなかったのか」

「そうなります。前のマスターの魅力は目に見えない所にありましたねー。仲間として過ごす内に気付いたら竜騎士と盗賊の二人が前のマスターに惹《ひ》かれていました。迫られると断れない前のマスターは肉体関係を持って、モテ期だって嬉《うれ》しそうにしてまして」

タケシ。お前ほんとに女性関係にだらしないな。来る者拒まずの精神か？　それは修羅場になるぞ。

というより勇者パーティーが加入を渋々認めるほど『動けるデブ』の名が知れ渡っていたのか。どれだけ活躍したんだタケシ。

魔法使い以外は勇者ロイドのハーレムメンバーかと思っていたが違ったのか。

「俺は魔法使い以外は勇者ロイドに好意を抱いていると思っていた」

「勇者ロイドのハーレムメンバーに見えました？　マスターもそういうの気になるのですね！」

楽しそうだなデュランダル《こぃっ》。

「勇者ロイド以外は女性だろ？　それに勇者ロイドの彫像《ちょうぞう》を見れば彼が美青年だったのは良く分かる。どうしてもな」

「マスターがそう思うのも仕方ないですね！　それについて納得出来る理由がありますよ」

「教えてくれ」

「勇者ロイドはその時既に幼なじみであり、同じ勇者パーティーの神官の少女と恋仲でした。それもあって周りが女性ばかりで居心地《いごこち》が悪かったみたいです」

勇者ロイドがタケシさんの加入を喜ぶ訳だ。恋人の視線が痛かったんだろうな。同性の仲間が欲しかったのもあるだろう。それについてはまぁいい。

「王女とも関係があったのか？」

「はい。前のマスターはテルマでの滞在が長かったですからねー。凶悪な魔物がテルマを襲った時も前のマスターが撃退したりテルマに貢献していました。何より『聖《せい》』属性《ぞくせい》の使い手でした。エルフからも親しまれていましたね」

タケシさんは聖属性が使えたのか。それなら納得出来る。

エルフは何より聖属性を重視する。生まれた子が聖属性でなかったというだけで捨てる者もいる程だ。俺がテルマに行っても歓迎される事はないだろうし、長く滞在する事を許してくれるとは思わない。とにかく選民思想が強い。

聖属性が使えるならタケシさんも歓迎されただろう。実力がある者なら尚更《なおさら》だ。

「王女とはどうやって出会ったんだ？　いくら聖属性が使えたとはいえ、相手は王族だ。簡単に会うことも出来ないだろう？」

「王女は好奇心旺盛《おうせい》な方でしたね。テルマに人間が長く滞在していたのもそうですが、なんというか前のマスターは変わっていたので興味を持って会いにきたようです」

「変わっていた？」

「異名もそうですが、なんというか発言だったり服装も独特だったので悪目立ちしてました。もう少しまともな服装をしていれば良かったのですが」

デュランダルが苦言を呈し、悪目立ちするほどの服装ってなんだ？　興味はあるが聞くのが怖いから流すか。

要するにテルマに変な人間がいるから会いにいって、仲良くなって関係を持ったとかそんな感じだな。それでいいのか、王族だろう。

よく許したな。これについては後で聞こう。

聞き流せないやつがもう一つある。

「四天王というのは誰だ？　国にそういう肩書きの人がいたのか？」

「マスターもご存知の魔族の四天王ですよ」

「………………」

「何度か名前が出ている『不死の女王《アンデッドクィーン》』シルヴィ・エンパイアと肉体関係を持っていました」

いや、ほんとさ。なんなんだよタケシ《あなた》は！

何がどうなったら敵である魔族の、それも四天王と呼ばれる奴と肉体関係を持てるんだ⁉

破天荒《はてんこう》にも程があるだろ！

タケシさんは魔族について調べていたからなぁ。前世の倫理観を持つなら魔族を敵として見れなかったのかも知れない。それにしても女性関係にだらしなさすぎるが。

「タケシさんは四天王だと気付いていたのか？」

「いいえ、前のマスターは最後まで気付いていなかったと思います。人に化けてシルフィと名乗っていましたので」

「だとしたら何故、四天王のシルヴィと気付いたんだ？　いや、そうか。デュランダルは封印に関わっていたな。それなのにタケシさんが知らないということは」

「マスターの想像通りです。前のマスターはシルヴィの封印に関わっていません。彼女を封印したのは勇者パーティーの魔法使いです」

やはりそうか。タケシさんが封印に関わっているなら知っているはずだ。

最後まで知らないということは魔法使いの独断の行動。封印した後もタケシさんに言ってない可能性がある。

仲間には相談したか？　どうだろうか。してないのだとすると……。薄ら寒いものを感じるのでこの話は後で聞こう。

「封印する事になった経緯は後で教えてくれ。気になる事が一つ。タケシさんは魔王と闘っていたはずだ。四天王であるシルヴィと敵対しなかったのか？」

「敵対どころか一緒に魔王と闘いましたよ」

「え？」

「『妾《わらわ》の知らない所でタケシが死ぬような事は認められない。タケシの為ならこの命も惜しくない。妾も共に闘わせてほしい』と」

「…………」

「シルフィとして接していた時に彼女の実力を知っていたので、勇者パーティーの皆さんは闘いへの参加を認めて一緒に魔王と闘いました」

「…………」

「魔王が潜んでいる場所も彼女の情報のおかげで分かりましたよ！　何か言いたそうにしてた魔王に対して『タケシと妾の将来の為に、邪悪なる魔王よここで果てるがいい』と宣言して闘いが始まりました」

魔王可哀想《かわいそう》。話の流れだとシルヴィが勇者パーティーを裏切ったとかそういうのはなさそうなんだよな。そのまま魔王と闘ったみたいだ。

信頼する部下に居場所をバラされたあげく殺されるなんて悲惨だな。宿敵《しゅくてき》ではあるが同情するよ。

それにしても敵も味方も恋愛脳の奴《やつ》が多すぎないか？　これがこの世界でデフォルトなの？シルヴィに関しては許せない存在だろ？　なんで愛し合う関係までいっているんだ。タケシさんが凄いのか？　なんなんだあの人は。

タケシさんの為ならこの命惜しくないって、お前死なないじゃないか。ふざけんな。

「この闘いがきっかけで、魔法使いはシルヴィの正体に気付いたようですね。魔王を倒した後も誰にも言いませんでした。密《ひそ》かに封印の準備をしていましたが」

「誰にも言わなかった？」

「はい、誰にもです。全ての準備が終わった後でしょうね。前のマスターに『四天王の一人の居場所が分かった。気付かれる前にその潜伏場所ごと封印したい。その為にデュランダル《わたし》が必要だから譲ってほしい』と言いにきました」

なんだろうか。四天王だから封印するという訳ではなくて、恋敵として邪魔だから封印する。そんな印象を受ける。

四天王として脅威になるから封印するという事なら仲間にも相談するだろう。それが出来ないほど勇者パーティーとシルヴィの信頼関係があったのか？　魔法使い一人の独断の封印なら私情の割合が大きいと思うが。

「話が逸《そ》れるがシルヴィへの勇者パーティーの信頼は、魔法使いが相談出来ないほど強かったのか？　それで魔法使いが一人封印するに至ったとか？」

「魔王と共に闘ったのもあって、シルヴィに対する信頼は強かったですが、魔法使いの私情だと思います。『これでタケシの周りをウロつく邪魔な奴が一人消えた』って封印する時に言ってましたので」

怖い。想像はしてたがデュランダルに言われると本当に怖い。

背筋がヒヤッとした。大乱闘が起きたりタケシさんが刺されるほどだ。みんな仲良くとは思ってなかったが、人知れずに処理するほど関係は冷えていたのか？

魔法使いがヤバいだけか？

「話は戻るが、それでタケシさんはデュランダルを手放したのか？　俺がタケシさんなら手放したくないが」

「前のマスターは私の事を大事にしてくれていました。長い付き合いでもありましたので、私を手放す事は出来ないと反対してくれました」

デュランダルが嬉しそうに語る。大事にしてくれていたのは本当だろうな。

俺もデュランダルを手にしてから他の剣が使えなくなった。使えはするがどうしてもデュランダルと比べてしまう。

それに普通の剣と違い彼女は自我があり知識がある。仲間に相談出来ない事もデュランダルに相談出来るメリットは大きい。デュランダルのおかげで俺の胃の負担も大分和らいでいる。

「それでも愛し合う関係であった魔法使いに言い負かされてしまいまして、譲るのではなく封印するまで貸すという形で魔法使いの手に渡りました」

魔法使いは封印の詳細を詳しく話していないんだろうな。デュランダルを封印の礎として使う。つまりは結界の土台として使うという事だ。そうなればデュランダルを後で返す事はまず出来ない。

タケシさんが知っていたら貸さなかっただろう。早い話、魔法使いの借りパクだ。

「魔法使いは私に自我がある事も、前のマスターが私に相談していた事も知っていました」

「デュランダルが魔法使いと会話したとかそういうのではないよな？」

「はい。昔から私はマスターとしか会話はしなかったので。前のマスターも私が喋れる事は皆には言っていませんでした。私がお願いしたのが大きいですが」

「どこかでデュランダルとの会話を魔法使いに聞かれていたという事か」

「そういう事だと思います。シルヴィを封印する前に私に対して『タケシに変な事を言われると困るのよ。邪魔だからここで眠っていなさい』と言っていたので」

なんて言ったらいい。言葉に詰まる。女性が怖いという事だけは分かる。

魔王という一番の脅威が消えた。今までと同じなら魔族は一度潜むだろう。彼らは無理な闘いはしない。タイミングを窺《うかが》う為に人に紛れる。つまりその間は魔族との争いは起こらず世界は平和になる。

そうなるとタケシさんと誰が恋人になるか、家族になるかという問題に突き当たったんだと思う。その結果が女性同士の潰《つぶ》し合いだ。

この世界でも基本は一夫一妻だ。全員を養って幸せに出来るというなら文句はないだろうが、世間の目は優しくないだろう。

それに彼らは勇者パーティーだ。その後の彼らの動向を気にしている者もいるし、勢力下に置こうと考えた国もいるだろう。

色んなしがらみがあったはずだ。これに関しては将来的に俺も直面する問題だ。他人事ではない。タケシさんに選ばれる為に女性同士で色々な駆け引きがあっただろうな。

「デュランダル一つ聞きたい。タケシさんと関係を持っていたエルフ王女の名前は覚えているか？」

「メリル・ウォン・テルマリアだったと思います」

「二年前に殺されたエルフの女王だな」

「そうなります」

タケシさんが生きていたのは勇者ロイドの時代だから今から五〇〇年ほど前だったはずだ。エルフは長寿だから生きている可能性に賭《か》けて名前を聞いてみたが、ダメだったな。

王女と聞いていたからもしかしてと思ったが。メリルが女王になったのは三〇〇年ほど前に魔族に先代を殺されたからだ。

跡を継いだメリルが三〇〇年テルマを統治していた事になる。そんな彼女も魔族に毒によって殺されている。

魔族によって二代続いて女王が殺されているのもあって、エルフの魔族への憎悪は強い。

「メリルの殺害にシルヴィが関与していると思うか？」

「その可能性は少ないと思います。彼女の性格からそんな回りくどい戦法を取らずに真正面から潰しにいくはずです。それが可能な強さと軍事力を持っていますから」

「強さは分かるが軍事力？」

「シルヴィは死体を操ります。魔族や魔物によって多くの人が死んでいますからね。操る死体に困りませんよ。かつては万を超えるアンデットを軍隊として駆使したと聞きます」

「とんでもないな」

それが四天王の強さだとすると、これから俺たちは万を超える敵と闘う覚悟をしないといけないのか。

「タケシさんがいれば良かったな」

「流石に死んでますよ」

「そうだな。シルヴィについて分かってる事を教えてくれるか」

「はい！」

タケシさんに惚《ほ》れ味方となった四天王も今は敵だろう。魔法使いがした事を彼女が許すとは思えない。彼女は敵だ。

なら、対策を練って倒すだけだ。今日も遅くまで起きる事になりそうだな。


「…………」

気付いたら二時間ほどデュランダルと喋っていた気がする。デュランダルからそろそろ寝た方がいいと言われ、ベッドに横になっているが眠気がこない。

小さい頃に母親に早く寝なさいと促された時と同じ気分だ。眠れないのは考え事をしている所為だろうな。余計な事を考えるなと思いつつも思考は巡る。

今考えるのは仲間の誰が魔王かという事だ。

今のところ証拠はない。それでも幾つかの情報を踏まえて人数を絞る事は出来る。

改めて情報を整理しよう。

まず一人目『勇者』エクレア・フェルグラント。彼女はまず魔王ではない。俺と同じ転生者という事もあるが、聖剣の担い手というのが何より大きい。

彼女が使う聖剣『コールブランド』は魔族が反逆を起こした時に神が創《つく》ったものだ。聖剣の鞘《さや》から刀身まで全てが聖属性を纏《まと》っており、聖属性を苦手とする魔族に対する特効武器といえる。

魔族では聖剣は触るだけでダメージを受けるものだ。魔王だとすればあれほど巧みに聖剣を扱えないだろう。


二人目魔法使い、『若き賢者《酒乱》』サーシャ・ルシルフェル。

彼女は闇と聖以外の五属性の魔法を使えるトップクラスの魔法使いだ。デュランダルから魔族は闇以外の属性の適正がないと聞いて彼女を容疑者から外したが、ある可能性が浮上しておりサーシャもまた容疑者の一人だ。

――魔族は闇属性以外は使えない。

だが、ある特定の条件を満たせば闇以外の属性が使えるのだと思う。それが魔族以外の血が流れる場合。つまり魔族とのハーフだ。

それを証明するように魔族と人間とのハーフのダルは火と闇の属性適正を持つ。

魔王がハーフだった場合、他の属性を使える可能性が浮上する。その場合は当然闇属性の魔法は使わないだろう。わざわざ魔族とバレるリスクを犯すとは思えない。

ハーフである可能性を考慮するとサーシャは候補の一人だ。

彼女個人の動きを見ても酔っ払って暴れた以外に目立つ所はない。サーシャと飲みながら話す事も多いので疑い難《にく》い。

三人目盗賊《とうぞく》、『赤毛』のダル。本名はダルフィア・ウォン・フィンガーランド。言わずと知れた魔族と王族のハーフの少女だ。魔族しか使えない闇属性を使える事から当初は魔王ではないかと疑ったが、彼女の身元が分かるにつれ容疑者から外れた。

正直知りたくない情報ではあったが、仲間の中から一人魔王候補がいなくなったのは良かった。彼女の親族である『アルカディア王国』の国王や大臣の存在がダルが魔王である事を否定してくれている。

勇者と一緒で彼女は魔王ではないだろう。

恋愛脳の魔王とか嫌だし。

四人目格闘家、『格闘王』トラさん。本名はトラ・ヴィルカス・ヘルスティム・ノーゼンカズラ・F・タイガー・ホワイト・シルバーファーク。

『ジャングル帝国』出身の格闘家。最近まで男だと思っていたが実は女性だった。魔力を纏うことで身体を強化して闘う獣人特有の技術『魔闘技』の使い手で、その拳《こぶし》は一撃でドラゴンの頭を吹き飛ばすほど。俺が殴られたら多分死ぬ。

他の仲間と違い彼女は今までの道中で一度も魔法を使った事がない。俺と同じで使えないのか、闇属性だから使うのを避けているのかは分からない。

いや、使えない事はないだろう。あの人の魔力量は俺よりも多いはず。使おうと思えば魔法は使えるはずだ。

そういう方向で考えれば不審な点はあるな。

獣人が元々魔法を好まず肉体を使って闘う事を重視しているので、トラさんもその例に漏れないのだろうか？

正直判断に迷う。仲間の中で唯一肉体関係を持っているのと、彼女の人柄を知っていると疑いたくないという気持ちが強い。

それでもエクレアとダルと違い、魔王ではないという決定的なものがないので容疑者として見ておこう。


五人目神官、『大司祭』ノエル・キリストフ。

教会に所属するエルフの神官。若くして大司祭の地位に着く才女であり、現在確認されている全ての聖属性の魔法を使用できる唯一の存在。

過去に人間とトラブルがあったようで人間嫌いだ。近付くだけで舌打ち。話しかけたら罵声《ばせい》が飛んでくるなんて事は最初の頃は良くあった。仲間以外の人間に対しては当たりが強いので基本的に対応させないようにしている。

魔族が苦手とする聖属性の使い手であり、エルフという事もあって彼女を容疑者から外して見ていた。ハーフである可能性を考えれば彼女が魔王という事もありえる。

だが、俺が傭兵団《ようへいだん》に所属していた時に出会ったエルフの少女がノエルではないかと最近考えている。今から一三年前だ。その子がノエルなら魔王である事は時系列から有り得ない。

俺が今一番にするべきはノエルに昔の事を確認する事だろう。ただ昔の事を聞くと機嫌が悪くなるので、どうやって聞くべきか悩んでいる。

五人中二人は魔王ではないと確信している。ノエルは要確認だな。確信を持てるまではノエルも一緒に容疑者として見ておくべきだろう。

出来れば油断したくない。俺が容疑者として見ておくのはサーシャ、トラさん、ノエル。三人には絞れた。それでも魔王だと確信出来る証拠はない。ノエルの件を早めに片付けておけば疑う対象が減って楽になるな。

時間があれば明日でも顔を出してみるか？

そうしよう。単純に疑う仲間が減るというのは心労が減る。胃が楽になるだろう。

それでもサーシャとトラさんを疑わないといけない。どちらも俺からすれば善人だ。困った人たちではあるがどうしても悪く見れない。

四天王やクロヴィカスが動こうとしている以上、世界の情勢が大きく変わる事も有り得る。

出来るだけ被害が出ないように頑張るつもりだが、同時に起こされると手が回らないのが本音だ。それに四天王の強さがどれ程のものか、まだ知らない。デュランダルが語る通りだとすると、魔王を捜す以前に俺が殺《や》られる可能性の方が高いか。

いや、死ねないな。勝とう。勝って魔王を捜そう。騒ぎに乗じて魔王が動くと考えるなら、サーシャとトラさん、念の為ノエルからも目を離さないようにした方がいい。

怪しい動きがないかチェックしよう。

仲間という意味ならデュランダルが魔王という事は……ないな。彼女はシルヴィを封印する為に五〇〇年の間レグ遺跡に刺さっていた。

その事は本にも載っていたはずだ。

デュランダルに魔王の事を聞きそびれたな。四代目魔王の情報で何か分かる事があったかも知れない。明日にでも聞くか。

やる事が多いな。朝起きたらトラさんと話しに行こう。ノエルの所に顔を出す前に旅の準備をした方がいいか。何もしてない状態でいけばノエルに嫌味を言われる気がする。

昼過ぎ、夕方になる前にノエルの所に顔を出せたらいいだろう。なんて聞こうか？　聞き方を間違えたら今までと同じように機嫌を損ねるだけだな。会う前に考えておこう。

それから夜にデュランダルから四代目魔王ロンダルギアについて聞こう。五代目と関わりがあれば良しだが、期待はしない方がいいだろう。

考えが纏《まと》まったからか眠気が襲ってきた。デュランダルに促されてから随分時間が経った気がするがどうだろうか？

「マスターダメです……私とマスターの関係は……むにゃむにゃ」

剣も寝るんだなとデュランダルの寝言を聞いて思った。どういう夢を見ているのだろうか？

今度聞いてみるか。

――翌朝。夜遅くまで起きていた所為か目覚めが良くない。内容は思い出せないが妙な夢を見た気がする。

「起きたのですねマスター。おはようございます」

ベッドから体を起こすとデュランダルが挨拶《あいさつ》してきた。俺よりも彼女の方が早起きだ。

「昨日は愉快な夢を見ていたみたいだな」

「愉快だなんて失礼ですよ！　マスターでなかったらもう口もきいてないです。でも今の私は機嫌が良いので許しますよ」

「悪かったな、気をつけるよ。それにしても機嫌が良いな。良い夢を見れたのか？」

「マスターってスケベなんですね」

急に何言ってんだデュランダル《こいつ》。

「すまない。言ってる意味が分からないのだが」

「昨日はあんなに激しく迫ってきたじゃないですか。私とマスターの関係は男女のものでないのに」

「それは夢の話だよデュランダル」

「もう少し話に乗ってきてくださいよ」

「また今度な」

剣に欲情《よくじょう》して迫るほど俺は変態ではないと信じたい。なんというか愉快な夢を見ているな。

彼女に自我がある事もそうだが、剣が眠るというのも不思議だ。聖剣は神が創った。彼女は誰が創ったのだろうか？

一度聞いたが製作者は分からないと言っていたな。自我が芽生えたのは最初のマスターが魔力を流した時らしい。神以外が創ったすればドワーフだな。昔から魔道具や魔武器を作っていたはずだ。

「トラさんに話をしに行こうと思う」

「朝食はどうしますか？」

「今は食欲がないからやめておくよ」

「最近は朝食を取らない事が増えていますよ。食べないと力が出ないので出来れば食べてください」

「食べれる時に食べるよ」

最近は胃の調子が良くないのだろう。朝は特にお腹《なか》が空かない。昨日はお酒の方が多かったはずだが。振り返ると体に良くない食生活をしている。朝はともかく昼と夜はしっかりと食べよう。

デュランダルを手に持ってトラさんの部屋に行こうとしてある事を思い出す。昨日は体を洗ってない上、着替えすらしてない。

トラさんに会う前に湯浴《ゆあ》みをしておこうか。昨日は蓄積をした所為で体を洗う元気すらなかった。彼女は獣人で鼻が利くから匂いに敏感だ。失礼がないようにしよう。宿屋の主人に借りないとな。

「トラさん、いるか？」

湯浴みを終えてトラさんの部屋をノックしてから声をかけるが、反応がない。

宿屋の主人にトラさんが朝の鍛錬《たんれん》をすると言って出ていったと聞いた。湯浴みをしてそれなりに時間が経ったので戻っているかと思ったがまだのようだ。

この様子だとまだ鍛錬中だろうか。この辺りで出来そうな所は宿屋の裏の空き地しかない。広さもそうだがこの時間ならあそこは静かで集中出来るはずだ。そこに居ることを願おう。

宿屋の主人に挨拶をしてから裏の空き地へと向かう。近付くにつれ、シュッ、シュッと風を切る音が聞こえてきた。

予想通り此処《ここ》に居たようだ。すぐにトラさんの姿が見えた。鍛錬の真っ最中だな。

トラさんが拳を振るう。風を切る音がこちらまで聞こえる。まるで演武を見てるかのような淀《よど》みない動きだ。そのままずっと眺めていたい気持ちになるが、今日は他にもする事がある。要件を済ませよう。

「トラさん！」

俺が声をかけるとトラさんの拳がピタリと止まる。俺に気付いたトラさんが嬉しそうに表情を崩した。

「おぉ！　カイルではないか！　どうした、俺に会いに来たのか？」

声も嬉しそうだなと思いながらトラさんに近付く。鍛錬をして汗をかくからか、いつもより薄着な気がする。彼女の胸が見えそうで目のやり場に困る。

トラさんは逞《たくま》しい肉体をしているので、鍛え上げた大胸筋かと思ったがしっかりと女性らしい胸だった。柔らかかったなとトラさんとの情事を思い出す。

いや、今思い出したらダメだろ。邪念を振り払うように頭を振る俺をトラさんが不思議そうに見ていた。

「大丈夫か？」

大丈夫です。トラさんを邪《よこしま》な目で見ていただけです。なんて言えないので、さっさと用件を伝えよう。

「大丈夫だ。少し邪念がな……。それよりトラさんに伝えたい事があるんだ」

「なんだ、愛の言葉か？」

違う。ダルといいトラさんといい、どうしてすぐに愛の言葉を求めるんだ？　言った方がいいのか？　いや流石にダメだろ。相手が真に受けたら面倒な事になる。

「すまない、愛の言葉ではないんだ」

「そうか！　なら用件はなんだ？」

ダルと違い残念そうにはしていない。

「四日後に町を出発する予定になってる。トラさんにも準備をしてほしくてな」

「そうか、分かった！　準備をしておこう」

「前日に教会で集まって方針を決めるつもりだからトラさんも覚えておいてほしい」

「念を入れるな。魔族絡みか？」

「クロヴィカスと四天王について情報が入ってる。大事になりそうなんだ。それでしっかり話し合おうって事になってる」

「クロヴィカスに四天王か。強大な敵だな。だが、安心しろ。お前たちは俺が守ってやる」

クハハハハッと豪快にトラさんが笑う。いつもと変わらないトラさんが本当に頼もしい。

戦闘面では頼ってばかりだ。この人が傍《そば》にいる。それだけで安心出来てしまう。

共に前衛で一緒に闘う事が多い。その為パーティーの中でも特に親交は深いだろう。

不意にトラさんが近付いてきた。何事かと思い見ている内に、肩に腕を回されトラさんに抱き寄せられた。

「さっき俺の胸を見ていただろう？」

急な事で硬直する俺の耳元でトラさんが囁《ささや》く。艶《なまめ》かしいバリトンボイスが腰にくる。いや、その声よりも内容に思考が停止する。胸を見ていたのがバレた。誰に？　トラさんに。胸を見ていたのが？

考えが纏まらない。謝った方がいいのか？　素直に打ち明けた方がいいか？　声の響きから嫌がってる様子ではない。変に否定しない方がいいと思う。焦るな。あくまで冷静でいろ。

ここで焦れば相手に変な意味で捉えられてしまう。前世の母親にAVを見つけられた時でもこんなに焦らなかっただろう。あの時は開き直ったか……。

ここは素直にいこう。トラさんが相手ならそれがいいだろう。

「トラさんが嫌な思いをしたなら謝ろう。つい目がいってしまった」

「クハハハ！　別に構わんさ。カイルも男なのだな」

「仲間に対して邪な目で見たのは悪いと思ってる」

パーティーの仲間は全員女性だ。そのうち三人に好意を寄せられているし、ハッキリと返さず返事も有耶無耶《うやむや》になってる。自己嫌悪《じこけんお》に陥りそうだ。

周りが女性ばかりなのもあって、視線だったり接し方には気を使っているつもりだったが、見事にバレていたらしい。女性は視線に気付いているとよく聞くが、実際に伝えられると焦るものがある。思春期の子供でもあるまいし。

「カイルに見られるのは良い。それが他の男なら困るがな。だが、責任は取ってくれるんだろうな？」

責任？　トラさんと肉体関係を持った事のか？

だがあれはトラさんが気にしなくていいと言っていたな。その言葉に甘えるのは良くないが、トラさんは一度言った言葉を覆す人ではない。別の事か？

「責任？」

「あぁ、責任だ。好いた男にあのように見られたんだ。つい疼《うず》いてしまってな。この雌《めす》の本能を鎮めてくれるのだろう？」

鎮めるというのはそういう事だろうか？　こんな朝から？　恋人でもないのに？

なんて返せばいい。下手な言葉は彼女を傷付ける。

「嫌なら抵抗してくれ。違うなら俺の相手をしてほしい。恋人になれとも迫らんさ。ただ俺がカイルを欲しくて堪《たま》らないのだ。可哀想な雌を慰めてくれ」

何か言いそうになって、喉元まで出かけていた言葉がトラさんの艶《つや》っぽい声に止まる。

抵抗していいと言っていた。嫌なら抵抗したらいい。正直嫌ではないが……。罪悪感が芽生え抵抗する為に少し力を入れてみるが……ん？

いや、抱きしめている力が強くてほんとに振り解《ほど》けない。え？　こんなに力の差があるのか？

トラさんが筋力があるのは見た目から分かるが、微動《びどう》だにしないのだが？　抵抗出来なくないか？

そうこうしている内にトラさんの肩に担がれた。

あー、そんな軽々と。一応成人男性だし、太ってはいないが筋肉はついてるから一般の人よりは重たいと思うけど、トラさんからしたら何て事ないのか……。

そういえばドラゴンを投げ飛ばしてたなこの人。力勝負で勝てる訳ないか。

というよりこのままではまずい気がする。

「トラさん！」

「俺とするのは嫌か？」

「嫌……ではないです」

思わず本音が漏れた。トラさんが満足そうに笑い、そのまま宿屋の部屋に連れていかれた。

トラさんには敵わなかった。


——諸々が終わった後である。正直自己嫌悪に陥りそうだ。押しに弱いってレベルじゃないな。簡単に流されすぎだと自分でも思う。またトラさんとしてしまった……。体だけの関係になってしまってる気がする。女の敵だな俺。

「はい、お客さん！　注文の商品持ってきたよ」

商人の声にハッと我に返る。そうだ、旅の準備で商品を買っている所だった。奥にしまっているという事で商人が持ってくるのを待ってる間につい考え込んでしまっていたようだ。

「こちらお金です」

「毎度ありがとうございます。また買いにきてくださいい」

商人にお金を払って商品を受け取る。食料は保存がきくものは既に受け取っており、道中ですぐ食べるものは出発の時に受け取る予定だ。

お金は払ってあるので、当日に宿屋まで運んでくれるらしい。魔物除けの聖水から使い捨ての魔石、簡易結界を張る魔道具など色々と買ってしまった。個人で必要な者は皆が既に買ってあるので、パーティーとして必要な物だけを購入した。

宿を出る時にサーシャに『収納』の魔法で重たい物は仕舞ってもらうおう。食料などは個人である程度持っていた方がいいだろう。仲間とはぐれた時でも食料に困る事はない。収納の魔法は便利ではあるが、仕舞える数に限度があるのが難点だ。それなのにサーシャはお酒を大量に収納している為空きが少ない。

道中考えて飲まないとすぐに無くなるとブーブー言うのだから度し難い。

思ったより時間がかかってしまった。日が暮れるまでまだ時間はあるが、予定よりノエルに会いに行くのは遅くなるな。

トラさんとヤッてしまったのがいけなかった。強靭《きょうじん》な意思で断るべきだったと思う。トラさんは満足そうだったな。好いた相手と体を重ねるのは心地よいな、なんて言っていた。

トラさんは今は宿屋にいるだろうか？

俺は旅の準備をしないといけないからトラさんとは宿屋で別れた。

早めの昼飯を済ませて一応湯浴みをした。宿屋の主人にまたですか？　と言われたのは辛かったな。ノエルと会うからそのままはまずい気がしたんだ。

その後、商人の元に出向いていつもと同じような商品を買った。既にこの商人は顔馴染《かおなじ》みになりつつある。

買った物を部屋に置いてから教会に向かおう。俺の部屋にはまだトラさんがいるだろうか？行ってみないと分からないな。買った物が多かったのか、思っていたより重い荷物を持って帰路に着いた。

宿屋にトラさんは既にいなかった。彼女も旅の準備をすると言って出掛けたと、宿屋の主人が教えてくれた。食料などの消耗品は俺が担当しているからトラさんは鎧《よろい》とか装備品だろうな。装備の手入れに出していたはずだ。それを取りに行ったのだろう。

俺もこれから用事がある。ノエルに会うために宿屋を出た。

——この町の教会に来るのは二度目だろうか？　人当たりのいい笑顔を浮かべるエルフの神官が迎えてくれた。

「ノエル様でしたら教会の裏庭に居ると思います」

ノエルがいる場所を教えてくれた神官にお礼を行ってから裏庭へと足を運んだ。

何かを叩《たた》く音がした。音がする方にノエルがいる気がして足を進める。コツンッと継続して音が鳴っている。前回会ったのと同じ裏庭で木に向かって木槌《きづち》を振り下ろすノエルが見えた。

あ、ノエルまた呪《のろ》ってるな。言わなくても分かる。少し声をかけにくい。

コツン、コツン。木槌を振り下ろしながら何か言っているようだが、声までは聞こえない。

正直見てるだけで呪われそうなので、声をかけよう。

「ノエル！」

声に反応してこっちを見た彼女は、碧眼《へきがん》を大きく開いてビックリしたような表情をした後、小走りでこちらに向かってくる。

「急にどうしたのさ？　僕にまた何か用事かい？」

デジャブだ。首を傾《かし》げる所まで前回と一緒な気がする。いや、違う！　前回は一つだった藁《わら》人形《にんぎょう》が二つになっている！

木槌はこっちに走ってくる時に置いてきたのか持っていないが、両手に藁人形に握り締めていた。藁人形も一緒に置いてこいと言いたいが、言ったら言ったで小言を言われるのでやめた。

「また呪《まじな》いか？」

「そうさ。僕のものに手を出す困ったやつがいてね呪《まじな》いをかけていたのさ。雌猫だけでも許せないのに困った話さ」

ギュッと藁人形を握るノエルにそれ以上言えなくなる。五寸釘《ごすんくぎ》が刺さっている部分は上手く避けているらしい。手に傷はなさそうだ。握り締めた時に心配になった。

「それで用件はなんだい？」

ノエルが問いかけてきた。俺が聞きたいのは彼女の昔の事だ。俺の懸念通りならノエルは魔王候補から外れる。疑わなくて済む分、彼女と接する時に気を使わなくて良い。注意する人物が二人に減るのは大事だ。

四天王の事もノエルに言う必要があるが、これはノエルの機嫌を損ねた時に話題を逸らす為に温存しておきたい。

「ノエルに聞きたい事がある」

「なんだい？　答えられる事なら答えるよ」

「ノエルと俺は昔会った事があるか？」

ストレートに聞きすぎたかも知れない。眉《まゆ》がつり上がっている。明らかに不機嫌になってい
る。

「君は本当に忘れたのかい？」

キツイ口調だ。彼女が怒っているのが分かる。変に言い訳するのは良くないな。

「すまない、はっきりと覚えていないんだ」

「本当に覚えてないのかい？」

今度は声が落ち込んでいる。悲しい。そんな思いがノエルから伝わってくる。罪悪感に言葉が出ない。

彼女の発言から過去に会った事があるのは確かだろう。五年前に貴族が立《た》て籠《こも》った時にノエルと会った事があるが、その時の事はどうでも良さそうだった。やはり一三年前に会ったあの時のエルフの少女か？

「すまない。さっき言ったようにはっきりとは覚えていない」

俺の言葉に唇をギュッと嚙《か》み締《し》めて、ノエルは俯《うつむ》いてしまった。涙を堪《こら》えるような表情だった。失敗したな。聞くべきじゃなかった。しっかりと思い出してからノエルと話すべきだった。

俯いたままブツブツと何か言っている。言葉までは聞き取れない。彼女がまた手に持つ藁人形を強く握り締めた。その時に釘が当たったのか、ノエルの白い手から血が流れているのが見えた。

「ノエル、血が……」

治療した方がいいと続けたかったが、顔を上げたノエルと目が合って言葉を失った。

光沢のない虚《うつ》ろな瞳だった。常の澄み渡る空のような澄んだ碧眼は見る影もない。濁ったような暗い瞳だ。目の光がないだけでこんなにも印象が違うのか？

「あの時の約束も覚えてないのかい？」

感情をどうにか抑え込んで、絞り出すように出した小さな声だった。

言葉を間違えたら大変な事になる。目の前のノエルを見るとバカな俺でも流石に分かる。どうやら俺は地雷を踏んだらしい。

約束？　ダメだ思い出せない。適当に話を合わせてもノエルに尋ねられたら終わりだ。その方が怒りが大きいと思う。素直に答えるべきだ。

「すまない。覚えていない」

ポトリッと藁人形が地面に落ちた。

地面に落ちた藁人形に俺の視線が向いた瞬間、ドンッと突っ込んできたノエルに押し倒された。普段のノエルからは想像出来ないような力だ。

頭を少し打ったらしい、痛みがある。それに腹の部分に重みがある。どうやらノエルに馬乗りにされているようだ。状況が少し理解出来た。

「どうしてさ」

絞り出すような声に顔を上げると涙を流すノエルと目が合った。

「どうして覚えていないんだ⁉」

感情を吐き捨てるようにノエルが叫んだ。その言葉に対して返す言葉を俺は持っていなかった。謝罪をした所で彼女は喜ばない。そんな言葉をノエルは待っていない。

約束か。何の約束をしたんだ？　どうして思い出せない……。何かあったはずだ。思考を巡らす。

——今のノエルと昔の幼いノエルの姿が重なった。

あ、思い出した。彼女《ノエル》が怖くて記憶から忘れようとしたんだ。彼女は——。

「どうして、どうしてさ！　僕はこんなに君の事を愛しているのに！　世界中の何よりも君の事が好きなのに！　どうして僕の事を忘れるんだ！　約束を覚えていないんだ！　僕が悪いのかい？　再会した時に君の事に気付けず冷たい対応をした事を怒っているのかい？　意地悪でそんな対応をしてるのなら、ごめんよ僕が悪かった。本当に反省しているよ。あの時の君と今の君とでは違いすぎて分からなかったんだ。昔の君もカッコよかったけどまだ少しあどけなさがあった。今の君みたいに逞しくそしてカッコよくなってる所を想像してなかった僕が悪いよ。それに僕が大人になるまで君に会えると思ってなくてね。祝福を覚えているかな？　そういう祝福だと勘違いしていたんだ。それとも五年前に助けてもらったのにお礼を言わなかった事を怒ってるのかい？　ごめんよ、気付かなくて。君は僕に気付いてほしかったよね。それなのに気付かなくて他の人間と同じ対応をしてしまった。辛い思いをさせたよね、悲しい思いをさせたよね。ごめんよ。どうやったら許してくれるかな？　君の気が済むまで僕の体を痛めつけてくれて構わないよ。それで僕を許してくれるなら安いものさ。腕を折ってもいい、足を捻《ね》じ曲《ま》げてもいい。君の好きなようにしておくれ。殴ってくれても構わないよ。でも出来れば顔はやめてほしいかな？　君に綺麗《きれい》だよって言われたいんだ。他の有象無象《うぞうむぞう》なんてどうでもいい。君だけがいい。君にだけ綺麗だねって褒めてほしい。反省する立場なのに求めたらダメだよね。ごめんよ。でも君に褒めてほしいのは本心なんだ。君に助けられた命。君が守ってくれた体なんだ。君の為だけに捧《ささ》げたい。神なんてどうでもいい。僕の中で一番はずっと君なんだ。君の為なら死ねるよ。あ！　死んじゃダメか。君が悲しんでしまうね。君を一人になんかしないよ、ずっと一緒にいるさ。一三年前は立場が許さなかったけど、今なら大丈夫だよ！　君も凄く強くなって僕は偉くなった。凡人どもが何を言ってきても僕たちなら撥《は》ね除《の》けられる。魔王の事が心配かい？　そうだね優しい君の事だ、周りの事を気にして一人だけ幸せになるなんて望まないのは分かってるさ。薄汚い魔族共を根絶《ねだ》やしにして二人で幸せな家庭を築こうよ。魔族か……ダルの事はどうしようか？　薄汚い魔族の血を引いているからね。それでも君が大切な仲間だって言ってるから我慢するつもりだったんだよ。それなのに身の程をわきまえない魔族もどきが君に求婚？　僕だってまだしてないのに？　君が許してくれるなら今すぐに排除したいくらいだよ。魔族もどきでも君にとって大切な仲間だよね。分かってるさ。君は優しいからそんな魔族もどきでも守ろうとする。大丈夫だよ。君が嫌がる事はしたくないんだ。魔族もどきの事を見逃してあげるよ。僕を一番に愛してくれるなら魔族もどきを好きなようにしていいよ。代わりに魔族もどきにした分だけ僕を愛してほしい。僕が一番だって証明してほしい。そうしてくれたら他の女が居ることも許すさ。君は魅力的だからね、虫みたいに女共が寄ってきてしまうのが困りものだね。あの雌猫もそうさ。殴る蹴るしか出来ない野蛮な獣の分際で僕のものに手を出すなんて。君の初めてとは言わないけど、それでもあんな雌猫に先を譲る事になるなんて！　あ！　君からじゃないのは知ってるから安心して。勝手に勘違いした雌猫が悪いのも分かってる。だけどさ！　あんな雌猫より先に僕を抱いてほしかった！　君の為に守ってきた純潔を散らしてほしかった。君が好きなように僕の体を味わってほしい。好きだよ、愛してるよっていっぱい囁いてよ！　二人の体が溶け合うくらいにいっぱい愛し合いたいんだ！　僕と君の体の相性は良いと思うんだ。毎日君を思って慰めているから感度は大丈夫だと思うよ。初めてでもきっと君を満足させられると思う。あ！　でもエッチより先に君からキスしてほしいかな。一三年前にもしてくれたけど、長い間出来なかったからね！　寂しさを忘れるくらい沢山してほしい！　君からばっかりだと不満かな？　大丈夫さ。僕は君が許してくれるならいっぱいするよ。エッチだってキスだって、君が望むこと何でもしてあげる。でも他の男に肌を見せるのは嫌だよ。君だけの体なんだ。君が望んだってそれだけは許さない。代わりにいっぱいご奉仕するから許してほしいな。話が逸れちゃったね。君はあの雌猫をどうしたい？　僕としては駆除したいところなんだけど……。そうだ！　ペットとして飼うってのはどうだい？　一匹くらい番犬ならぬ番猫がいてもいいと思うけど。一人の女として扱いたいなら、仕方ないけど認めるよ。でも！　僕が一番だよ！　君の中で僕が一番じゃないと嫌だ。他の雌がどれだけ君に群《むら》がろうとも僕を一番愛してくれるなら我慢出来るよ！　一番じゃなくなったらどうしよう。君は傷付けたくないからさ……。そうだね、その時は周りの女を排除しよう！　そうしたら僕が一番だ！　ごめんね。そんな事しなくても僕が一番だよね。君を疑うつもりはないんだ。ただ僕が心配になっただけさ。それだけ君は魅力的なんだよ！　僕が君と離れていた間にどれだけ雌が近寄ったか……。今のパーティーの面子《メンツ》もそうだね。魔族もどきと雌猫はいいけどさ。エクレアも怪しいよ。喋らないから何を考えているか分からないけど、君を見る目！　あれは君を狙《ねら》ってるよ！　勇者か。勇者の血は残した方がいいよね。けど君じゃなくてもいいと思うんだ。これ以上増えるのは困るからさ。君が望むならエクレアにだって手を出しても構わないよ。君の意思が一番だ！　もちろん僕にも手を出してね！　約束だよ。サーシャはどうしたい？　お酒ばっかり飲んでるし僕としては嫌だけど、色んな魔法が使えるから便利ではあるからね。あの女の才能は認めているさ。僕と君の為に使うっていうなら許してあげてもいいかな？　そうなると僕以外に四人か。僕との時間が減っちゃうね。君も寂しいかい？　それならやっぱり二人きりの方がいいかな？　誰にも邪魔されない二人だけの楽園で過ごすのもいいね。子供も作っちゃおう！　僕と君との子供だよ。きっと可愛《かわい》いし才能に恵まれた子が生まれるさ。でも女の子だと困るね。僕が娘に嫉妬《しっと》してしまいそうだからね。大丈夫？　君が嫉妬しないくらい僕を愛してくれる？　それなら大丈夫だね。娘が出来ても我慢出来るよ。ねぇ！　だから僕を愛してよ。好きって言ってよ。僕も愛してるからさ。めちゃくちゃになるまで愛し合おうよ！」

――ハイライトの消えたノエルの姿に一三年前の記憶がフラッシュバックした。

そうだ、当時七歳のノエルに同じように迫られたんだ。見た目から想像できない力で押さえつけられて、無理やりキスされた。自分の年齢の半分以下の少女にいいようにやられた覚えがある。

人攫《ひとさら》いのグループから何とか彼女を助けた後だな。自分の実力不足と過信の所為《せい》でノエルが傷を負った事もあって、傭兵団が町に滞在している間は毎日のように教会に顔を出していた。

彼女の父親は『大司教』の地位に着く所謂《いわゆる》お偉いさんだったようで、ノエルを助けた事を泣くほど感謝された。

教会の重臣中の重臣である彼の娘の警護は相応に厳しいものだ。そんな中でノエルを攫ったのだから、あの人攫いグループの規模のデカさと計画性が窺える。どう考えても一人で対応するべきじゃなかった。

あの時は騒ぎを聞きつけた衛兵が来てくれたおかげでどうにかなっただけだ。それでもノエルの笑顔を守れた。当時の自分には上出来だっただろう。

話を戻そう。教会に毎日通ううちにノエルとの親交が深まっていった。いや、正確に言うなら助けた時に既に高かった好感度が限界突破したというのが正しいか。

接している時に背筋がヒヤリとする怪しい雰囲気を感じる事もあった。決まって女性の名前を出した時だ。目が据わっていたし、顔は能面のように無表情だった。七歳の少女がする表情じゃないだろうと戦慄《せんりつ》したものだ。

早い話、彼女は七歳の当時から既に片鱗《へんりん》を見せていた。事態が急変したのは傭兵団が次の目的を決め町を出ることが分かった時だ。

年相応の可愛らしい笑顔がすぅーと無表情になるのが怖かった覚えがある。その後すぐに押し倒されて今みたいに迫られた。

ただただ怖かったよ。前世でもこんな経験をした事がなかったからな。物語で出てくるものとしてそんな女性もいるんだな位の認識だった。実際に自分が直面するなんて思いもしないだろう。

ノエルの父親を引っ張り出してまで俺を引き留めようとしていたな。自分の傍から離れるのを許せないって。思い出した！　元凶はノエルの父親じゃないか！

大人である分事情を理解してくれていたので、俺の立場とやむを得ず町を出る事をノエルに説明してくれた。

それでも自分の娘が可愛いようで、すぐにノエル側の援護についたのは許せない。その父親の提案こそが俺とノエルの大切な約束になる。

『神の祝福の下に二人が結婚するというのはどうだろうか？　とはいえノエルはまだ幼いからな。ノエルが大人になったらカイル君と結婚するという形で祝福を受けよう。ノエル、そんな不貞腐《ふてくさ》れた顔をしないでくれ。まだ子供なんだ。結婚は出来ない。だから婚約者として二人を結びつけよう。神の名の下の祝福だ。たとえこの時、二人が離れようと大人になった時に必ず引き合わせてくれる。必ず二人は結ばれるんだ！　良かった、ノエルも納得してくれたね。それじゃあ、神の祝福を受けよう。これで君たちは晴れて婚約者だ』

神の祝福は本来、愛し合う二人の絆《きずな》を守るために神官を通して神に願い出るものだ。結婚を決めるほど深く愛し合った者達にしかしてはいけない規則《きまり》がある。それを娘可愛さでノエルの父親は祝福を行った。職権乱用もいい所だ。

満面の笑みのノエルと対照に俺の顔は引《ひ》き攣《つ》っていただろう。一五歳にして結婚が決まったのだ。その上、神の名の下の祝福だ。絶対に破る事は出来ない。この世界にはしっかりと神はいる。ノエルとの婚約を破るなんて事をしたら神の裁きが下るだろう。過去にそういった事例があったらしい。

——正直に言えば当時の俺のトラウマだったのだろう。思い出したくなくてその時の記憶を忘れていた。こんなに綺麗にその約束の部分だけ忘れているのはおかしいから、おそらくミラベルが何かしたのだろう。そうだ、それも思い出した。ミラベルに俺からお願いしたんだ。夢に見るほどトラウマになっていたからな。

思い出せない理由もこれではっきりと分かった。そして今のノエルの状態もだ。

ノエルの目線から見れば婚約者が自分を差し置いて他の女と仲良くしてる。その上一人と肉体関係がある。

これはアレだな、覚悟を決めるべきだな。一三年前の俺と違って色々あったから許容範囲は広がっているので、今のノエルでも受け入れられる。

どの道、神の祝福があるから逃げる事は出来ない。それにノエルを放っておけば何をするか分からない。

「ノエル」

声をかけても反応しない。虚ろな瞳でこちらを見てブツブツと何かを言っている。俺が原因なのは分かっている。彼女を正気に戻すためのどデカい一撃が必要だ。

物理的なものではなく、言葉。彼女が最も欲しがっている言葉だ。

「魔王を倒したら結婚しよう！」

「え？」

ノエルの声に負けないように腹に力を込めて叫んだ。キョトンと言葉を理解出来ずにノエルが固まる。だが、先程と違って目は虚ろじゃない。いつもと同じ透き通るような綺麗な碧眼だ。

「ノエル。魔王を倒したら俺と結婚してほしい」

「えっと…」

正気には戻ったと思う。けど、俺の言葉に困惑している様子だ。俺がこんな事を急に言うと思ってなかったんだろう。

「神の祝福の下に、今度は婚約者としてじゃなくて夫婦として」

「覚えていてくれたのかい？」

「思い出したというのが正しいよ。忘れていてごめんな、ノエル」

ポツリポツリと綺麗な碧眼から涙が零《こぼ》れ落《お》ちた。今まで忘れていた俺が憎いよ。覚えていたらこんな事にはならなかっただろう。ノエルに悲しい思いをさせずに済んだだろう。

いや、まぁトラウマになるのも理解出来るからあまり責められないが……。一先《ひとま》ず腹は括《くく》った。

どうせ神の祝福のせいで結婚から逃れる事は出来ない。それにノエルは誰が見ても美少女だ。性格に少し難がある気もするが、彼女と結婚する事に不満はない。

それでも魔王の事が気掛かりである以上、そちらを先に片付けたい。だから魔王を討伐してからだ。

「構わないよ。君が思い出してくれた。それだけで僕は嬉しいから」

「ノエル……」

涙を流しながら微笑《ほほえ》むノエルが綺麗だった。そういえばまだ馬乗りにされていたなと思いながら、腕をノエルへと伸ばして体を抱き寄せる。キャッと驚いたようにノエルが声を上げた。

「ごめんな、婚約者を放置して」

「大丈夫さ。それに僕も君に気付けなかった……」

「それは仕方ない。けど俺が約束を忘れていたのは違うだろ。ノエルに悲しい思いをさせてしまった。ごめんな」

「悲しかったけど、君が傍にいてくれたから。それに本当に悪いと思ってるならこれからも僕の傍にいてよ！　僕を愛してよ！」

「あぁ。愛してるよ」

「僕も愛してる」

――祝福という名の首輪だな。俺が逃げないように首に縛り付けてある。ある意味呪いに近い気がする。祝福を受けた時点で俺の選択肢は結婚するか死ぬかの二択になってる。

当然だが俺は死にたくない。ノエルと結婚する事に不満はないので、こういう形に収めるのが一番だろう。彼女が魔王じゃないと分かったので一つ問題は解決したから良しだが、別の問題が出来てしまったな。

言い方は悪いが、今のノエルは起爆寸前の爆弾だ。今回は上手く抑える事が出来たが取り扱いを間違えれば今度こそ爆発するだろう。その時にどれだけ周囲に被害が出るか分からない。

ノエルの言葉を信じるなら俺を傷付ける事はないだろうが、周りに被害が出るだろう。何人か死ぬかも知れないな。それだけは阻止しないといけない。彼女が気に病む事がないくらい俺が愛を伝えるしかないか……。

ダルとトラさんの事を考えるとまた頭が痛い。忘れていたとはいえ婚約者がいる身で気を持たせた事になる。上手く説得出来ないと修羅場だな。

「カイル……」

「どうした？　ノエル」

「僕以外に他の女がいても僕は気にしないからね」

「何を言っているんだ？」

「君がとても魅力的なのは僕が一番知ってる。パーティーのみんなが君に好意を持ってるのも。君は優しいからみんなの好意を無下に出来ない。なら僕が折れるさ。何人いても構わないよ。けど君の中で一番は僕であってほしい」

「ノエルだけのつもりなんだがな」

「無理だと思うよ。僕の女としての直感がそう言ってるのさ」

他に女を作ってもいいよと言われても困る所ではある。ハーレムを作りたいなんてガキみたいな願望はない。一人でも大変なんだ。複数の女性を傍に置いて養うなんて出来る気がしない。きっと胃に穴が空くに違いない。そんな苦労はごめんだ。

――考え事をしているとノエルの手が俺の頬《ほお》に添えられた。ヒヤリとした冷たい手だ。どうしたんだと言う前にノエルの顔が近付いてきて、チュッと触れるだけのキスをされた。

思わず、一瞬固まる。

「君がどれだけ女性を抱いても構わない。君の中の一番が僕なら許せるさ。だから僕の事も愛してほしい。あの雌猫にしたみたいに僕をめちゃくちゃにしてほしい。君の為だけに守ってきた体なんだ。君の好きにしてほしい。僕を抱いてくれないかい？」

返事をする前にもう一度ノエルにキスをされた。触れるだけじゃない。舌を絡める濃厚なキス。完全にされるがままになっているな……。

ウットリとした表情のノエルを見ながら、どこか他人事のように考える自分がいる。このまだとずっと主導権を握られる事になるだろう。今後の事を考えたらそれはまずいか。

「ノエル」

「なんだい？」

「二人きりになれる所はあるか？　お前を抱きたい」

「うん！　教会の部屋があるよ。僕の事をいっぱい愛してほしい！」

もう一度、今度は俺からノエルにキスをして一緒に立ち上がる。こっちだよ！　とノエルに手を引かれながら部屋へと向かう。

——タケシさん。俺も人の事を言えないようです。でも出来ればノエルだけを愛せる男でありたいと思います。

第六章

過去の因縁

「朝にトラさんとして、昼にノエルさんとして。マスターは性欲モンスターですね」

「頼むからもう少し言葉を選んでくれ」

宿屋の自室に戻った途端、話しかけてきたデュランダルの言葉がこれである。強く否定出来ないのもどかしい。

既に日は暮れて夜も深い時間になっている。随分《ずいぶん》と長い時間ノエルとしていたと我ながら感心する。会話から分かっていた事ではあるがノエルからの愛は重いようで、何度も何度も求められた。それに応《こた》えていると当然遅くなる。いつものように俺とノエルの情事を聞いていた？見ていたデュランダルから苦言がくるのも仕方ないだろう。とはいえ、あまりな言葉にため息が漏れる。

机の上に置いてある魔道具に魔力を流して部屋を明るくし、デュランダルを椅子《いす》に預けてから俺も向かい合うように座る。

「それで、どうだった？」

「マスターの懸念通り《けねんどお》でしたね。鞘《さや》の装飾の一部が盗聴用の魔道具にすり替わっていました。

今のドワーフの技術は凄《すご》いですね。こんなに小さく、そして宝石の形で作れるなんて」

「ドワーフの向上心には感服《かんぷく》するよ」

帰りの道中でデュランダルに一言だけ言っておいた。おそらく盗聴されていると。返事はなかったが自分の刀身《からだ》に何か異常がないか宿に着くまでに調べたようだ。デュランダルに言われた部分の装飾を見ると微《かす》かに魔力を感じる。

どうやらこれが盗聴用の魔道具らしい。

あまりにこちらの事情を知りすぎているノエルの発言に懸念を覚え、盗聴の可能性を考えた。俺が知る限りでは遠くのものを見たり、話を聞いたりする魔法はなかったはずだ。

誰かに付けられている感じもなかった以上、考えられるのは盗聴だった。それが見事に当たっていた訳だ。出来れば外れていてほしかったが。盗聴用の魔道具は一般には出回ってないはずだ。軍事用の魔道具だろうな、これは。

「これを付けたのはノエルさんですかね？」

「流れ的にそうだろうな」

「外しますか？」

「いや、ノエルに隠し事はしない方がいいだろう。このままにしておく」

「マスター」

デュランダルの声が不満そうだった。俺たちの会話は常にノエルに聞かれている状態だ。二人きりで俺とだけ話をしたいというデュランダルからすると嫌だろうな。

それでも盗聴用の魔道具を外すのはまずいと思う。本音を言えば盗み聞きされているのは気持ち良くない。だが相手がノエルであるならば俺が折れた方がいいだろう。

既に俺はノエルの婚約者として不誠実な事をしている。盗聴用の魔道具を外すという事はノエルからしたら隠し事してるんじゃないか？　と疑うだろう。出来ればノエルの機嫌は損ねたくない。

ベッドの上でそれはもう嬉《うれ》しそうに、満足そうに俺に抱きついてきたノエルのままでいてほしい。彼女の表情がまた能面みたいになって迫られるのは勘弁したい。今度こそトラウマになる。

既に俺は腹を括《くく》った。これからはノエルの婚約者としているつもりだ。彼女には誠実でありたい。

「盗聴されているのは嫌だと思うが、俺の為だと思って折れてくれると助かる」

「マスター……。分かりました。どの道、既にノエルさんには私が喋《しゃべ》れる事もバレていますからね。ここは折れましょう」

「すまない、デュランダル」

「いいですよ。マスター、これからはノエルさんだけを愛してくださいね。前のマスターみたいに気を持たせるような事は出来るだけ控えてください」

「俺もそうするつもりだよ。ノエルを裏切りたくないからな」

「マスターが修羅場《しゅらば》を迎えて、私が邪魔だからってまたどこかに刺されて放置されるのは嫌なのでお願いしますよ！」

デュランダルの切実な願いだな。タケシさんの時に魔法使いにされた事が余程に堪《こた》えたらしい。五〇〇年もの間、レグ遺跡に刺さっていたからな。俺が来るまで人が訪れる事はなかっただろう。

――ノエルは魔王ではない。色々とあったがその事実が分かったので当初の目的は達成したと言っていい。それにダルの事でノエルを気にしなくていいのは大きい。魔族とのハーフである事をノエルがどう思うか予想出来なかったのでどうにか隠し通すつもりだった。盗聴されていたので無駄ではあったが。

あの後ノエルと話をしたが『君にとって大切な仲間なんだろ？　それなら魔族の血が流れていることにも目を瞑《つぶ》るさ』と言っていたので一先《ひとま》ずは大丈夫だろう。

ダルのことがバレた時の影響は俺にも被害が出るから、僕も望む事ではないとも言っていた。つまりダルの事がバレるのはそれだけまずいという事だ。改めて認識して胃が痛くなった。

さて、ノエルの事は解決したが目下の問題はトラさんとダルの事だ。

ノエルと正式に婚約者になった以上、彼女たちの好意に応える事は出来ない。ノエルは構わないとは言っていたが、俺個人がそんな不誠実なことをしたくないと思っている。

二人にははっきりと伝えるべきだろうか？　正直どんな反応をするか予想出来ない。

トラさんに関しては既に二回も肉体関係を持っている。その事を重く考えるべきだ。殴られるかな？

トラさんに殴られたら流石《さすが》に死ぬと思う。意外と笑って済ませてくれるだろうか？　トラさんの人柄を思えば丸く収まる気もする。

問題なのはダルの方か。彼女は俺と結婚する気満々である。ダルからすれば俺がノエルの婚約者となった事は受け入れられないだろう。俺に対してくるのはいいが、ノエルとダルで言い合いになればそれこそ修羅場だ。

どうしたら綺麗《きれい》に収まるだろうか？

『全員抱いて、全員を平等に愛せばいいでござるよ！』

変な電波を受信した。絶対それは違うと思う。というか今の誰だ？　タケシさんか？

全員を平等に愛する。無理だな。出来る気がしない。どこかで不満が溜《た》まって爆発する未来が見える。

「ダルとトラさんには伝えた方がいいと思うか？」

「ノエルさんがマスターを婚約者だと公言するなら遅かれ早かれバレますよ。言った方がいいとは思いますが、今ではないでしょうね」

「まだ言わない方がいいのか？」

「はい。これからクロヴィカスや四天王と闘う事になると思います。間違いなくその闘いに影響が出ますよ。下手したらダルさんかトラさんのどちらか、あるいは両方がパーティーから抜ける可能性も」

「それは困るな」

「ノエルさんもその事は分かっていると思うので、すぐに公言する事はないと思います。魔族との闘いが一段落着いた時に打ち明けるのをオススメしますよ」

「そうだな、そうするよ」

こうしてデュランダルと話す事にも意味がある。ノエルは今も俺たちの会話を盗聴しているんじゃないかと思っている。俺とデュランダルの会話を聞いていたなら、ノエルが俺と婚約者であると公言するのはまずいことに気付くだろう。

言い方は悪いが盗聴を利用した牽制《けんせい》だ。

これで暫《しばら》くはこの問題と向き合わなくて済む。俺も出来ればクロヴィカスや四天王との闘いに集中したい。楽に勝てる相手ではないのだ。

「ノエルに四天王の事を話すのを忘れていたな」

「サーシャさんとの会話を聞いていたと思いますので、ノエルさんが既に対処してると思いますよ」

それもそうか。言わなくていいのは便利だな。盗聴ではあるから褒められたものではないが。

改めてノエルの愛が重いと感じた。

デュランダルとの会話も気を使わないといけないな。ノエルが聞いている前提で話さないといけないか。面倒だなと思いつつノエルの笑顔を思い出し、諦めた。

「デュランダル、タケシさんが闘った四代目魔王『ロンダルギア』について教えてくれないか？」

「ロンダルギアですか？　別に構いませんがどうしました？」

「俺たちが捜している五代目魔王について何か分かればと思ってな」

「シルヴィの問題もあったので、五代目魔王は情報が漏れる事を警戒していたようですね。勇者たちが闘ったはずですが殆《ほとん》ど情報が残っていませんので」

俺が困っているのはその事だ。色々調べてはいるが、あまりにも情報がなさすぎる。魔王の名前すら分かっていないのが現状だ。

手詰まり感は否《いな》めない。

「四代目のロンダルギアは魔族と竜人《りゅうじん》のハーフでしたね」

「竜人？　聞いた事がない種族だな」

「人間とエルフに種族ごと滅ぼされましたからねー。生き残りは殆どいませんよ」

どうやら竜人と呼ばれる種族は人間とエルフに滅ぼされたらしい。はいはい、またですかという感想だ。魔族に続いて竜人か…。だいたい悪い事してるのはエルフと人間だな。

「竜人の特徴は分かるか？」

「外見的な特徴で言えば、人とドラゴンが混ざり合ったような姿をしています。基本ベースは人間ですが、ドラゴンのような翼や尻尾《しっぽ》がありますし、個体差はありますが肌を護《まも》るように鱗《うろこ》に覆われていますね」

「魔族の四天王の『赤竜』のドレイクはもしかして竜人か？」

「実際に見た事はないですが、外見的な特徴は竜人と一致しますね」

人間とエルフに抑圧《よくあつ》されて反逆した魔族と種族を滅ぼされた竜人。互いの利害は一致してるから魔族と共に闘うのか。もしかして竜人もかつて奴隷だったとかか？　魔族のように反逆して滅ぼされたとか。

「竜人も魔族のように奴隷にされていたのか？」

「いいえ、竜人は奴隷ではありませんでした。奴隷に出来るほど弱い種族ではなかったので」

「違うのか？」

「はい。竜人はエルフに次ぐ魔力量を誇り様々な魔法を扱うセンスを持っていました。その上、ドラゴンの特徴である翼を持っており、飛ぶ事が出来たので機動能力は種族の中で頭一つ抜けていましたね。その体を覆う鱗も飾りではなく、並の剣では傷付ける所か逆に刃こぼれしてしまう程強固だったようです。ドラゴンのように強力なブレスを吐くことも出来たので種族全体で見てもトップクラスと言えます」

デュランダルの説明を聞くと、竜人という種族を奴隷にするのは無理だと分かる。あまりにもスペックが高すぎる。他の種族と比べても竜人だけが抜きん出てるのが分かる。

この化け物種族をどうやって滅ぼしたんだ昔の人間とエルフは。それだけが気になる。

「それだけ聞くと滅びるイメージが湧かないが、何かあったのか？」

「率直に言うと神に喧嘩《けんか》を売ったんですよ。我らこそがこの世界を支配するのに相応《ふさわ》しいと。その結果、神を信仰する人間とエルフを敵に回して滅びる事になりました」

「人間とエルフで滅ぼせると思えないのだが……」

「数が違いすぎましたね。竜人はスペックは高いのですが、その数は三〇〇に届くかどうかでした。対して人間とエルフは当時において二強と言える勢力を誇っていましたので。竜人三〇〇に対して人間とエルフの連合一〇〇〇万。流石《さすが》に勝てませんよ。戦いは数だよマスター！」

最後の方がちょっと鬱陶《うっとう》しい。明らかにタケシさんの影響を受けているのが分かる。

そんな事はどうでもいい！　つまり竜人は調子に乗って神に喧嘩を売った。その結果人間とエルフを敵に回して絶望的な戦力差で負けたと。自業自得《じごうじとく》じゃないか？　なんだ人間とエルフは悪くないじゃないか。

「つまるところ竜人の自業自得か？」

「最初のきっかけは竜人からでしたね」

「きっかけは？」

「はい。滅ぼすまでする必要はなかったんですよマスター。神も少し痛め付ける位でいいと思っていたので」

「だが滅んだぞ？」

「当初は神に喧嘩を売った事が理由で闘い始めましたが、竜人が体内に持つ魔晶石の存在に気付きました。途中から魔晶石が目当てになってましたね」

おっと、急に不穏になってきたな。魔晶石か。たしか名前の通り魔石が結晶化したものだったはずだ。通常の魔石の何百倍の魔力を秘めており、魔石で動かせない大きな物を動かしたり様々な用途で使えた。個人で扱うものではなく、国や貴族といった者達が使っていたな。数に限りがあるから表に流れてくることはなかったと思う。

「竜人の体内に魔晶石があったのは何故《なぜ》だ？」

「竜人は他の種族と違って翼で空を飛べたりブレスが吐けたりします。翼を使って飛ぶのにも魔力を使うのですよ。当然ブレスも。頻繁《ひんぱん》に魔力を使っていたら幾ら竜人とはいえ魔力が尽きます」

「聞いてた話だとエルフよりは多くないみたいだしな」

「そうですね。だからブレスや翼での移動に使う魔力を別の所から持ってこようとして、幼少期の頃から余剰の魔力を溜《た》め込《こ》んでいました。魔石を体内に取り込むことで魔力を溜めていたようですね。長年の魔力が魔石に込められ塊となったのが魔晶石です」

「人間やエルフでも魔力を溜め込めば魔晶石は作れるのか？」

「理論上は。やろうとはしませんがね。魔石を食べないといけませんから。体が異物と認識して排出しますよ」

何とは言わないが排泄物《はいせつぶつ》として出てしまうのだろうな。魔石を食べる？　小さいものでも五センチくらいはあるぞ。形も硬さも名の通り石のようなものだ。食べようという発想にはならないいな。

「竜人の体の中の器官は人よりドラゴンに近かったのかもしれませんね。ドラゴンは魔石を食べる事で体内に魔力を溜め込み、より強い個体になりますので」

「ドラゴンを倒すと魔晶石が手に入るのも魔石を食べているからか。それと同じことを竜人がしていた訳だな。ただ、ドラゴンは個体差はあるが簡単に手を出せるほど弱い魔物ではない」

「その通りです。けど竜人は体の作りは人間に近かった。弱点も似ていましたね。ドラゴンと違って毒も効きましたので倒しやすかったのだと思います」

ドラゴンと同じように体内に魔晶石を溜め込んでいてドラゴンより狩りやすいか。前世でも絶滅した動物が同じように素材目当てで乱獲されていたと思う。

国の発展に使える魔晶石は、彼らからすると喉から手が出るほど欲しかったもののはずだ。その結果、魔晶石欲しさに人間とエルフに滅ぼされたのか。欲望というのは末恐ろしい。

やっぱり悪いのは人間とエルフとじゃないか。

「話を戻しますね。ロンダルギアは数少ない竜人の生き残りと魔族の間に生まれたハーフでした。魔族が使う闇属性の魔法と竜人の特徴を持っていたので、歴代でも最強と名高い魔王でした」

「種族の強みをどっちも持ってるならそりゃ強いか。闇属性以外の魔法を使えたのか？」

「魔族と違ってハーフだったからでしょうね。竜人と同じように様々な魔法が使えましたよ。聖属性《せいぞくせい》を除く六つの属性の魔法を使ってきました」

俺の懸念通りだ。やはり魔族以外の血が流れるハーフの場合は他の属性の魔法が使えるか。魔王の容疑者としてサーシャも見ないといけない。トラさんとサーシャの二人の内どちらかが魔王か……。

それにしても、ロンダルギアは魔族と竜人の良いところだけを取ったハイブリッドのようなハーフだな。歴代最強にも頷《うなず》ける。

それを討伐したのだから四代目勇者ロイドは凄いな。タケシさんも活躍したんだろうか？

「どうやって倒したんだ？」

「闘っているうちに正攻法だと勝てないと判断しまして、一か八かの博打《ばくち》に出ました。勇者ロイドが聖剣を投擲《とうてき》しまして、それを回避したロンダルギアに前のマスターが全ての魔力を使った奥義《おうぎ》を放ちました」

「奥義？」

「『オタク神剣　コミケ戦士の情熱を舐《な》めるな斬《ざん》』ですね」

ダサい。

「言ってしまえば前のマスターの魔力と蓄積《ちくせき》していた全ての魔力を使った、超極大の魔力の斬撃ですよ」

「俺でいう『飛燕《ひえん》』か」

「はい。聖剣を避けたばかりのロンダルギアに回避する事は出来ず『オタク神剣　コミケ戦士の情熱を舐めるな斬』が直撃。両腕が吹き飛ぶ程の傷を負って怯《ひる》んだ所を、聖剣を拾った勇者ロイドが首をはねてどうにか倒しました」

奥義の名前はクソほどダサいけど、タケシさんの活躍があってこその勝利じゃないか。

勇者ロイドとタケシさんのコンビネーションも素晴らしい。固い絆《きずな》で結ばれていたのだろうか？

加入は最後の方だったが、それでも二人しか男がいないから仲良くなったのだろう。俺もパーティーに男の仲間が欲しかった、トラさんが男だと思ってたら違ったので。

「タケシさんの大活躍だな」

「はい！　ですが奥義が外れるか防がれたらまずかったですね。魔力が尽きた前のマスターはそこまで強くないので。マスターと違って剣術より魔法剣士としての立ち回りをしていました」

だからこその博打か。相応のリスクを背負わないと勝てないほどロンダルギアが強かったという事か。五代目魔王はどうだ？

先代勇者でも倒す事が出来ず封印という形で対処したはずだ。ロンダルギアより強い可能性もあるのか。

何か手掛かりはないか？

「五代目魔王とロンダルギアに繋《つな》がりはないか？」

「すみません、五代目魔王は情報が少なくて私でも分かりません」

「デュランダルが知っている事でいい教えてくれ」

「ドラゴンの肉が好物だと聞いた事があります」

――そんな情報はいらない。

魔王の好物が分かった所でどうしたらいい？　個人の好みだろ。仲間がドラゴンの肉をどう食べているか、美味《おい》しそうに食べているかを観察したらいいのか？

ドラゴンの肉はこの世界における最高級のブランドお肉だ。普通に美味しいから俺でも好きだぞ。何の役に立たない情報じゃないか！

「他にないか？」

「魔王は字が綺麗だったとか」

「字が綺麗なのを何故知ってる？」

「魔王と魔族のやり取りは文だったようですね。どこを襲えだとかそういう命令が書かれた紙が発見されたそうです」

「対面する事を嫌ったのか？」

「かなり用心深かったようです。配下の魔族、四天王ですら魔王の居場所は分からなかったみたいなので」

なるほど。魔王は字が綺麗なのか。

トラさんとサーシャはどうだったかな？　二人とも字は綺麗だ。トラさんは絵を描《か》いたりするのも好きな人だ。手先は器用なんだよなあの人。名家の出身で何かと書類を書く事があったから必然と字は綺麗になったと言っていた。

サーシャは魔法の研究をしていたから字は綺麗に書くよう意識していたらしい。師のマクスウェルに見せたり、他の学者に見てもらう事もあったから字が汚いと小言が煩《うるさ》いとか。

これも魔王捜しには使えないな。

「先代勇者は魔王を見つけていたよな？　どうやって見つけたんだ？」

「五代目勇者ハロルドは直感が優れた者だったみたいです。『俺の第六感がここに魔王がいると伝えている。宇宙《コスモ》を感じるんだ。みんなついてきてくれ！』と発言して魔王を見つけたとか」

「…………」

「今までも勇者の直感で四天王を見つけていたので、仲間は勇者の言うことを疑わなかったようです。それにしても直感で見つけるとは凄いですね！」

「そうだな」

勇者ハロルドは同郷の人のような気がする。この世界に宇宙《コスモ》なんて口にする人はいないぞ。勇者ハロルドの情報は魔王に比べて残っていたはずだ。後で調べよう。まずは魔王だ。

「魔王の情報は他にないか？」

「料理を作るのが好きみたいです。四天王との文のやり取りで判明してますよ」

「他には？」

「これが最後の情報ですね。魔王はお酒が嫌いだったようですよ」

情報が少ないのは仕方ない。だが情報が随分と偏《かたよ》っている気がする。どこで仕入れた情報だ？

魔王が使う魔法や戦闘スタイルが分かるのが理想だが、望みすぎだな。

料理を作るのが好きなのは正直どうでもいい。お酒が嫌い？　俺が魔王と疑っているサーシャとトラさんはお酒好きだ。

ノエルもお酒は飲める。お酒を飲めないのはダルとエクレアだ。ダルは身内に止められているから飲めないと言っていた。飲みたいと言ったが絶対にダメだと煩く言われたらしい。酔って口が軽くなるのを王様が恐れたのだと思う。必死だな王様《胃痛フレンド》。

エクレアは下戸だったか？　前に一口飲んで意識を失っていた。体質的に受け付けないようだ。

お酒が嫌いという情報で俺の考えが何もかもぶち壊された気がする。サーシャとトラさんの二人に絞ったのは間違いか？　お酒が飲めないという意味ならエクレアとダルで見るべきか？いや、食べ物の好き嫌いは変えることが可能だ。後から好きになる場合もある。

変に考えすぎるな。まずはこの情報の出処《でどころ》を知りたい。デュランダルはレグ遺跡に五〇〇年刺さっていたから、五代目魔王について知る機会は俺と旅した五年間だけのはずだ。だが今の情報を俺は知らなかった。どこで知った？

「デュランダル、今の情報はどこで知ったんだ？」

「アルカディア王国の図書館でマスターが調べ物をしていたのを覚えていますか？　四天王について調べていたと思います」

「あぁ、覚えている。だがあの図書館にある本には四天王について詳しく書かれた物はなかった。五代目魔王についてもだ」

「本ではなく、学者たちの会話です」

「会話？」

「はい。あの図書館でマスターが調べ物をしている時に、五代目魔王について討論している二人の学者がいました。前に言ったと思いますが、私は耳が良いので聞き取れました！」

耳ってどこだよって聞くのは野暮《やぼ》だな。アルカディア王国の図書館か……、あぁ思い出した。会話の内容までは覚えてないが、本を読んでいる時に口論を始めて鬱陶しいと感じた覚えがある。すぐに図書館の館長に締め出されていたな。

あの時の二人が学者か。デュランダルの言葉通りなら五代目魔王について調べているはずだ。有益な情報を聞ける可能性がある。

「デュランダル、その時の学者の名前を知っているか？」

「一人だけ分かります。レイヴン学長と呼ばれていました」

「名前は聞いた事がないが、学長という立場なら調べれば出てくるか」

「おそらくは」

アルカディア王国に行く機会があれば訪ねてみるか？　それまでに魔王が誰か判明したら必要ないが、選択肢の一つとしてはありだな。

一先ず分かった情報は『ドラゴンの肉が好き。字が綺麗。料理を作るのが好き。お酒嫌い』か。うん、何も分からん。

魔王についてはまぁいいか。

「勇者ハロルドについても学者からか？」

「学者からですね。勇者ハロルドが口にした『宇宙《コスモ》』が何か調べるべきだ！　何かしらの力に違いないない！　って騒いでました」

「そうか」

多分調べても出てこないと思う。その力があるとしてもこの世界のものではないだろう。

時間の無駄だろ。早くやめた方がいい。

「勇者ハロルドは神ミラベルと関わりがあったりしないか？」

「関わりはあったと思います。初代魔王と前のマスター、勇者ハロルドの口から神ミラベルの名前が出ていたので、何かしら共通点があるんじゃないかと研究しているようでした」

「そうか」

「マスターももしかして神ミラベルと関わりがあるのですか？」

「デュランダルの想像通りだよ」

初代魔王とタケシさんに続いて勇者ハロルドも転生者のようだな。少なくとも三人がこの世界に来てる。ミラベルに聞きたい事が増える一方だ。エクレアについても聞きたい。

次に会った時に全部聞けるだろうか？

相談したい事も多いし早くミラベルに会いたいが、こちらからはどうしようもないからな。

「神ミラベルと言えば四天王の一人とも関わりがあったと思いますよ！」

「四天王も？」

思っていたより多いぞ。四天王もか。

これまでの歴史で四天王は何人か勇者パーティーに倒されて変わっている。変わっていないのは『不死の女王《アンデッドクイーン》』シルヴィ・エンパイアと『赤竜』のドレイクだけのはずだ。

シルヴィは不死だから殺せなかった。ドレイクは単純に強いのと、不利と分かると撤退《てったい》するからだ。その判断が的確で勇者パーティーはドレイクを討ち取れていない。

「『校長』のコバヤシという四天王がミラベルと関わっていたはずです」

確実に転生者だ。そして日本人だと思う。

なんで校長を名乗っているんだ？　小林校長先生と呼んだ方がいいだろうか。

「コバヤシは既に亡くなっているのか？」

「亡くなっていますね。初代魔王の四天王でした。魔族が魔法を取得するのに貢献したようですね。コバヤシは教えるのが何故《なぜ》か非常に上手《うま》かったようです」

先生だからだろう。

「コバヤシがいたから今の魔族があるのか」

「そうなりますね」

転生者が悪いとは言わない。根本的な原因は教会が信仰する神だ。神が意図して作った差別が今に至っている。

それでも転生者の影響が現在にまで及んでいるのは恐ろしい所だ。転生者の存在がなかったらこの世界はどうなっていただろうか。

神の思惑通り魔族は奴隷のままかも知れない。魔族と闘わない代わりに人間とエルフが対立した可能性が高い。実際に魔族が潜んでいる間は、度々小競り合いを起こしている。

全てが丸く収まるなんて事は空想だろう。同じ人種でさえ価値観の違いや宗教対立で何年も争っている。種族が違えばその溝はその分大きい。争いと共に文明は発達していく。異世界と言っても夢はないな。結局やってる事は前世とあまり変わりはない。

俺が残した跡もまた後世に影響を及ぼしたりするのだろうか？　勇者パーティーで修羅場を起こして刺された男とか、そういう不名誉な形でだけは残したくないな。

明日はゆっくり休もう。肉体的な疲労はないが、精神的に少し疲れた。動くとしても軽く素振りをするだけでいい。

さて、正直したくないが蓄積をしてから休むとしよう。この疲労感だけは絶対に慣れない。

◆◆◆

——時は流れ、時刻は二日後のお昼前。教会の一室に俺たちのパーティーは揃《そろ》っていた。全員が合流した時にノエルが意味深《いみしん》にこちらを一瞥《いちべつ》したが、一先ず情報を共有する事を優先するようだ。

昨日は一日体を休める事を優先した。肉体的な疲労というより精神的な疲労が強かった気がする。一日ゆっくり出来たのでコンディションとしてはバッチリだろう。

軽く辺りを見渡せばパーティーのみんなも俺と同じように部屋を見渡していた。

この部屋は会議か何かに使う部屋だろうか？　壁際に置かれた棚には本がビッシリ詰まって

いる。大きな丸いテーブルが部屋の中央にあり、今置かれている椅子はちょうど人数分だ。必要のない椅子は部屋の隅に重ねて置かれていた。

特に座る椅子は決まってないので無造作に座ると、ダルがすかさず俺の右隣に座った。左隣を見ればエクレアが既に座っていた。トラさんは笑いながらエクレアの隣へ、サーシャはダルの隣へと座る。俺の正面にノエルが座ったので必然と目が合う。ジト目だ。申し訳ない気分になる。

だが言い訳させてほしい。俺の隣へと座ったのはダルとエクレアだ。俺が後から座った訳ではないのを考慮してほしい。

そういう思いでノエルを見つめていると、プイッと顔を逸《そ》らされた。微かに見える尖《とが》った耳が赤い。

「あらあら、何かあったの？」

ノエルの反応にニヤニヤしながらサーシャがこちらを見る。なんて返すべきだろうか？

右隣にいるダルからも視線を感じる。

「何もないよ。ジッと見つめてたから照れたんじゃないか？」

「カイルにジッと見つめられたら我も照れるぞ！　ノエルの気持ちも分かるのじゃ！」

ダルが俺の言葉に乗ってくれた。正直助かる。サーシャはふーんっと納得してない様子だが、追及はしないようだ。

勘のいいサーシャの事だ、俺とノエルの間で何があったか察したのだろう。サーシャはまだニヤニヤしてる。

「ノエル、すまないが話を進めてもいいか？」

このままだとサーシャに揶揄《からか》われる未来が見えたので、ノエルに話を振って話題を逸らす事にする。

俺の声にフンッといつものように鼻を鳴らしてからパーティーのみんなを一瞥したと思ったら、視線がサーシャで止まった。

俺も視線を向けると、収納の魔法で取り出したであろう酒瓶と酒器がサーシャの机の上にあった。こいつ、酒を飲む気だ。

どこまでも平常運転なサーシャに呆《あき》れつつ、ノエルを見るとため息を吐《つ》いていた。言っても聞かないからなサーシャは。

「カイルから聞いていると思うけど、教会の手の者から情報が届いてるからそれを共有するよ」

「クロヴィカスの事ねー」

「そうさ。知ってると思うけどクロヴィカスの居場所が分かった。昨日改めて報告を受けたけど滞在場所は変わっていなかったよ。何か目的があってそこにいるんだろうね」

「場所はどこだ？」

俺が尋ねるとノエルが机の上に地図を開いた。細長い棒をどこからか取り出すと、地図に描かれた大陸の南東部分を指す。

「『クレマトラス』か。位置的に王都だな」

「厳密に言えば王都ではないよ。王都から南に下った所にある小さな村さ」

「王都に向かう様子は？」

「今の所確認されてないよ。目的は分からないけど、二〇日ほどその村に滞在しているようだね」

王都のすぐ近くの村で二〇日滞在か。狙《ねら》いはクレマトラスの王都だと思うが、何を狙っている？

あの付近に何かあったか？　シルヴィがいるとされるレグ遺跡までは距離がある。クレマトラスで最近起きた大きな騒ぎは王妃の暗殺と、ゴブリンの大量発生だったか？

前者は魔族が、後者はドラゴンから逃げてきたゴブリンが集まったのが原因だったはずだ。俺たちも討伐に参加したが、全ては倒しきれず半分ほど逃がしてしまった。そいつらは今どこにいる？

考えうる限りで予想出来る最悪のパターンは、ゴブリンの大量発生に手間取っている間に、クロヴィカスに暴れられる事だ。

それに合わせてシルヴィまで来たらどうなる？　クレマトラスが壊滅《かいめつ》する可能性がある。

「ゴブリンを使った陽動は考えられないか？」

「ないとは言えないね。大量発生からまだ二ヶ月も経《た》っていないから、まだ近くにゴブリンがいる可能性が高いよ」

可能性としては十分あるか。皆の意見はどうだろうかと視線を向ける。トラさんはうんうんと頷いているだけだ。この人は考える事を放棄してるな。サーシャに視線を向けると、そうねぇと、少し考える素振りをした後にお酒を飲んだ。なんで今飲んだ？

「あたし達をおびき出そうとしてるんじゃないかしら？」

「俺たちをか？」

「今まであたし達がどれだけ捜しても姿どころか足取りすら見つけられなかった魔族よ。急に居場所が分かって、同じ場所にずっと滞在してるなんて誘《さそ》っているとしか思えないわ」

「誘い出すという事は、罠《わな》にはめる準備が出来ているという訳だよな」

「罠なら我が解除出来るぞ！」

「そういう物理的なものではないと思うわよ」

ダルとサーシャのやり取りに思わず笑ってしまった。同じようにトラさんもクハハハと笑っている。ふと気になって隣に座るエクレアを見るがいつも通り無言だ。ボーと俺たちの様子を眺めている。

「エクレアも罠だと思うか？」

問いかけるとエクレアが頷いた。直感の優れる彼女が頷くのだから、そういう事だろう。

ここにいる全員が罠だと思っている。それでも俺たちが取れる行動は決まっている。

罠と分かった上でクロヴィカスを討伐しに行く。放置は出来ない。

「一応方針を決めておこうか？　クロヴィカスに関しては、俺たちを誘い出そうとしてるのは間違いない。罠と分かった上で討伐しに行こう」

「問題なのは四天王の方ねー」

机に頬杖《ほおづえ》をついたサーシャが酒器にお酒を注ぎながら、俺に目配せをする。俺に喋れって事か。

「クレマトラス領内のレグ遺跡で『不死の女王《アンデッドクイーン》』シルヴィが目撃されている。同じ頃にテルマの国境沿いのデケー山脈でも『赤竜』のドレイクを見かけたという情報もある。クロヴィカスと同じタイミングだから何かしらの意図があると思っている」

「同時に三つの対応は無理なのじゃ！」

「ドレイクの方は僕が教会に連絡を入れているからテルマのエルフが対応するさ」

やっぱり俺とサーシャの話を聞いていたんだろうな、対応が早い。盗聴だから褒められたものではないが、今回は役立っているから良しとしよう。ドレイクはエルフに任せるとして問題はシルヴィの方だ。

「シルヴィはどうする？　アンデットを倒す術がないぞ」

「封印という手段しかないと思うわよー」

「それが出来れば苦労はしないさ」

まぁ、難しいだろうな。一度封印されている以上シルヴィも警戒しているだろう。どうにか相手が動けないようにして、無理やり封印するしかない。リスクは高いだろうな。

「『ホッカ山』のマグマに突き落とすのはどうじゃ？　不死といっても煮えたぎるマグマは辛

いと思うのじゃ！」

「どうやって連れていくかだな。ホッカ山はアルカディア王国の北部だ。大分遠いぞ」

「俺が運ぶのはどうだ？」

「トラさんが運ぶとしても捕縛《ほばく》しないとどうしようもないだろ？　無抵抗でいてくれる訳ではないから」

「捕縛出来るならそのまま封印した方が早いわよー。わざわざ運ぶ必要ないと思うけどー」

「それもそうだな」

こうしてシルヴィの問題に直面すると、四天王の面倒くささが分かる。

今までの歴史においても、勇者たちは四天王との闘いに苦労している。強さもそうだが、厄《やっ》介《かい》な奴らが多い。

「どっちにしろクロヴィカスとシルヴィを同時に対応は出来ない。シルヴィの方はクレマトラスに要請して騎士団に対応してもらおう。その間に俺たちでクロヴィカスを討とう」

「あたしもそれでいいと思うわ。ある程度方針が決まったならクレマトラスに着いてから臨機《りんき》応変《おうへん》に対応よ」

「我もそれで良いのじゃ」

「とりあえずクロヴィカスを殴れば良いのだろう？」

「先が思いやられるね」

ノエルに同意するようにエクレアがコクコクと頷く。細かい計画を立てたところでその通りに進む事はまずない。その場その場で対応を迫られる。行動方針は単純でいい。それに基づいて臨機応変に対応したらいい。

「明日に備えて早めに休もうか」

「さんせーい。お酒が飲みたいもん」

「既に飲んでるじゃないか？」

「足りないわよ！」

方針は決まったし後は各自、明日に備えて休もう。その言葉と共にサーシャが飲むぞー！と部屋から真っ先に出ていく。それに続くようにトラさんとエクレアが。

ダルも出ていくかと思ったら近寄ってきた。

「外で待っておるから一緒にお昼を食べに行かぬか？」

「わざわざ待たなくても一緒に行けばいいと思うが……？」

「ノエルが話があるようじゃぞ。外で待っておるから終わったら声をかけてほしいのじゃ！」

言い終わるとダルはサッと走って出ていった。ノエルが話がある？　いや、聞いてないが。

疑問に思いながら恐る恐る振り返るとジト目のノエルと目が合った。

「ごめんなさい」

思わず謝っていた。ナニがあったかについては割愛《かつあい》しよう。分かっていた事ではあるがノエルは嫉妬《しっと》深かった。

——翌日、俺たちは滞在していた町『マンナカ』を旅立った。移動に数日を要したが魔族の妨害等はなく無事にクレマトラスに到着した。道中でダイアウルフと呼ばれる狼《おおかみ》を大きくしたような魔物と戦ったくらいか？

俺たちの目の前にある小さな村がクロヴィカスが滞在しているとされる場所だ。王都から南下した所にある小さな村『タシノトウオ村』。

村全体を木の柵《さく》で囲っているのは魔物対策だろう。二ヶ月前にゴブリンの大量発生も起こった。魔王が復活してから魔物の動きが活発になっており、小さな村でさえ防衛の為に柵で囲っている。

木の柵くらいなら魔物は簡単に破壊するが、ないよりマシだろう。大きな町なら丈夫な壁を作るだろうが。

村に近付くと入口に門番の姿が見えた。

こちらの姿を確認すると、警戒する素振りを見せる。所持している槍《やり》に力が入ってるのが分かる。

「この村に御用ですか？」

「はい。中に入れますか？」

「身分証をご提示ください」

このやり取りを正直面倒くさいと思いつつ、鞄《かばん》から身分証を出して門番に見せる。アルカディア王国で発行され、教会を通して全世界に知れ渡っている勇者パーティーとしての身分証だ。

身分証を確認した門番が畏《かしこ》まるようにこちらに敬礼した。

「勇者パーティーの皆さんでしたか。これは御無礼を。どうぞ中にお入りください」

「ありがとうございます」

「皆さんがこの村に来られたという事は魔物か、魔族関連ですか？」

「詳しくは言えませんが、魔族関係ですね。いつも以上に警戒をお願いします」

「畏まりました！」

少し大袈裟《おおげさ》なくらいにビシッと敬礼する門番に会釈をしてから村の中へ入る。

「特に変わった所はないな」

「見た感じわねー」

「まだクロヴィカスが動いていない証拠だろう」

小さな村だ。ここに住む住人もそう多くはいないだろう。とはいえ王都のすぐ近くだ。何かあった時にすぐに国に知らせられるように門番や、村を巡回する衛兵の姿が見える。

クロヴィカスが滞在する村まで来ることは出来た。さて、どうする？

「手分けをして怪しい所を捜すか？」

「賛成は出来ないね。誘い出された可能性が高い以上、少人数になるのは避けた方がいい」

「その通りだな。そこまで大きな村じゃない。みんなで見て回っても十分だろう」

「うむ。必要があれば我がマッピングするぞ！」

「あぁその時は頼むよ、ダル」

我に任せろ！　と胸を張るダルを横目に周囲を見渡す。旅人が珍しいのかこちらを見ながら会話をする村人の姿がチラホラとある。露骨《ろこつ》にこちらを警戒している者もいる。ピリピリしているな。クレマトラスでは立て続けに魔族や魔物の被害が起きている。余所者《よそもの》に対する警戒心が強いのだろう。

「サーシャ、村に着いたんだ。お酒を飲むのは控えてくれ」

「少しくらいいいじゃない！」

「いつ戦闘になるか分からないんだ。サーシャも警戒してくれ」

「仕方ないわねー」

この女、門番と俺が対応している時も気にせずにお酒を飲んでいた。言った所で聞かないので道中は何も言わなかったが、クロヴィカスがいる村に着いた以上は警戒してもらわないと困る。サーシャが『収納』の魔法で酒瓶を仕舞うのを確認してから、みんなに声をかけて村の探索に動く。村の人に変わった事はなかったか等、聞き込みをしながら村を回る。

三〇分ほど村を探索した頃だった。特に変わった所がないなと、俺が口にした時にトラさんが険しい顔をした。

「どうしたトラさん？」

「血の臭いがするぞ」

ピリッとした緊張感が走った。村の探索中、鼻歌を歌っていたダルも流石に真剣な表情だ。

エクレアは村の入口の方を見つめている。何かあるのか？　聞きたい所だが、先にトラさんが嗅《か》ぎ取った血の臭いの正体を確かめるべきか。嫌な予感がする。

「案内してくれるか、トラさん」

「あぁ、俺に付いてこい！」

血の臭いは俺たちは嗅ぎ取れなかった。獣人であるトラさんだけが分かった臭いだ。先導するトラさんに付いていく。通りから少し離れた場所に向かっている。これ村人の家か？　だがあまり手入れをされた様子がない。居住用の家ではなく物置の可能性が高いか。

トラさんが向かうのは建物の裏側。どうやら建物の中ではないようだな。

そのままトラさんに付いて建物の裏に着くと、無造作に山のように積まれた薪《まき》が見えた。

トラさんが足を止める。ここまで来ると微かに血の臭いがする。積まれた薪をよく見ると下の方が赤く滲《にじ》んでいる。薪の下に隠したのか……。

「サーシャ」

「『ウインド』」

サーシャに声をかけるとすぐさま彼女が魔法を使う。風属性の魔法だな。空中に浮かんだ緑色の魔法陣から三〇センチ程の小さな竜巻が現れ、山のように積まれた薪を吹き飛ばした。

誰が片付けるんだ、あれ。あちらこちらに散らばった薪を見て場違いな感想を浮かべる。

「エルフだな」

薪の下に隠されていたものはエルフの死体だ。両手足が切断されており、その傷を焼いて止血した後がある。殺すことが目的ではなく拷問《ごうもん》が目的だろうな。体の至る所に惨《むご》たらしい傷がある。

エルフの特徴的な尖《とが》った耳をわざわざ引きちぎった後に死体の口に入れたらしい。

このやり口は一度見た。クロヴィカスだな。

「教会の手の者だね」

「監視してるのが見つかって殺されちゃった訳ねー」

監視がバレた以上、殺されるリスクはある。諜報《ちょうほう》もまた命懸けの仕事だ。彼が命を張って届けてくれた情報だ。それがクロヴィカスの誘いであっても俺たちが生かすしかない。

死体をわざわざ隠しているが、殺し方が自分がやったと言っているようなものだ。俺たちに対する挑発か？　それとも他に何か狙いがあるのか？　足止めか、あるいは誘導か……。

ポンポンと肩を叩《たた》かれた。顔を向けるとエクレアの姿がある。

「エクレア、どうかしたか？」

いつも通り返事はない。代わりに俺たちが通ってきた道の方を指さす。指の先へと視線を移すと慌ただしく走る村人の姿が見えた。嫌な予感がする。

「何か起きたみたいだな」

「遠くの方で騒ぎになっているようだ。怒声と悲鳴が聞こえるぞ。ただ事じゃないな」

トラさんの耳がピクピク動いている。この位置からでも聞き取れるらしい。彼女の言う事が正しいなら何かしらの騒ぎが起きたようだ。このタイミングでか……。

「一先ず向かおう。死体は後で埋葬してあげよう」

エルフの死体に頭を下げてから、騒ぎのする方へと向かう。近付くとその声がよく聞こえる。助けて。死にたくない。怖いよー。と怯《おび》える声。闘える奴は闘え！　と叫ぶ男の声。

通りまで出ると何が起きているか察しがついた。村の中央へと集まってるのは女性や子供。農具なんかを持って怒鳴《どな》っているのが男性たちだ。巡回していた衛兵たちは慌ただしく村の外へと走っていく。

魔物か何かの襲撃だろう。

「勇者様！」

俺たちの姿を見つけた衛兵がこっちに駆け寄ってきた。その顔は青白い。恐怖の色が見える。

「何が起きてますか？」

「ゴブリンの大軍勢がこの村を襲ってきました！　我々で対応していますが、数が多く我々だけでは抑えきれません。このままだと村人に被害が出てしまいます。勇者様！　どうか御力をお貸しください！」

エクレアを見るとコクリと頷いた。ゴブリンの大軍勢か。懸念の通りになったな。

「ゴブリンはどちらから来てますか？」

この村はたしか西と東に入口があったはずだ。俺たちが入ってきたのは西の入口だ。兵士が走っていったのは東の方向だ。東から来ているのか？

「西と東の両方です！　数は数え切れませんが少なくとも一〇〇〇はいると思います！」

西と東の両方からで、しかも一〇〇〇を超えているのか。ゴブリン自体は大した事はない。

数が多いのが厄介《やっかい》なだけだ。とはいえ、俺たち全員がどちらか片方に集中する訳にはいかない。言い方は悪いが、衛兵たちだけでは抑えきれないだろう。

「二手に分かれるしかないか」

「メンバーはどう分ける？」

「俺とトラさんとノエルで東を対応しよう。エクレアとサーシャとダルの三人で西を頼む」

「うむ、我に任せるのじゃ！」

「………………」コクリ。

「その組み合わせあたしの負担が大きくない？」

「頼んだぞサーシャ」

「はいはい、あたしも頑張るからカイル達も頑張りなさいよ。クロヴィカスの事もあるんだから油断しないように」

「分かっているよ」

エクレアたちが西の入口へと走っていった。サーシャは嫌そうだったな。彼女に頑張ってもらうのが一番効率がいい。

「俺達も向かおう」

「僕の護《まも》りは任せたよ」

「クハハハ！　二人とも俺が守ってやるさ！」

「頼りにしてるよトラさん」

俺たちも東の入口へと向かう。状況を説明してくれた衛兵も一緒に行くようだ。顔色は先程よりはマシだ。それでも緊張か恐怖で顔が強《こわ》ばっている。年も若いし新人だろうか。

今回の組み合わせはどちらも後衛《こうえい》一前衛《ぜんえい》二の組み合わせだ。ダルはどちらかと言えば後衛寄りではあるがゴブリンの相手なら問題はないだろう。

回復魔法が使えるエクレアとノエルは分かれた方がいい。広範囲の魔法が使えるサーシャをエクレアとダルの二人で守れば、殲滅《せんめつ》はそう苦労しないはずだ。

俺たちの方は補助をノエルに任せて、俺とトラさんが前線で暴れるだけだ。

村の入口が見えてきた。衛兵が必死に防衛しているのが見える。緑の壁と表現した方がいいか。数えるのが馬鹿らしくなる量のゴブリンの群れだ。

「行くぞ、トラさん！」

「おう！」

ノエルに村の入口を任せ、俺とトラさんでゴブリンの群れに突っ込む。

俺たちの姿を確認して襲いかかってくるゴブリンをデュランダルで斬り捨てながら進む。

横目でトラさんを見ると、ゴブリンより体格が大きいハイゴブリンの足を摑《つか》んでジャイアントスイングしているのが目に映る。まるで小さな竜巻のようだな。武器のように扱われているハイゴブリンは既にぐちゃぐちゃになってる。

「クハハハ！　俺が相手だぁぁぁ！」

ハイゴブリンを投げ捨てた後に、トラさんは高笑いをしながらゴブリンに突っ込んでいく。

あの様子だと心配する必要すらないだろう。

トラさんは大丈夫だ。

しかしまぁ上手くやられている。敵戦力の分散は戦術の基本か。流石は歴戦《れきせん》の魔族だな。クロヴィカスがどこで攻めてくるか。

「うわぁぁぁ！」

俺の横に付いてきてた衛兵がゴブリンに吹っ飛ばされた。ゴメン、守るの忘れた。

心の中で謝りながら、吹っ飛ばされた衛兵に追い打ちをかけようとするゴブリンの首をはねる。周りにまだ何体かいるな。

「起き上がれるか？」

「うぅ……」

衛兵の近くにいるゴブリンを斬り捨てながら声をかけると、痛みに声を漏らしながら立ち上がろうとしている。命に別状はないだろうが骨の一本か二本は折れているだろうな。ゴブリンに思いっきり棍棒《こんぼう》で殴られていたし。立ち上がったがお腹を押さえている。このまま戦うのは無理だな。

「前線は俺とトラさんが担当する。他の衛兵達と一緒にゴブリンが村に入らないよう戦線を維持してほしい」

「はい……」

「入口の所に俺の仲間がいる。ノエルから回復してもらうといい」

「分かりました」

とはいえこの状態ではまともに戦えないだろう。付いてきてくれと声をかけてから襲いかかってくるゴブリンを蹴散《けち》らしながら進む。

幸《さいわ》い遠くはない。それでもゴブリンの数が多すぎてなかなか進めない。

数が多いのもそうだが、このゴブリンたちの様子がおかしい。眼《め》は血走っているし、口からダラダラと涎《よだれ》を垂らしている。何かに操られている感じだな。村に向かう者も数体いるが、俺たちを狙って襲ってきている。

少し離れた場所でゴブリンが三〇体ほど宙に舞っているのが確認出来た。胴体が二つに分かれて飛散しているものや、頭が吹き飛んだものもいる。トラさんが派手に暴れているようだ。

斬り捨てても次から次へと襲ってくるゴブリンに嫌気がさす。

「鬱陶しい！」

ゴブリンの死体で転ばないように気をつけないとな。斬り捨てたゴブリンの体を蹴り飛ばし、纏《まと》まっている方へと『飛燕』を飛ばす。五〇体位は死んだか？

これだけゴブリンが密集しているなら、適当に『飛燕』を飛ばすだけでも効果がありそうだな。

衛兵は、付いてきているな。痛みに耐えながら槍を振り回してゴブリンを倒している。視線を正面に戻せば、俺から少し離れた場所で白い魔法陣が浮かび上がる。

「ノエルか」

誰の魔法か瞬時に判断する。魔法陣の大きさからして『ジャッジメント』か。なら気にせず進めばいい。

この魔法は悪しき魂を持つ者にしか効かない。味方が密集している所でも気にせず使える聖属性の魔法だ。

「あの魔法は俺達には無害だ、そのまま進むぞ」

「はい……」

魔法に巻き込まれるのを恐れたのか、衛兵の顔が強ばっていた。声をかけてから魔法陣の方へとまっすぐに進む。魔法の詠唱が完了したのか、魔法陣が眩《まばゆ》い光を放ち、空から神の裁きを連想されるような極太の光線が飛来する。

害がないのが分かっているので気にせず進む俺と、過剰なほどに回避行動を取る衛兵。その姿を見てすぐさま衛兵に『飛燕』を飛ばす。

「何をするんですか!?」

転がって『飛燕』を躱《かわ》した衛兵が非難の声を上げるが、気にせず斬り掛かろうとする俺と衛兵との間にゴブリンが割って入って邪魔をする。

ゴブリンの首を切り落とした俺の背後で極太の光線《ジャッジメント》が堕《お》ち、周囲にいたゴブリンが断末魔を上げながら塵《ちり》のように消えていく。

これで今は背後を気にしなくていい。

「もう演技はやめたのか？」

ゴブリンに守られるように俺と対峙《たいじ》する衛兵は、ニヤニヤと厭《いや》らしい笑みを浮かべている。

「どうやら騙《だま》されてはくれないみたいだからな。俺が魔族じゃなかったらどうする気だ？」

「魔族じゃないなら気にせず進め。あの魔法は俺達には効かない」

「それでも堕ちてくる光線は怖いさ。お前たちのように皆が皆、肝が据《す》わってる訳ではないぞ」

「なら立ち止まればいい。当たる事はないんだ、わざわざ躱《かわ》す必要はない」

「立ち止まれば軌道を変えて当てるつもりだっただろう？　腹が立つ人間だ」

——最初からあの衛兵を信用なんかしていない。通りにいた俺達に話しかけてきたその時から怪しかった。勇者パーティーとして名は広がっていても俺たちの顔を知っていると言う者はそれほど多くない。前世のようにテレビやＳＮＳなんてものはない。せいぜい似顔絵くらいだ。ドワーフがどうにか映像化出来ないか試行錯誤しているらしいが、まだ時間はかかるだろう。

それもあって俺たちの顔を知っている者は限られる。

最初に俺たちの対応をした門番ですら、身分証を見せなければ分からなかった。一度でも訪れた町や村なら知っている者もいるだろう。

残念ながらこの村に来たのは今回が初めてだ。あの衛兵にも会った事がない。それなのにあの衛兵は真っ直ぐにエクレアを見て勇者様と言った。

そして視線は常に彼女が持つ聖剣へと向かっていた。エクレアの行動一つ一つを注視しているようだった。

二手に分かれた時も、エクレアではなく俺たちの方へと付いてきた。安全なのは勇者であるエクレアがいる方だ。顔が青白くなるまで恐怖を浮かべる者が、こっちに付いてくるとは思えない。

俺とトラさんが前線に向かった時も、同僚の衛兵に呼び止められても気にせず付いてきた。怯えている衛兵がする行動じゃない。

だからこそ警戒していた。ノエルに目配せをして彼女の魔法に判断を任せた。魔族じゃないならそれでいい。魔族なら倒すだけだ。

「動きが止まった……」

俺の周囲のゴブリンの動きがない。まるで指示を待つように固まっている。トラさんの方はどうだと視線を向けると、俺の方に来ていたゴブリンが全てトラさんの方へと向かっている。

トラさんの足止めが目的か。

衛兵がその手に持っていた槍を捨てて、こちらに腕を伸ばしてきた。その目はこちらを射抜くように鋭い。

「まぁいい、その剣を渡せ人間。そうすればお前だけは助けてやる。それはお前が持っていていい剣ではない」

「敵に言われてはいどうぞ、って渡すと思うか？」

「その剣の価値を知らない人間の分際で俺に歯向かう気か？　死ぬぞ」

「お前を倒すつもりで来てるんだ。死ぬ気はない」

デュランダルを構えると、それを合図にしたように今まで固まっていたゴブリンが襲いかかってきた。

厄介なのは魔族だけだ。注意は衛兵に向けながら、寄ってくるゴブリンを一体一体斬り捨てていく。

「素直にその剣を渡しておけば楽に済んだものを」

ゴブリンの相手をしながら衛兵を確認すると、変化が一つ起きている。衛兵の体を黒い闇が覆《おお》い隠していた。人に擬態《ぎたい》するのをやめたようだ。その身を覆う闇が晴れた時に、その場にいたのは先程の姿とは違う一人の男。

乱雑に切り揃えた黒い髪から羊のような曲がった角が見える。こちらを睨《にら》む瞳は血のように赤い。貴族が着るような燕尾服《えんびふく》に身を包んでいる。紳士とでも語るつもりか？　随分邪悪な紳士がいるものだ。

腰の部分から赤黒い尻尾が見える。先端は鋭く尖っている上、棘《おどろ》のようなものが生えている。尻尾もまた武器の一つだろう。

『片翼』のクロヴィカスの異名で呼ばれるように、背中に生えた赤黒い蝙蝠《こうもり》のような翼は右翼しかない。

クロヴィカスの片翼は初代勇者によって切り落とされた。それでも勇者と闘い生き残っている。何百年何千年と人間やエルフと闘い、そして生き残った歴戦の魔族。

四天王の一人に挙げられていないが、魔族の中でも上から数えた方が早い実力者だろう。

「嬲《なぶ》り殺しだ！」

片方しかない翼を大きく広げ、俺に向かってクロヴィカスが跳躍する。たった一歩で距離を詰められた。攻撃は単調な腕の一振。だが、魔力によって強化された鋭利な爪は、それだけで武器に等しい。

振り下ろされる腕を躱し、カウンター気味にデュランダルを振るうが、腕によって受け止められた。硬い。岩でも斬りつけたような感触だ。魔力で腕を強化しているのか？

「その剣の本来の力を発揮出来ないようでは俺の敵にならんぞ！」

「次は切るさ」

さて、軽口を叩《たた》いたのはいいが正直参ったな。魔族が魔力を使って肉体を強化しているのは知っているし、トラさんに教わって俺も同じような事は出来る。

過去に闘った魔族も同じように強化していた。だが、デュランダルが全く通じない程の硬さは初めてだな。少し前に戦ったテシタスなら容易《たやす》く切り裂けたんだがな。

まぁ、硬いのは分かった。次からはデュランダルに魔力を込めて強化してから斬るだけだ。

魔力の残量に注意しないとな。

「どうした！　避けてばかりでは何も出来んぞ！」

クロヴィカスの攻撃を躱しつつ、背後から迫ってきたゴブリンを蹴り飛ばす。攻撃しようにもゴブリンが邪魔だ。上手く操っているな。

俺が反撃出来るタイミングでゴブリンが突っ込んできてる。両方の対応をしながらは流石にキツイか。

トラさんの方は俺の五倍くらいのゴブリンが向かってる。援護は期待出来ないな。この状況を打開する為にデュランダルに魔力を喰《く》らわす。

「させると思うか？」

「なら止めてみろ」

俺の行動を止めようとクロヴィカスの攻撃が激しくなるが、その分ゴブリンの動きが雑だ。飛びかかってきたゴブリンをクロヴィカスの方へ蹴り飛ばし、一瞬出来た隙でデュランダルを振るう。

「『狂乱飛燕《きょうらん》』」

デュランダルから放たれた燕《つばめ》の形をした魔力の斬撃《ざんげき》。大きさは『飛燕』のおよそ半分の一メートル程。速さも威力も変わらない。ただ一つ通常の『飛燕』の五倍の魔力を喰わせた斬撃は、デュランダルの意思で自由自在に飛び回る。

「ちっ！」

「これで一対一だ」

俺とクロヴィカスの周りにいるゴブリンは、デュランダルの意思で縦横無尽《じゅうおうむじん》に飛び回る『飛燕』が切り裂き、排除してくれている。

舌打ちをしながらクロヴィカスが伸ばしてきた尻尾を剣の腹で叩き落とし、そのまま斬り掛かる。

最初の時と同じように腕でガードをするかと思ったが、回避を選んだようだ。流石に魔力を込めたデュランダルは防げないか。

舐《な》めているのか知らないが、クロヴィカスが魔法を使う様子はない。魔力で強化した拳《こぶし》と足、時たまに尻尾を伸ばして攻撃してきただけだ。どこか単調だ。何か狙っているな。

俺の攻撃から逃げるように大きく後ろに飛んだクロヴィカスを追いかけようと一歩踏み出した時に、足元に光る赤黒い魔法陣に気付く。

――『ブラックボム』か。

罠として使う設置型の魔法だ。通常の魔法は詠唱して発動したらすぐに使えるが、設置型の魔法は対象が魔法陣を踏むか衝撃を与えるかしないと発動しない。前世における地雷のようなものだ。俺に攻撃を仕掛けながら設置したらしい。警戒した瞬間にこれか……。

魔法陣を認識すると共に後ろに大きく跳ぶが、発動の方が僅《わず》かに早かった。魔法陣を中心に黒い爆炎が広がる。ドンッとデカイ音がした時には、体に衝撃が走り吹き飛ばされていた。

それでも魔力でのガードが間に合ったので、傷はそこまで深くない。少し火傷《やけど》をしたくらいだ。空中で受け身を取って地面に着地し、クロヴィカスに視線を向けると、俺から随分と距離を取っているのが分かる。魔法の詠唱をしているのか？　まずいな。

デュランダルの意思で動く『飛燕』が、詠唱を止めようとクロヴィカスへ向かうが、尻尾によって叩き落とされて消滅した。

「ほぉらぁ！　踊れ人間！」

クロヴィカスの身長ほどの魔法陣が浮かび上がると同時に回避を選択する。魔法陣から放たれるのは五センチくらいの小さな魔力の固まりだ。一発一発は小さく威力は少ないが、数が尋常じゃない。秒間五〇～一〇〇発くらいか？　まるでガトリングガンみたいだな。俺に向かってくるゴブリンを最低限の動きで躱しながら後ろを見ると、俺が通った所にいたゴブリンに無数の穴が空いて絶命している。

弾速が早くないのが救いだが、立ち止まるかゴブリンに捕まるかしたら俺も蜂《はち》の巣だな。

――『魔力の弾丸《マジック・バレット》』と呼ばれる魔族が好んで使う闇属性の魔法だ。数的不利を覆《くつがえ》す為に魔族が生み出した魔法とされ、一体一よりも軍勢に対して使う方が効果は見込める。この魔法でどれだけの人間やエルフが殺されただろうか？　どう考えても俺一人に対して使う魔法ではない。

現に俺よりも周りのゴブリンに対する被害の方が大きい。それを気にする様子がない以上、クロヴィカスにとってゴブリンはただの駒《こま》でしかないのだろう。

しかしまぁ、弾幕《だんまく》が厚くてクロヴィカスとの距離を詰められそうにないな。このままではジリ貧だ。

『狂乱飛燕』でクロヴィカスを襲わせるか？　あの魔法は使っているうちは動けないが、先程と同じように尻尾で防御される恐れがある。魔力を多く使う『狂乱飛燕』の多用は厳禁だな。『飛燕』に『狂乱飛燕』、肉体の強化に魔力を使っている。俺の残りの魔力は六割くらいか？

蓄積で溜めた三日分の魔力があるから魔力不足は気にしなくていいが……。

避《よ》ける事を最優先に迫ってくるゴブリンを掻《か》い潜《くぐ》りながら走っていると、クロヴィカスに向かって飛んでいく眩い光を纏《まと》った二メートル程の槍《やり》が見えた。『ホーリージャベリン』だな。ノエルの魔法か。

クロヴィカスも槍の存在に気付き撃ち落とそうとしているが、効いている気配がない。真っ直ぐにクロヴィカスへと進む。忌々《いまいま》しそうに槍を睨むクロヴィカスの姿が映る。

弾幕がやんだので距離を詰めようと思ったが、周りにいるゴブリンが邪魔をするように進行方向を塞《ふさ》ぐ。次から次へと襲ってくるゴブリンを斬り捨てるが、そうこうしてるうちに魔法を解除したクロヴィカスが槍を摑《つか》んで叩き落としているのが見えた。これじゃあ、状況が変わらないな。

押されている状況を打開する為に『狂乱飛燕』を使ったが、魔法一発で逆に不利になってしまった。魔族が使う魔法はこれだから嫌だ。

「神官の小娘か。鬱陶しいエルフめ」

村の入口にいるノエルを睨んだ後に、俺を見てニヤッと笑うと魔法の詠唱を始めた。ノエルを狙う気か!? 阻止しようとするとゴブリンが行く手を阻《はば》む。

「カイル、下がってなさい！」

上空から声が聞こえ、視線を上に向けると、西の入口の防衛に向かったはずのサーシャの姿がある。魔法で飛んでいるのか。

その姿を確認すると共に彼女の魔法に巻き込まれないように距離を取る。

「『プロミネンス』！」

上空に浮かんだ巨大な赤い魔法陣から直径一〇メートルを超える炎の球体が現れ、クロヴィカスへと一直線に落ちていく。まるで小さな太陽のようだ。流石に受けるのはマズいと判断したのか、詠唱をキャンセルしてクロヴィカスがその場から大きく距離を取った。追尾《ついび》するように追っていく炎の球体に、クロヴィカスが顔を歪《ゆが》めるのが見える。

「もう西の入口は大丈夫なのか？」

「大方終わったわよ。その為にあたしを向かわせたんでしょ？」

「そうだが、やけに早いな」

「開幕エクレアが聖剣を解放したし、あたしが広域魔法を連発して殆《ほとん》ど片付いたわよ。残りの残党処理で二人は残ってるわ」

サーシャと話している間にプロミネンスが着弾したが、おそらく当たっていないだろうな。当たる直前に魔法を使っているのが見えた。

それにしても早いな。こっちも戦闘が始まってからそう経ってないぞ。ゴブリンが相手とはいえここまで早いとは。

「魔力は大丈夫なのか？」

「六割近く使ってるわ。早めにケリをつけないとまずいでしょ？　温存しないでぶっぱなしてきたの。こっちにクロヴィカスがいるみたいだし」

サーシャの視線の先を見れば無傷のクロヴィカスの姿がある。やっぱり当たっていなかったか。

「次から次へと鬱陶しい人間どもが！」

「あら、あたしはドワーフよ。見て分からない？　紳士のおじ様」

「減らず口を叩くな小娘！」

「乙女《おとめ》に対して失礼するわね。ちゃんとドワーフよ、お・じ・さ・ん！」

サーシャとクロヴィカスのやり取りを聞いてて思うことが一つある。サーシャだけ空を飛んで安全な位置にいるのズルいな。風の魔法『フライ』だと思うが。サーシャ《こいつ》が俺と話してる時もクロヴィカスと話してる時も俺は襲ってくるゴブリンの対処をしながらだというのに……。

後、空を飛ぶならローブの下にズボンを履いた方がいいと思う。下着が見えてる。

「カイルの魔力はまだ大丈夫？」

「俺はまだ余裕がある」

「そう。あたしの方はさっき言ったように魔力は四割くらいしか残ってないわ。カイルのサポートはするけど、威力が大きい魔法はそんなに使えないわ」

「お酒はどうした？」

闘いの最中にお酒を飲むのは正直褒められた行為ではないが、魔力が回復するなら飲んだ方がいいだろう。幸い彼女はドワーフでお酒に強い。少し飲んだくらいでは影響は出ない。

「この村に来るまでの道中で飲み干しちゃったのよねー。こっちに来る前に最後の一本飲んできたところよ」

——ほんとアルコール中毒者《こいつ》は！

道中で注意するべきだったか？　いや、言った所で聞かないからな。過ぎた事は仕方ない。

それにサーシャがいるだけで心強い。

「クロヴィカスに突っ込む、カバーを頼む」

「はいはい、あたしに任せて突っ込みなさい」

襲いかかってくるゴブリンを斬り捨てるか蹴り飛ばすかで対処しながらクロヴィカスへと向かう。数が多く対処が面倒なので『飛燕』を飛ばして道を作るかと考えていると、俺の進行方向に極太の光線《ジャッジメント》が堕ちてきた。ノエルの魔法だ。

一撃で一〇〇体程のゴブリンが消滅するのを見てると、ないものねだりだが『メテオ』を使いたくなる。俺もこう、魔法で敵を一掃したい。そんな事を今考えても仕方ないか。

「『エレメントソニック』」

ノエルに続いてサーシャが放った七色の風の刃が、進行方向のゴブリンを切り刻みながら吹き飛ばし、クロヴィカスまでの道を作る。二人によって御膳《おぜん》立てされた道を、魔力で肉体を強化して一気に駆ける。

「鬱陶しい人間だな」

「それしか言えないのか？」

クロヴィカスとの距離を詰め、剣と腕が交差する。相変わらずバカみたいに魔力を込めているようだ。斬り掛かる時に魔力を込めたが、それでも切り裂けないか。魔力量と魔力コントロールが尋常《じんじょう》じゃないな。

相手は武器は持っていないが、魔力で強化した肉体は全身がそれこそ武器のようなものだ。鋭利な爪もそうだが、ただの拳も当たればタダでは済まない。クロヴィカスの拳や蹴りを躱しながらデュランダルを振るう。

他の魔族と明らかに観察眼が違う。そして判断が的確だ。デュランダルに込められた魔力を見て、ガードするか避けるかの判断を瞬時に行っている。闘い慣れている。

俺とクロヴィカスに近付こうとするゴブリンはサーシャが魔法で倒してくれているから気にしなくていい。

「どうした、その程度か？」

「予想よりお前が強くて困ってる所だ」

「なんだ、今さら怖気《おじけ》づいたか？」

「いや、それでも勝てると思ってるさ」

「ほざけ、人間風情《ふぜい》が」

俺の心臓目掛けて伸びてきた尻尾をデュランダルで叩き落とし、一歩踏み込んで両手で剣を振り下ろす。片手で振るうより、両手で振るった方が威力は高い。当たり前のことではある。

振り下ろしたデュランダルに対してクロヴィカスは蹴りで対応してきた。相変わらず体に当たったとは思えない感触だ。それでも魔力を込めた一撃は、切断とまではいかないが深い傷を負わせた。

「おのれ！」

追撃しようとしたが、鋭く尖った尻尾を鞭《むち》のように振り回してきたので当たらないよう少し距離を取る。顔の表情から今の一撃を蹴りで防げると思っていたようだ。俺も切断するつもりで魔力を込めたが防がれたのは驚いた。

尻尾がまるで生き物のように伸び、俺を近付かせないように牽制《けんせい》している。明らかに尻尾の長さが伸びている気がするが、それも魔法か何かか？

「闇の帳《とばり》降りし時、漆黒《しっこく》の闇より絶望は顕現《けんげん》する。脆弱《ぜいじゃく》なる者よ、愚かなる聖者よ。己の運命を恨み奈落へ沈め」

クロヴィカスが魔法の詠唱を始めた。止めないとまずい。クロヴィカスに踏み込もうとするが尻尾が激しく振り回され近付く事を許さない。尻尾にかなりの魔力が込められている。下手に当たれば致命傷になりかねない。尻尾を切り落とすしかないか。デュランダルに魔力を込めた時、クロヴィカスが詠唱を続けながら後ろへ大きく飛んだ。

魔法の詠唱の為に距離を取る気か！　そう思ったが違った。回避しなければクロヴィカスでも危なかったからだ。

回避した理由を示すように先程までクロヴィカスがいた場所に、ゴブリンの死体が砲弾のように降ってきた。アレが当たってたらタダでは済まないぞと思いつつ、飛んできた方向を見ると村の入口付近でゴブリンを投擲《とうてき》したと思われるトラさんが高笑いしている。俺と戦いながらもしっかり戦況を把握しているようだ。厄介な敵だな。

俺がクロヴィカスに集中している間にあちら側はあらかた片付いたようだ。ノエルとサーシャの魔法によるものだろう。トラさんの姿が見えないほどいたゴブリンも、疎《まば》らにポツポツと何体かいるだけだ。

形勢はこちらが有利になってきている。

「消え去る準備は出来ているか！」

その声に視線を戻せば魔法の詠唱が終わっていた。一瞬視線を逸らした間に終えていたのか。高速詠唱だな。

クロヴィカスの正面に黒い魔法陣が浮かび上がっている。俺とクロヴィカスの距離はそれほど離れていない。躱せるか？　蓄積で溜めた魔力で強化して耐えるべきか？　どちらを取るべきだ。

いや、違う。クロヴィカスが浮かべる醜悪な笑みとその視線の先にいるのが俺じゃないと気付く。

「逃げろ‼　ノエル‼」

俺が声を上げてすぐにノエルがいる入口付近で黒い爆炎が上がった。

――村の防衛の為に囲った木の柵が吹き飛び、爆炎に巻き込まれた衛兵が地面に倒れ伏している。ノエルがいた場所は立ち上る黒い煙のせいでまだ見えない。

「カイル！」

上空からの声でハッと我に返る。俺目掛けて伸びてきたクロヴィカスの尻尾を視認して、転がる事で回避する。

「ククク、二人逝《い》ったか？」

伸ばした尻尾を戻しながら、楽しそうに笑うクロヴィカスに怒りが湧く。二人？　その言葉の意味を理解するのに数秒を要した。

そして気付いた。トラさんの姿がない。

立ち上る黒い煙が消えた先には二人の仲間の姿があった。ノエルは無事だ。驚いた表情で尻餅をついているが怪我《けが》をした様子はない。

だがもう一人、トラさんは違う。魔法が発動する前に瞬時に飛び出してノエルの盾になったのだろう。その体は爆炎によって複数の火傷が出来、出血している。

何より酷《ひど》いのは右腕だ。肘《ひじ》から先が無くなっていた。魔法によって吹き飛んだらしい。痛みに耐えるような表情だが、それでも笑みを浮かべるトラさんにノエルが魔法をかけているのが見えた。

「はっははは！　仕留め損なったが、あれでは猫ちゃんは四足歩行出来ないな」

嘲《あざけ》り笑うような声に殺意が湧く。

「「クロヴィカス！」」

俺とサーシャの声が重なる。ここまでの怒りは久しぶりだ。トサカにくる。

そんな俺たちの反応にクロヴィカスはニヤニヤと楽しそうだ。

「怒るな。どうせお前たちも同じようになる。達磨《だるま》になって生きてきた事を後悔しろ」

また詠唱を始めた。魔法は気にしない。クロヴィカスとの距離を詰めて首を切り落とす。

魔力をほんの少しだけ残して、俺の魔力全てを肉体の強化に使う。サーシャと目が合う。彼女に任せよう。クロヴィカス目掛けて駆ける。

「虫ケラのように地に這《は》い蹲《つくば》れ！」

黒い魔法陣が浮かび上がりそこから、バスケットボールくらいの黒い球体が一〇個ほど現れると、クロヴィカスへと向かう俺に飛来する。

回避はしない。真っ直ぐ進め。

「『ファイアボール』」

サーシャの放ったファイアボールが黒い球体を撃ち落としていく。彼女《サーシャ》を信じろ。敵だけを見ろ。

クロヴィカスとの距離が詰まる。サーシャが全て撃ち落としてくれた。後は俺が斬るだけだ。

クロヴィカスは先程魔法を使ったばかりだ。次に使う暇は与えない。

「定　命《じょうみょう》なるものよ我が声を聞け。主たる血肉を喰らいて背信《はいしん》せよ」

クロヴィカスの詠唱の声が聞こえた。魔法を使いながら並行して詠唱していたのか。何でもありだなこいつ。本当に魔族は嫌気がする。

どうする回避するべきか？　いやこの機会を逃すな。進め。

「あの詠唱……避けなさいカイル！　『服従の呪い』よ！」

切羽詰《せっぱつ》まったようなサーシャの声が耳に入る。彼女のそんな声は久しぶりに聞いた。今から避けれるか？　クロヴィカスとの距離はもう数歩分しかない。距離が近い。避けるのは難しいだろう。服従の呪いか。なら、避ける必要はない！

「愚かな！」

避けようとせず更に一歩踏み込んだ俺を見てクロヴィカスは嘲笑《ちょうしょう》し魔法を放つ。赤黒い光が弾丸のような速度で俺に当たる。

「はっははは！　これでお前の体は毛先の一本まで俺の思うがままだ。お前の手で仲間を殺させて……！」

魔法が当たったにもかかわらず目の前に迫る俺を見て、驚き距離を取ろうとするがもう遅い。

今度は弾かれないように蓄積で溜めた三日分の魔力を引き出しデュランダルに込める。

クロヴィカスが腕を上げ首を守ろうとする。渾身《こんしん》の力で振るったデュランダルはクロヴィカスの腕を易々《やすやす》と切り裂き、そのまま首を切り落とした。クロヴィカスの首が宙を舞う。

「バカな……服従の呪いは当たったはずだぞ」

首だけになってもまだ喋るクロヴィカスを見て、その生命力に関心する。服従の呪いはたしかに当たった。だが俺には無意味だ。あの時放った魔法が別のものなら違ったかも知れないが。

「悪いな、俺は呪いは効かない体質なんだ」

不愉快そうにクロヴィカスの顔が歪んだ。

「クハ……ほんとに……どこまでも神に愛された種族だな……人間めぇ……」

この世の全てを恨むような怨念《おんねん》の籠《こも》った声だ。だが、その言葉と共にピクリとも動かなくなった。死んだのか……。倒した実感は湧かない。首だけとなり憎悪に歪んだクロヴィカスの顔を見て、漸《ようや》く終わったのだと思った。

——仇《かたき》は取ったぞベリエル。

第七章

残された言葉

クロヴィカスとの戦いから一夜明け、俺たちは村人に貸してもらった一室で休息を取っていた。ノエルの魔法によってクロヴィカスとの戦いで負った傷は完治しているが、トラさんの吹き飛ばされた腕を治す事は出来ず包帯が巻かれている。

切断されただけなら魔法で繋《つな》げる事が出来るが、トラさんの場合は肘から先は吹き飛んでしまっている。これでは治す事は出来ない。

「トラさんの腕が痛々なのじゃ」

ベッドに腰掛けるトラさんの腕を見てダルが顔を顰《しか》めている。俺たちの方はクロヴィカスがいた為苦戦を強いられたが、エクレア達の方は特に苦もなく終わったらしい。開幕からエクレアが聖剣を解放して近付いてくるゴブリンを一掃。その後はサーシャが魔力を気にせず広範囲の魔法を連発。七割近い数がサーシャの魔法によって死んだらしい。我は殆《ほとん》ど出番がなかったぞ！　とダルが笑っていた。

俺たちの方もクロヴィカスを倒した後は殆ど苦もなく終わった。操っていた張本人が消えたため、ゴブリンは正気を取り戻して一目散に逃げ出した。放っておくとめんどくさいので、サーシャに逃げるゴブリンを倒してもらった。

『狂乱飛燕《きょうらんひえん》』が使えたら残党処理は簡単なのだが、クロヴィカスに対して蓄積《ちくせき》分と俺自身の魔力を使い切ってしまったので直接斬るしかない。逃げるゴブリンを追いかけて斬るのは流石《さすが》に時間がかかるのでサーシャにお願いした。

『なんであたしが…』とブツブツ言いながら処理していたな。

ノエルはトラさんをはじめ、クロヴィカスの魔法やゴブリンによって負傷した者の治療をしていた。ゴブリンの数を減らすくらい『ジャッジメント』を連発していたにもかかわらず、全員の治療が出来るあたり魔力量が底知れない。流石は教会始まって以来の才女であろう。

始末したゴブリンは一ヶ所に集めてからノエルが浄化する事になっている。流石にあれだけの死体を放置しておくと、病気の発生源になるので無視は出来ない。こういう時に跡形も残さず魔物を浄化出来る『聖』属性は便利だ。

魔法耐久がない魔物なら簡単に浄化出来てしまう。

補足として話しておこう。俺たちにクロヴィカスの情報を与えてくれたエルフの死体も手厚く埋葬した。彼が生きた証《あかし》である身分証は、テルマにいる家族の元へと送られた。

命懸けで俺たちに情報を与えてくれたエルフに報いる事が出来て良かったと思う。

「傷の痛みは大丈夫か？」

「ノエルのおかげで痛みはないぞ！　右腕が使えないのは不便だがな」

クハハハと笑うトラさんはいつも通りだ。ノエルがトラさんに詰め寄っていたな。『どうして僕を庇《かば》ったりしたんだい⁉』って。

それに対して『お前たちを守ると言ったろ』と返したのは惚《ほ》れそうになった。ほんとカッコイイよトラさん。

普段ツンとしているノエルも、その時はトラさんに優しかったな。傷を癒《い》やして包帯もノエルが巻いてあげていた。

今、この部屋の一室にノエルはいない。一日休んで魔力が回復したので、ゴブリン浄化の為に出掛けている。

さて、これでクロヴィカスの問題が解決した訳だが、目下の問題はトラさんの右腕だ。トラさんは気にした様子はないが、肘から先がない状態では不便だろう。

闘いにも支障が出るはずだ。そこでドワーフに頼んで義手を作ってもらおうという話になっている。クレマトラスにもドワーフの技師はいるが、戦闘にも耐えられる高性能の義手となると作れるドワーフは限られる。

ドワーフの国である『タングマリン』で探した方がいいだろう。今すぐにでも向かってトラさんの義手を作りたい所ではあるが、ここクレマトラスにはまだ一つ問題が残っている。

レグ遺跡にいる四天王『不死の女王《アンデッドクイーン》』シルヴィ・エンパイアだ。俺たちが滞在していた町『マンナカ』を出発する際にクレマトラスに使者を出してシルヴィへの対応を依頼しておいた。

今も騎士団が出向いてレグ遺跡を包囲しているらしい。俺たちはクロヴィカスの対応に回っていたので、今レグ遺跡がどうなっているのかは分からない。クレマトラスから伝令が来てくれると助かるのだが。

「今すぐにでもタングマリンに行きたい所なんだがな」

「シルヴィを放置して行く訳にもいかないから連絡待ちじゃない？」

部屋に備え付けの机に無数の酒瓶を並べ、ご満悦な表情でお酒を飲むサーシャがいる。この女、クロヴィカスとの戦いが終わってすぐに村にいる商人からお酒を買いにいった。それでも足りないからと村人にまで分けてもらっている。『お酒がないと生きていけないわー』と言っているサーシャを見て、こいつはもうダメだと頭を抱えたものだ。

「それにしてもカイルは変な体してるわね。呪《のろ》いは効かないし、毒も効かないんでしょ？」

「そうだな」

「神の加護でも受けたのかしら？」

心底不思議そうにサーシャがこちらを見てくる。神から貰《もら》った能力《チート》だから、加護と言えば加護か。クロヴィカスとの戦いはミラベルから貰った能力のおかげで勝てた。クロヴィカスが呪いではなく普通に攻撃してきたら危なかったな。

ベッドに座るトラさんを気遣ったり、仲間と他愛《たあい》もない会話をしていると、部屋の扉が開きノエルが入ってきた。

「随分《ずいぶん》と遅かったな。浄化に手間取ったのか？」

「沢山いたから面倒ではあったけど、一ヶ所に固めてくれていたからそれほど手間取っていないよ」

「何かあったのか？」

「クレマトラスから伝令の騎士が来ててね。その報告を聞いていたのさ」

彼女の表情から見るにあまりいい報告ではなさそうだ。シルヴィの対応をしてもらっている騎士団がやられたとかか？

「騎士団がやられたのか？」

「いや、みんな無傷さ。シルヴィに戦う気がないみたいでね」

「戦う気がない……」

「そうさ。ただ、シルヴィを包囲するはずの騎士団が、逆にシルヴィの操るアンデッドに包囲されてて、全く動けない状態になってるらしい」

シルヴィに戦う気がないのはいいが、騎士団が危険な状況にあるのは分かる。シルヴィの気分一つで騎士の命が失われる事になる。

「早い話が騎士団を助けたかったら、シルヴィの要件を飲めって事さ」

「その要件は？」

「勇者パーティーをここに連れてこいだとさ」

あぁ、なるほどノエルが顔を顰《しか》める訳だ。シルヴィはどういう訳か知らないが、俺たちをご所望のようだ。普段であれば警戒しながらもシルヴィの元に向かうだろうが、今はまずい。俺の視線に気付いたのかトラさんが笑う。

「俺の事を気にかけてくれているのだろう？　クハハハ！　この程度の傷どうという事はない

さ。右腕がなくても左腕がある。左腕を失っても両足がある。最悪この口を使ってでも俺は戦うぞ。俺の事は気にするな」

俺たちを安心させるような豪快な笑い声だ。いつものトラさんだ。ノエルが何とも言えない表情をしている。ノエルが先程、顔を顰めていたのはトラさんの事を気遣っていたからだろう。守ってもらってからトラさんに対する当たりが柔らかくなっているのだ。

変に気を使ってもトラさんに失礼か。どの道俺たちが出来る事は決まっている。

「それならシルヴィの要望通りレグ遺跡に向かおう」

「罠《わな》かも知れないわよ」

「騎士団が包囲されている以上、俺たちが行かなかったら見殺しだ。そんな事は出来ないだろう？」

部屋を見渡せば皆が頷《うなず》いているのが分かる。サーシャだけ仕方ないわねーとボヤいているが。彼女の場合はここでゆっくりお酒が飲みたいだけだ。今日は飲めるぞーと、さっきまではしゃいでいたからな。

正直、シルヴィが何の目的で俺たちに会いたいか分からない。彼女が味方だったのはタケシさんがいたからだ。

それももう五〇〇年前。タケシさんはもうこの世にはいない。シルヴィは敵なんだろうな。もしかしたら騎士団の命と引き換えに無理な要求をしてくるかも知れない。

考え得る限りの最悪を想定してから向かおう。

◆◆◆

「馬鹿げた光景だな」

――クレマトラスの騎士が用意した馬車のおかげでレグ遺跡に着くまでさほどかからなかったが、遠目でも分かる程のアンデッドの量にパーティーの皆の顔が引《ひ》き攣《つ》っていた。おそらく俺も同じような表情だっただろう。先日のゴブリンなんて比ではない。その数は間違いなく万を超える。

俺たちを歓迎するようにレグ遺跡までの道をアンデッドが開ける様子はあまりにも壮大な光景だった。モーゼの十戒に海が割れるシーンがあるが、こんな感じか？　こっちの場合はアンデッドの海だが。

話には聞いていたが実際に目の当たりにすると、四天王の強さを嫌という程実感させられる。歴代の勇者が四天王に苦戦する訳だ。少なくともこのレベルの化け物が四人もいる事になる(何故《なぜ》か五人いると噂《うわさ》されているが)。

レグ遺跡に到着し、馬車から降りる。共に来ていた騎士はここで待機させられるらしい。周りをアンデッドに囲まれ顔が強《こわ》ばっていた。

俺たちの案内役はどうやらアンデッドのようだ。生気のない眼差《まなざ》しでこっちを見ているアンデッドが、付いてこいとばかりに先へと進む。

敵地という事もあり、仲間と共に警戒しながら進んでいく。俺は一度ここに来たことがあり、見覚えのある道にどこへ向かっているのかを把握した。

俺の予想通りにアンデッドはレグ遺跡の入口まで案内してそこで止まった。俺たちが付いてきているのを確認すると、アンデッドはそこで踵《きびす》を返《かえ》して来た道を戻っていく。

俺たちはアンデッドの事など気にする余裕がなかった。レグ遺跡の入口に彼女はいた。

――四天王の一人『不死の女王《アンデットクィーン》』シルヴィ・エンパイアが。

彼女《シルヴィ》の容姿は美しいものであったが、どこか不快感を感じるものだった。

腰まで伸びた黒い髪は手入れがされていないのかボサボサで所々ハネていた。手入れをしたらどれほど美しいだろうか。

真っ直《ます》ぐにこちらを見据える赤い瞳には光はない。ノエルも同じような目をしていた気もするが、シルヴィの場合は生気すら感じない。

胸と腰の部分を白い布で巻いただけの恥部を隠すだけの装いから、他者の目線など気にもしてないのだろう。

露出された肌は生気を感じないほど青白く、切断された後に縫い合わせたような縫合《ほうごう》の跡が身体《からだ》の至る所にある。

総じて生気を感じない容貌《ようぼう》だ。

アンデッドである事を、既に死んでいる事を嫌という程実感させられる。不快感を感じたのは、自分にもいずれ訪れる死というものに無理矢理に向き合わされた恐怖からくるものだ。

威圧感とは違う別の何か。ただシルヴィと対峙《たいじ》するだけで背筋にヒヤリとするものを感じた。仲間も同じなのだろう。俺と同じように顔は引き攣《つ》っているが、目線はシルヴィから逸《そ》らそうとしない。

怖いのだ。目を逸らしたその瞬間に死んでしまうのではないかと、そう思ってしまう。

タケシさん。貴女はこんな化け物と肉体関係を持って愛し合っていたのですか？　目の前にいる彼女を見ると分かり合えるという思いは浮かんでこない。今まで戦ってきた魔族や魔物が可愛《かわい》く見える。ここに来て初めて絶対的強者という者に出会った。

「そなたらが勇者達か」

声に抑揚《よくよう》がない。どこまでも平坦《へいたん》な声に俺たちに興味がないんじゃないかと思ってしまう。

だが、値踏みをするように一人一人を見ている様子から、何かしらの用件があって勇者《おれ》パーティー《たち》を呼んだのだろう。

彼女の視線は俺とエクレアで止まる。勇者であるエクレアなら分かるが俺も？

エクレアを見ていたのはほんの数秒だ。彼女の視線は俺に向けられている。

「妾《わらわ》の用件を伝えようか。そこの男と二人きりで話がしたい」

この場にいる男は俺一人だ。シルヴィが用があるのは俺という事になる。彼女の視線はずっと俺から離れない。どういう事だ？　何故俺に用がある？　疑問が尽きない。

「そんな事させると思うかい？」

「そうじゃ！　我の大切な者を危険な目に遭わせる気はないのじゃ！」

ノエルとダルが彼女の用件を拒否する。言葉こそ強いが、顔は変わらず引き攣っている。嫌という程、目の前の敵の強大さを実感しているのだろう。正直に言えば拒否は出来ないだろう。無理矢理従わせるだけの力がシルヴィにはある。それに騎士という人質がいる。

「分かった。二人きりで話そう」

「「「カイル⁉」」」

俺の返事にノエルやダルだけでなく、トラさんやサーシャも抗議するように俺の名を呼んだ。だが、他に選択肢はないだろう。

「だが一ついいか？」

「なんだ？」

「俺の仲間を安心させる為にも、俺に危害を加えないと誓ってほしい」

「ふむ」

これは俺自身の願望ではある。シルヴィと二人きりという状況は非常にまずい。彼女の気分一つで俺は死ぬことになるだろう。

「分かった。誓おう」

「何に誓う？」

俺たちならば神にでも誓うだろう。だが魔族であるシルヴィにとって神は憎むべき存在。誰に対して危害を加えないと誓う？

「ならばタケシに対する妾の愛に誓おう」

そんなものに誓われても困る。だがそう宣言するシルヴィの目は真剣だ。タケシという名前の時だけ、声に弾みがあった。彼女にとってそれだけタケシさんは大切な存在なのだろう。

「二人きりで話すんだろ？　場所を移すのか？」

「うむ、妾に付いてまいれ」

踵《きびす》を返してレグ遺跡の中へ向かうシルヴィに付いて俺も行こうとすると、カイル！　と俺の名を呼ぶ声がした。

「正気かい⁉　四天王の一人と二人きりで話すなんて！　死ぬかも知れないんだよ！」

「彼女は危害を加えないと誓ってくれた。なら俺はそれを信じて付いていくだけだ」

「神でも何でもない、一個人への愛に誓っただけだよ！　それを信じると言うのかい⁉」

ノエルの必死な声に彼女の気持ちがよく分かる。俺に行ってほしくないのだ。万が一があってほしくないから。俺に死んでほしくないから、引き留めようとしている。

「シルヴィにとって最も大切な人に誓ったんだ。俺はそれを信じたいと思う。それに何かあっても助けてくれるだろ？」

苦虫を噛《か》み潰《つぶ》したような表情をするノエルの代わりに、ダルやトラさんが任せろと力強く答えた。納得してもらえるようにノエルを真っ直ぐ見つめる。その時にデュランダルの鞘《さや》を触るのを忘れない。デュランダルの鞘には彼女が仕組んだ盗聴用の魔道具がある。シルヴィとの会話で何かあっても、ノエルが気付いて駆けつけてくれるだろう。それまでに俺が生きていたらの話だが。

「分かったよ。でも無理はしないでね」

「あぁ、無理はしない」

「あたしも一応心配してるんだから、一人の時にあんまり無理しないでね」

「ありがとうサーシャ」

二人とも仕方なくといった感じだが、納得してくれた。シルヴィの方を見ると立ち止まってこちらを見ている。

「すまない、待たせた。案内してくれ」

「うむ。良き仲間を持ったな」

そう思うならもう少し声に抑揚を持たせてくれ。まるで寝起きで話しているような、そんな声だぞ。気軽に冗談を言える雰囲気でもない。先導するように先に行くシルヴィの後に続く。

この遺跡の中も一度は来たことがある。シルヴィが進む道も見覚えがあるものだ。遺跡の中を進む俺とシルヴィとの間に会話はない。俺も黙って彼女に付いていく。やがて辿《たど》り着《つ》いたのは遺跡の最奥《さいおう》、俺がデュランダルと出会った場所だ。どこか神々しさを感じる空間。遺跡の中であるにもかかわらず太陽の光が入っている。どういう仕組みだ？

シルヴィが振り返り俺と向かい合う。

「さて、何から話そうか」

シルヴィが考えるような素振りをする。本当に俺と話がしたいだけのようだ。危害を加える気はないか。

「そうだな、まずはそなたの名を聞かせてくれぬか？」

そうは言っているが、感情の乗らないその声は興味があるように思えない。確認の為だけに聞いているのか？

「カイル。カイル・グラフェムだ」

「カイル……そうか、カイルか」

タケシさんの時と違い声の抑揚は変わらない。シルヴィにとって俺はそこら辺の有象無象《うぞうむぞう》と変わらないのだろう。それだけに彼女の特別となってるタケシさんの存在の大きさを実感する。

「そなたは転生者であろう？」

尋ねてはいるが確信を持っている感じだ。

「あぁ、その通りだ。どうして分かったんだ？」

ただただ疑問だ。シルヴィとはここで初めて会った。彼女はジッと俺を見ていただけだ。それだけで俺を転生者と判断した。何故《なぜ》分かったのか、それだけが疑問だ。

「うむ。そなたら転生者は魂が普通とは違うのよ」

「魂が？」

「この世に存在するものは全て魂は一つだけ。だがそなたら転生者は二つの魂が混ざりあったような歪《いびつ》な形をしておる」

「二つの魂が」

シルヴィの言うことを信じるなら前世の魂と今世の魂が混ざりあっているのだろう。彼女は人の魂を見ることが出来るのか？　だから俺とエクレアを見つめていた。

「勇者の娘も転生者であったな。だがあれは魂に何かしらの制約をかけられておる。妾が望む会話が出来ると思わなんだ」

だからエクレアからすぐに視線を外して俺を見ていたのか。エクレアも俺と同じ転生者なのはこれで間違いはない。しかし制約か。彼女が喋《しゃべ》れないのは魂にかけられた制約が原因か。

「妾を生み出した者も転生者であった」

「生み出した？」

「既に知っておろう。妾は普通の魔族ではない」

「アンデッド……」

「妾は亡くなった魔族の体を元に作られた。正確に言うならその体の持ち主を蘇《よみがえ》らせようとして妾が生まれた」

シルヴィの言葉通りなら彼女は望まぬ結果の末に生まれた事になる。転生者にとって一番望ましいのは、その体の持ち主がそのまま蘇る事だったはずだ。

「妾を生み出しのはコバヤシ。コバヤシ・リュウジロウという者だ」

「コバヤシ……」

「そなたら人間にとって憎むべき者であろう。魔族の父とも呼ばれる四天王の一人。『校長』のコバヤシが妾の生みの親よ」

その魔族の名は知っている。デュランダルから聞いたからというのもあるが、後の世に彼ほど魔族に影響を与えた者はいないだろう。同じ転生者というのもあるか。

こちらの反応など興味がないとばかりに淡々と話を続ける。

「人間との戦いで亡くなった自身の娘を一生に一度しか使えない能力《ちから》で蘇らせようとした。だが、コバヤシの望む娘の魂は既に別の場所へと旅立っていた。魂を持たぬまま蘇った肉体は、その身を動かそうと人格を生み出した。それが妾だ」

一生に一度しか使えない能力《ちから》というのはおそらく神に貰ったものだろう。今までの流れからすると、与えた神はミラベルの可能性が高い。死んだ者の魂は一度天界へと向かい次の世界へと旅立つ。コバヤシが蘇らせようとした娘さんの魂は、既に別の世界に旅立った後だったのだろう。

「動き出した肉体を操る人格が娘ではない事に気付いたコバヤシの顔は悲哀に満ちていた」

神に貰った能力を使ってでも娘に会いたかったのだろう。実際に蘇った者が娘でなかった時の絶望感は計り知れない。

「娘と違う故、拒絶《きょぜつ》されるかと思ったがそうはならなかった。あの男は妾を娘としてではなく、妾個人として扱った」

自分ならそれが出来るかと聞かれれば即答は出来ない。悩んで悩んで悩み抜いた上で、受け入れられない可能性がある。だがコバヤシという男は受け入れた。

「亡くなった娘の分まで妾に生きてほしいと言われた。妾の肉体は既に死んでおる。妾という人格により動いているが、魂のない肉体はどこまでいっても死人でしかない。体は熱を持たず感情を持たない。何のために生まれたのかそれすら分からなかった」

熱を持たず感情を持たない。だから彼女の声はどこまでも平坦なのか。

「だからこそ、コバヤシの言葉の通りに生きてみようと思った。妾が生まれた意味を知るために。何のためにこの人格が生まれたのか。それを知るためにずっと生きてきた」

シルヴィの名前は初代魔王の時代から存在する。勇者に敗れて四天王と呼ばれる魔族は入れ替わってきたが、シルヴィとドレイクだけは最初からずっと変わらない。俺が想像出来ないくらい長い時間を彼女は生きてきた事になる。

「そなたら転生者が現れるのは決まって時代の変わり目だ」

「時代の変わり目？」

「魔王が変わる時、新たな勇者が生まれる時。まるで狙《ねら》ったようにそなたら転生者は現れる」

偶然とは言えない。何かしらの力が働いているのだとしたら、それは神の仕業《しわざ》だ。

「タケシが現れたのも時代の変わり目であった」

感情を持たないはずの彼女の声が、タケシと呼ぶ時だけ弾んでいる。

「転生者と呼ばれる存在は常に妾たち魔族の邪魔をする。それゆえ、人に擬態《ぎたい》し接触した。脅威となるようであれば消すために。だがな、タケシと接しているうちに気付けば絆《ほだ》されていた」

声に抑揚がある。タケシさんについて語る彼女にはたしかに感情がある。

「タケシの語る言葉に存在しないはずの心が高鳴る気がした。タケシに触れられている部位が熱を帯びている気がした。妾は死人でありながら人として生きようとした。タケシと接する時間に妾が生まれた意味を知った気がしたのだ」

恋焦がれる乙女《おとめ》のように彼女はタケシを一途《いちず》に思っていたのだろう。感情がないはずのシルヴィの心を動かし、止まっているはずの心臓が鼓動を始めた。彼女はタケシさんと出会い、生まれた意味を知った。だが、俺の記憶がたしかならシルヴィは魔王を倒した後に封印された。つまり彼女はタケシと結ばれなかった。

「タケシへの想いに気付いていながら、愛という感情を理解しきれず妾はその想いをタケシに伝える事ができなんだ。愚かな事に大切なモノを失って初めて、妾は愛とは何か真に理解した。あまりに遅すぎたがな」

悔いるような言葉だ。彼女はタケシさんに自身の愛を伝えられなかった事を後悔している。

「気付けば妾だけ長い時の中で置いてけぼりだ。タケシは死んで、妾の恋敵もみな死んでおった。何のために妾は今生きておる？」

「復讐《ふくしゅう》は考えないのか？」

「誰に復讐するのだ？　妾を封印した魔法使いは既に死んだ。タケシを殺したメリルもまた死んでおる。復讐？　体を動かす程の感情が今の妾にはないのだ」

五〇〇年の長い時の流れにシルヴィが取り残されている間に何もかもが変わってしまった。彼女の愛する者は恋敵によって殺され、その恋敵もまた魔族に手によって死んだ。シルヴィを封印した魔法使いも五〇〇年の歳月の間に亡くなっている。

復讐の対象を既に彼女は失っていた。残ったのはタケシへの愛だけか。

「無駄話が過ぎたな。妾の用件を伝えようか」

また抑揚のない声だ。彼女にかける言葉がない。タケシさんならなんて声をかけただろう。

「妾がそなたと話をしたかったのはタケシから頼み事をされたからだ」

「タケシさんから？」

「魔王と戦う前であったな。『もし某《それがし》と同じ転生者と会う事があったら、これを渡してほしいでござる』とタケシに託された」

シルヴィのすぐ真横に魔法陣が現れる。思わず身構えたがそれが『収納』の魔法だとすぐに気付いた。魔法陣から落ちてきたのは掌《てのひら》サイズの小さな箱。あれがタケシがシルヴィに託した物？

「妾に寿命が無いことをタケシは知っておった。妾が話したからな。だからこそ妾ならそなたのような転生者と会う機会があるとみたのだ」

「実際にこうして出会ったからな」

「そうだ。都合がいい事に妾の封印が解かれたのも、また時代の変わり目であったな。妾は既にこの世に未練はない。タケシのいないこの世界に妾の居場所はないのだ。だがタケシの元に行くにしても、タケシの頼み事を達成してからでなければならぬ」

シルヴィの唯一の心残りがタケシさんからの頼み事か。その為に勇者パーティー《おれたち》を呼んだ。

全てはタケシさんからの頼み事を達成する為。そしてタケシさんの元へと向かう為。

「カイル・グラフェム。タケシからの預かり物だ。受け取ってくれ」

彼女の魔法によって小さな箱が宙を浮き、俺の前まで運ばれてくる。受け取る為に手を出せばポトリと掌の上に箱が落ちてきた。

「その箱の中身はテルマにあるタケシの家の鍵とその場所を示す地図。そしてタケシが書いた手紙だ。落ち着いて見れる時に見てほしいとタケシが言っておった」

「分かった。後で見るよ」

テルマにあるタケシさんの家か。タケシが生きていたのは今から五〇〇年前だ。まだ家は残っているだろうか？

「そなたに忠告しておこう」

「忠告？」

「悔いがないように生きる事だ。そなたたち転生者はみな、壮絶な死を遂げておる。己の運命に逆らうのであれば信じるものを違えてはならぬ」

不吉な言葉だな。彼女の言葉通りなら俺に待ち受けているのは壮絶な死か。信じるものか。難しい話だな。魔王を捜して仲間を疑っている状況だぞ俺は。だからこそ、信じる仲間を間違えたらいけないのか。

「シルヴィ、一つだけ聞いていいか？」

「なんだ？」

「シルヴィの封印を破った者を覚えているか？」

デュランダルの話では俺が剣を抜く前に既に封印は破られていた。それも魔力によって無理矢理。時系列を考えるとそれを行ったのは魔王じゃないかと俺は考えている。

「すまぬな。その者の姿は見ておらぬ」

「見ていないのか」

「うむ。封印を破るとすぐに去ってしまったからな」

相当に用心深いな。もしシルヴィが見ていれば誰が魔王が分かったかも知れないが、こればかりは仕方ない。

「ただ……」

「ただ？」

「懐かしい魔力の持ち主だった。妾はあの魔力の持ち主を知っておる」

シルヴィが懐かしいと感じる者か。魔族の仲間か、タケシさんたち勇者パーティーとかか？いや、魔族はともかくタケシさんの仲間はみんな死んでいるはずだ。唯一生き残っていたメルルも魔族に毒殺されている。そうなると魔族の仲間の可能性が高いか。ドレイクとかか？

「答えてくれてありがとう」

「うむ」

「シルヴィはこの後どうするつもりだ？」

彼女には既に生きる目的がない。タケシさんからの頼まれ事も既に達成した以上、彼女がどうするのか疑問だった。いや分かってはいるが、出来れば違ってほしいと思っている。

「もう暫《しばら》く思い出に浸ってからタケシの元へ向かうつもりだ」

「不躾《ぶしつけ》だが聞きたい。不死のシルヴィに死ぬことは出来るのか？」

「この肉体は既に死んでおる。動かしているのは妾の人格よ。その人格を消す」

人格を消す？　どうやって？　言葉で言うのは簡単だろうが実際に行うのは難しい気がする。

いや、待て。魔族が使う魔法に一つだけ当てはまるものがある。もっとも悪質な魔法――心を破壊する魔法『ソウルクラッシュ』。心＝人格だとするならば彼女は自らの手で……。

「すまぬが一人にしてくれぬか？」

彼女の頼み事に察してしまう自分が嫌になる。だからといって何か出来る訳でもない。ここにいるのが俺じゃなくてタケシさんなら結果は違ったかも知れない。いつまでもここにいても仕方ない。彼女の願いを聞こう。

シルヴィに背を向けて来た道を戻る。暫く黙々と歩いているとレグ遺跡の入口が見えてきた。思ったより時間がかかった気もするな。足取りが重かったのだろう。


「カイル！　無事じゃったか!?」

レグ遺跡を出るとすぐにダルが飛びついてきた。心配してくれたのかギューと力いっぱい抱きついてきてる。それはいいがこちらを見るノエルの目が怖い。俺から抱きついた訳ではないから許してほしい。

「カイル、貴方《あなた》何かした？」

「どういう事だ」

「カイルが出てくる少し前に遺跡を包囲していたアンデッドが全て消滅したのよ。騎士が騒いでこっちにまで来たわ」

「そうか。いや、詳しくはまた後で話すよ」

後回しにされたと思ったのかサーシャが不満そうに頬《ほお》を膨らませている。別に教えない訳じゃない。今はまだ話したくないだけだ。アンデッドが消えたという事は術者がいなくなったという事。

タケシさんと会えるといいなシルヴィ。

◆◆◆

——さて、事の顛末《てんまつ》を纏《まと》めよう。パーティーの仲間と騎士団の人にシルヴィ・エンパイアは既に亡くなった事を伝えた。俺がどうこうした訳ではなく、タケシさんの功績によるものが大きいと話した。

仲間の反応はへぇーってものだったが、騎士の反応は違ったな。『流石は英雄タケシだ！』『我らが救国の英雄！』『死して尚《なお》我らを助けてくれる真の英雄だ！』と騒ぐ騒ぐ。

挙げ句の果てにタケシ！　タケシ！　タケシ！　と謎のタケシコールが巻き起こった。仲間たちが冷めた目で見ていたな。

なんでこんなにタケシさんが慕われているんだと困惑した。後でデュランダルに教えてもらった事ではあるが、クレマトラスは一度壊滅の危機に陥った事がある。勇者パーティーが魔王を倒す少し前に起こった魔物による同時侵攻によるものだ。

魔族の手によるものであったが、大陸に存在する五つの国を同時に魔物が襲うという事態に、勇者パーティーは対応を迫られた。難しい対応であったが、勇者ロイドはパーティーを分けて救援に向かった。

アルカディア王国に勇者ロイドと幼なじみの神官シェリルが。

テルマに竜騎士《りゅうきし》のエルザと魔法使いクロナが。

ジャングル帝国にシルフィことシルヴィ・エンパイアが。

タングマリンはその当時から存在していたサーシャの師匠、『大賢者』マクスウェルが。

そしてクレマトラスの救援に向かったのが盗賊《とうぞく》のジェシカとタケシさんだった。

二人の活躍もあって、クレマトラスは窮地《きゅうち》を救われ二人は救国の英雄となった。

その割にはタケシさんの名を聞かないと思ったが、タケシさんは容姿が優れた方ではなかったので万人受けはしなかったらしい。悲しい話だ。それでも国の為に戦う騎士達にとっては、タケシさんは憧れの英雄らしい。

話を戻そう。騎士の配慮もありクレマトラスの王都の宿で休息を取る事になった。仲間にはそこで改めてシルヴィの事を話した。

とはいえあまり転生の事は話すべきではないと判断し、デュランダルの前の使い手がタケシさんだったこと。そして今のデュランダルの使い手である俺にタケシさんから託されたものがあり、それを渡されたと伝えた。シルヴィはタケシさんからの頼み事を達成して、その後を追って亡くなったと。

トラさんはいつも通りだ。そうかそうかと頷くだけだ。もう少し考えてもいいんじゃないかトラさん？

ダルとエクレアは俺が無事であった事が何より嬉《うれ》しいらしい。二人にはしっかりありがとうと感謝を伝えておいた。

最初から盗聴して話を聞いていたノエルは特に何も言わず、サーシャはまだ納得してない感じだった。喋《しゃべ》っておいてアレだが俺たちを呼んだ理由としては弱い気がした。

転生者の話はともかくとして、タケシさんの頼み事が理由で呼ばれたのは事実だ。それで納得してもらうしかない。

さて、もう一つ大きな問題がある。宿屋で休息を取っていた俺たちというより、ノエルの元へ訪れた教会の使者からある情報を伝えられた。

――この世界の唯一の宗教といえる教会の最高権力者『法皇』エドモンド・アームストロング二世が四天王の一人『赤竜』のドレイクによって殺されたという情報だ。

クロヴィカスの情報で俺たちをクレマトラスへと誘導し、『デケー山脈』で姿を見せることでテルマの防御を固めさせた。その隙に大陸の真ん中にある教会の自治領を襲い法王を殺した。大司教も何人か怪我《けが》を負ったらしい。

教会のトップが殺された影響は大きく、世界各地で騒ぎになっている。

教会の使者がノエルの元へ訪れたのは、この情報を届ける事と、一度教会の本拠地である自治領『聖地エデン』に戻ってきてほしいというものだ。

早い話が世界各地で広がる混乱を鎮める為に法皇の大葬を行いたい。そして次の法皇を決める為に、大司教と大司祭に招集がかかっているという事だ。

教会の大事である事からノエルも断る事は出来ず、五日後に聖地エデンに向かう事になっている。ただし俺たちの同行は許されていない。立ち入る事を許されたのは教会の神官だけらしい。その為、彼女とは一度ここで別れる事になる。

教会の法皇が決まり騒ぎが落ち着いたら合流するとノエルが言っていた。『離れている間、寂しいから僕の事をいっぱい愛してよ』と迫ってきたな。その話は今は関係ないから置いておくとして。

パーティーの重要な回復役であるノエルが抜けた穴は大きく、どのみち勇者パーティとして大きく動けないので、トラさんの義手を作る事を最優先にした。トラさんの義手が完成しノエルが合流したら改めて活動しようという事だ。

ノエルと同じように五日後にクレマトラスを出てタングマリンに向かう事になっている。その間は各自、自由行動という事になった。そんな訳で俺は宿の一室で休息を取っている。

ダルやトラさんに一緒に王都を回らないかと誘われたが、タケシさんから託された物を確認したくて部屋に残った。

「デュランダルはこれの存在を知っていたか？」

「そうですね、まだ封印される前だったので前のマスターがシルヴィに託していたのは知っています。ただ手紙の内容までは存じ上げません」

机の上に置かれた箱を開けてみると、シルヴィが言っていたように小さな鍵と地図。折り畳まれた手紙が入っている。地図はこの鍵で開ける家を記したものと言っていた。

開いて確認するが、言い方は悪いが絵が下手でイマイチ分からない。タケシさん、もう少し分かりやすいものでお願いします。

「デュランダル、タケシさんの家は覚えているか？」

「まだテルマに残っているようでしたら案内出来ますよ。何度も通った家なので道は覚えています」

地図で場所が分からなかったのでデュランダルが覚えていてくれて助かった。ただ五〇〇年前の家だ。既に無くなっている可能性が高いな。

手紙を読んでみるか。折り畳まれた紙を広げると二枚ある事に気付く。五〇〇年前に書いたものだと思うが傷んだ様子はない。

「魔法がかけられていますね」

「魔法が？」

「はい。紙を保護する為の物質強化魔法でしょうか？　随分強力なものがかかっていますね」

物質強化の魔法を使える者は限られるはずだ。デュランダルから聞いた話だとタケシさんが使える魔法は『聖』属性の魔法だけ。物質強化の魔法は『土』属性に該当する。魔法としても最上位に位置するため、使える者はこの世界で探しても一人か二人だろう。

タケシさんは物質強化の魔法が使える人と知り合いだったのか？

うちのパーティーの魔法使いサーシャでも使えない。師匠であるマクスウェルは使えるんだったか？

今回のように手紙を強化すると五〇〇年経《た》っても形状を変わらず維持出来たりする。剣に強化をかければナマクラであっても一級品の剣と変わらない切れ味を持つ。

その為、物質強化の魔法を使える魔法使いを国は確保しようとする。マクスウェルもまた宮廷魔導師としてタングマリンに仕えていたはずだ。もう高齢なので、一線からは退いているが。

改めて手紙を開いて中身を確認する。地図の時点で何となく察していたが、字が汚い。読めない事はないが非常に読みにくいし癖字もある。この世界の字で書いたから慣れなかったのか？　俺も慣れるまで苦労した覚えがある。

手紙の内容を要約するとタケシさんが同じ転生者である事。タケシさんが今まで調べた情報を纏《まと》めたものを、テルマの家の隠し部屋に置いてあるから読んでほしいというものだ。

魔法の事、魔族の事、歴代魔王の事、歴代勇者の事、そしてこの世界の神の事。それら全ての情報を纏めたらしい。

タケシさんが何の目的を持って同じ転生者に託そうとしているのかは分からない。もしまだタケシさんの家があって、彼が纏めた情報があるなら俺にとって心強い助けになるだろう。

そしてもう一枚。その紙には一枚目と違い書かれていたのは一文だけ。そして書かれた言葉はこの世界の言葉ではなく、前世で馴染《なじ》みのある日本語。

正直に言おう。タケシさんが俺に何を伝えたいのかが分からない。字が汚いとかそういう事ではなく、書かれた内容を上手《うま》く理解出来ない。

理解をしようとはしている。だが混乱の方が大きい。その為上手く受け止められずにいる。何を思ってこれを同じ転生者に向けて書いたのだろうか。

紙には一文だけ書かれていた。

――『ミラベルを信じるな』

エピソードII　デュランダルの秘密

私の今代のマスターであるカイルが険しい表情で手紙を見つめている。
前のマスターであるタケシが残した手紙だ。あの時の内容と相違がないのであれば、手紙《それ》は反逆の為の布石となるはずだ。頼むから気付いてくれ。お前の信じるミラベル《それ》が偽《いつわ》りの姿である事に。

――私もまたカイルと同じ転生者であった。仕事仲間との飲み会の帰りだったか？　程よく酔って気分がいい夜だったと思う。少し覚束無《おぼつかな》い足取りで帰路についてる途中、私は猛スピードで突っ込んできたトラックと家の塀《へい》に挟まれて即死した。三〇歳になる二ヶ月前の事だったな。

気付いたら辺り一面何もない空間に私はいた。雲で作ったようなフワフワとした不自然な床以外何もない空間だ。バカな私でも此処《ここ》が死後の世界であると気付いたよ。死ぬ前の光景を鮮明に覚えていたのもあるだろう。
あの女と初めて出会ったのは死後の世界《そこ》だった。初対面の時から印象は良くなかったな。その女はミラベルと名乗り、死後の魂を管理する神だと言った。

「先に謝っておくわね。ごめんなさい。貴女は本来死ぬ予定じゃなかったのよ。私がちょっとミスしちゃって」

申し訳なさそうに笑うその女の首をキュッと絞めてやりたかった。この女のミスでは私は死んだのか？　まだやりたい事が沢山あった。親孝行もしっかり出来ていなかった。孫はまだかと煩《うるさ》い親ではあったが私にとっては大事な親で、もう少しでいい報告ができるかなと思っていた矢先だ。

「死んじゃったものは仕方ないわよね。貴女の次の世界は少しでも良くするから許してちょうだい」

こんな悪びれもなく笑う女のせいで死んだのか？

死んだ事に納得がいかないし、この女の存在を認められない自分がいた。感情のままに動こうにも体は石のように固まっていて動かない。まるで自分の体ではないようだった。

「今の貴女は魂だけの存在だから、生前のようには動けないわ。出来れば死んだ事に納得して次の世界に行ってほしいのよね。貴女が死んだという事をなかった事には出来ないから」

あぁ認めよう。私は死んだ。お前という理不尽な存在のミスによって。この女はどこまでも事務的に次の世界へと案内する。

「死んだ後はそのまま次の世界へ案内するんだけど、私のミスで死んじゃったし……そうね特典を付けてあげるわ」

いらないと拒否する為の口がなかった。

「と言ってもTheチートみたいな能力は与えられないから。そうね！　貴女には才能を与えるわ。それこそ物語の主役を張れるくらいの」

もう少し私の頭が良かったならこの時点で気付いたかも知れないな。この女にとって私の生きる人生が物語でしかない事に。

「それじゃあ、行ってらっしゃい」

覚えていろ。私はお前を許さない。これがどこまで相容《あいい》れない神《ミラベル》との出会いだ。

――理不尽に、そして唐突に始まった私の第二の人生は、最初から最悪と言っていいものだった。空想の中のような世界だった。エルフや獣人、ドワーフといった生前の世界で見た事がない種族がいた。人間という馴染《なじ》みのあるものもいたが、今世においてその存在は私を抑圧《よくあつ》する存在だった。

私は生まれた時から奴隷だった。人間が飼っている奴隷同士の間に、望まれずに生まれたのが私だ。動物の繁殖をするように奴隷を増やそうとした人間によって、生まれたらしい。

私は魔族と呼ばれる種族として生まれた。成長するにつれ常識を覚えて知識として分かった事であったが、魔族は人間やエルフの奴隷として虐《しいた》げられる種族だ。

角や翼、尻尾《しっぽ》など人とは違う見た目をしているから奴隷として虐げられているのかと最初は思ったが、どうやら違うようだ。

この世界には魔法と呼ばれる力が存在するらしい。フィクションでしか聞いた事がない言葉だがこの世界にはたしかに存在する力だ。

実際にこの目で見た時に、あぁなるほどと理解してしまった。前世における銃器が子供の玩具に見えてしまう程のバカげた力だ。この世界はたしかに私の生きてきた世界とは違う。

魔族が虐げられる理由は実に単純だった。私たちの種族だけが魔法を使えないのだ。

他の種族はみな当たり前のように魔法を使う。特にエルフや人間といった種族は魔法の研究に力を入れている種族だ。他の種族に比べて魔法の知識や魔法の扱い方が上手《うま》く二強とも呼べる勢力を誇っていた。

魔法を使えない魔族《私達》は原始的に戦うしかない。対して魔法を持つ種族は近代的な戦いをする。例えとしてあげるなら、私達が竹槍《たけやり》片手に突っ込んでも相手は銃器を使って応戦してくる。当然だが勝てる訳がない。

魔法を持たない種族というものはそれだけ制圧する事が簡単だった。

大きくなるにつれその現実を理解し、どこか諦《あきら》めに近い感情を持っていただろう。

一つの転機が訪れたのは私が一二歳の時だ。私を所有する人間が賢者と呼ばれる男に奴隷として売り渡した。

名前はなんと言ったか？　遠い昔のせいでもう覚えていない。とにかく賢者と呼ばれる男の奴隷となった。この男は魔法研究にしか興味がない人物だった。家庭を持ってはいたが、ほったらかしにして一日中部屋に籠《こも》って魔法の研究をしていた。

私が奴隷として買われたのは、この男の身の回りの世話をする為だ。放《ほう》っておくと食事はおろか睡眠すらとらずひたすら研究を続ける。

いずれ体を壊して研究すら出来ない状態になるだろう。その事を懸念《けねん》して身の回りを世話する奴隷を買った。

賢者と呼ばれる男の奴隷になったのは私にとっても好都合だった。

私達の種族がエルフや人間に虐げられ抑圧される立場にいるのは魔法が使えないからだ。魔法を使う事が出来れば、今の立場を変える事が出来るだろうと考えた。

前の主人の所では魔法についての知識を得る機会がなかった。あのまま前の主人の元にいれば何も得ることも出来ないまま一生を遂げていただろう。

部屋に籠ってひたすら研究をしている男の目を盗んで魔法について調べるのは、さほど難しいものではなかった。どうしたら魔法が使えるか、魔法とはどのようなものか賢者が所持していた書物から読み解く事が出来た。

これで私も魔法が使える事が出来ると希望を持ったものだ。今思えば愚かしい行為だ。

魔力量は問題なかったはずだ。知識が足りていなかったのか？　属性適正が正しくないのか？　使える魔法を間違えているのか？　魔力の扱い方が違うのか？

書物から知識を得て、バレないように魔法を試す日々。だが、どれだけ書物から得た知識を持って魔法を使おうとしても使えない。その度に何が原因で使えないか考える日々を繰り返していた。四年が経過し、私が一六歳の時に書物を漁《あさ》っている所を賢者に目撃された。

奴隷が魔法の知識を得ようとしている事を主人は許さないだろう。罰を受ける事も覚悟したが、賢者が望んだのは私との会話だった。

賢者は研究で行き詰まっていた。どれだけ考えても答えが出ず蟻地獄《ありじごく》にハマったように抜け出せずにいた。奴隷に聞くほどだ。よっぽど困っていたのだろう。

私にとっても賢者との会話は有益なものだった。書物から得る知識だけでは限界がある。賢者との会話から私が知らなかった魔法についての知識を得ては、こっそりと試す日々が続いた。

だがどれだけ知識を得ても、どれほど試行を繰り返しても魔法は使えなかった。

――魔族は魔法が使えない。最初から分かりきっていた現実に直面した。

私との会話を重宝《ちょうほう》したのか、奴隷としての立場ではあったがある程度の自由が許された。

賢者の奴隷として四年かけて手に入れた知識と、試行の経験で得たのは、奴隷としての少しの自由。それだけだった。

それから更に二年経った一八歳の時にその女は唐突に現れた。年数にすると一八年振りに見るその女の顔を見ただけで殺意が湧いた。『次の世界を少しでも良くするから許してちょうだい』、等と宣《のたま》っていたな。これのどこが良い世界だ。

奴隷として過ごす日々が私にとってどれだけ苦痛だったか。思いの丈をぶつけるようにミラベルに文句を言った。

ミラベルは悲しそうな顔で私の言葉を受け止めるだけだったな。

『こんな事になるなんて思ってなかった。私のミスで転生させたのに、こんな形になってごめんなさい。罪滅ぼしになるか分からないけど貴女が求めているものをあげる』

長々とした言い訳だったか。まるで心の籠《こも》っていない謝罪だったと思う。私の心には微塵《みじん》も響かなかった。

それでも利用出来るものは利用する。そうしなければ私の現状は変えられない。ミラベルに問いかけた。何故《なぜ》私たち魔族が魔法を使えないのか。この先もずっと使う事が出来ないのかと。

ミラベルの返答で得た魔法についての答えは、どこまでも理不尽なものだった。魔族が魔法を使えないのは神が教えなかったから。

魔族が魔法を使えないのは属性適正が間違えているから。その属性を誰も教えず知る機会を与えなかった。

道理でどれだけ知識を得て試行しても使えないはずだ。最初から魔族に魔法を使わせる気がなかったのだろう。ミラベルに魔法の扱い方を教わっても興奮はまるでなかった。むしろ心が冷えていくのを感じた。

せめてこれからの貴女の人生がより良くなるようにと、私に能力を与えてきた。

――『蓄積《ちくせき》』と『解放』。能力としては単純なものだ。私の持つ魔力を別の空間に溜《た》めておくことで必要な時に引き出す事が出来るというもの。解放はもっと単純だ。魔力をただ圧縮して放つだけ。それだけでも魔法と変わらない威力はあるが。

あえて言わせてもらうなら、何故今になって渡したという思いがある。言った所で仕方ない事ではあったが。

ミラベルから教わった魔法の扱い方を試すとあっさりと魔法は使えた。魔族が魔法を使えない理由はあまりに単純なものだった。

これで魔法が使える事は判明した。だがそのあと問題となったのが魔法の共有方法だ。奴隷として立場がある以上、魔族と接する機会は限られる。同じ屋敷の奴隷同士なら共有するのは難しくない。だが、他の魔族にはどう伝えたらいい？　答えは浮かばなかった。無為《むい》に半年が過ぎた頃、その男は私の前に現れた。

運命の出会いがこの世にあるとするならば、この男との出会いこそが運命であっただろう。その男は賢者の家族が新しく買い入れた奴隷だった。私と同じような境遇で生まれた為か、その男には名前はなく、一二号と呼ばれていた。

同じ賢者の屋敷の奴隷として接するうちに、この男が私と同じ転生者ではないかという疑いを持つようになった。度々夢に現れるミラベルに確認したら、私と同じように転生した者である事が判明した。

同じ境遇である事、現状に対する大きな不満と互いに同じ思いを抱えていた事もあり、私達が親しくなるのは早かった。一二号はミラベルから魔法の使い方を教わってなかった。使えないものと諦めていた為、聞いていなかったらしい。

私が伝えた知識で魔法を使えた事に驚き興奮していたな。そして私もまた一二号に相談した。魔法の知識の共有方法をどうしたらいいかと。

それもまた一二号のおかげで解決した。私が『蓄積』と『解放』の能力をミラベルから渡されたように、一二号もまたある能力を渡されていた。

――『テレパス』あるいは『念話』。あくまでも一二号からの一方通行であるが、心の中の思いを他人に伝える事が出来るらしい。実際にその能力を体験してびっくりしたものだ。そして確信した。この能力があれば人間やエルフにバレずに共有出来ると。

この能力の凄《すご》い所は大陸全土が範囲という事だ。デメリットは同じ種族にしか使えないというものだが、それは今においてはデメリットにはならない。遠い距離は疲れるとは言っていたな。微妙に魔力を使うから万能という訳ではないが、私達が真に求めていた能力だ。

あの女が渡してきた以上、こうなる事が分かっていたのだろう。本当に気に食わない。

一二号が魔族の仲間に魔法の知識を共有している間に私も『蓄積』の能力を使用していた。蓄積を使うと多少疲れはするが、魔力が切れても溜めていた魔力引き出す事が出来るメリットは大きい。私達が立ち上がるその時までひたすら蓄積しておこう。溜めておいた魔力は必ず役に立つ。

私たちにとって幸運と言えるのは、種族全体が今の状況を理解していた事だ。魔法の万能感に溺《おぼ》れ、一人で行動する愚者がいなかったのは最大の幸運と言える。

長い奴隷生活で私達の立場を嫌という程分かっていた為だ。時間はかかるが種族全体に魔法知識が渡った時、その時こそが私達が立ち上がる時だ。

一二号の負担がデカイ。彼が『テレパス』を使っている分、奴隷としての仕事は私が請け負うつもりだ。

それから五年後、私が二三歳の時だ。種族のおよそ半分に情報の共有が終わったと一二号が言っていたな。時間はかかっているがここまでバレることなく順調に進んでいた。

だが、その頃になると一つ困った事が起きた。賢者の息子が私に対して奴隷としての性的奉仕を要求してきた。女である事と、自分の容姿が優れているのを自覚していた為、いずれこうなる事は分かっていた。

賢者の奴隷として一〇年近く過ごしていて今までそういった事がなかったのは、賢者が魔法の研究にしか興味がなかった事と、私が賢者のお気に入りだった為だろう。

だが、その賢者は半年前に病で倒れベッドから起き上がれなくなっている。その頃から次期当主として振る舞っているのが賢者の息子だ。

名前はたしかテスラといったか。

賢者の息子と思えないくらい俗物的な男だった。

一二号は抵抗したらいいと言っていたな。魔法があるから難しくないだろうと。だが、ここで私が魔法を使えば今まで魔族が耐えてきた五年間が無駄になる。魔法を使わず知識の共有だけに留めているのは、魔族以外にバレずに広める為だ。

人間やエルフにバレれば必ず排除しようと動くだろう。それではダメだ。私が耐えれば済む話だった。

その事を一二号に言うと、苦虫を噛《か》み潰《つぶ》したような表情をしていたな。この男は情が深い所がある。

問題ない。この程度の屈辱《くつじょく》は耐えてやる。だが必ずこの報いは受けさせる。家畜のように惨《むご》たらしく殺してやる。

それから更に一年、私の想定と違ったのは、テスラが私に対して執着を見せたことだ。体を求めるだけで飽き足らず、私に妻になれと要求してきた。奴隷を妻にするなどバカげた話だ。周りに反対されるのは目に見えているだろうに。性欲を愛と勘違いでもしたのか？　どこまでも賢者の息子とは思えなかった。

奴隷の立場ではあるが、テスラの要求は拒否した。その代わり体を求めるなら好きにするといいと。余計に執着された気がするな。

更に一年。私が二五歳の時だ。どこかで飽きると思っていたがテスラは執拗《しつよう》に私を求めた。数が増えれば当然そうなるリスクが高いのは理解していた。不本意な話ではあるが、私はテスラとの間に子をもうけた。一二号の顔が引《ひ》き攣《つ》っていたな。私もおそらく同じような顔をしていただろう。喜んでいたのはテスラだけだ。

一二号が言うように抵抗しておけば良かったと思った。既に過ぎた事だ。鬱陶《うっとう》しいのはテスラだ。私のお腹《なか》に子供がいる事が分かると、何度拒否しても私に求婚してくるようになった。あまりに執拗《しつこ》いのと、一二号とのやり取りにも支障が出始めたので、不本意ではあるが受け入れた。

拳《こぶし》を高くあげて喜ぶテスラをぶち殺してやりたいと強く思った。妻になる事を認めたがそこに愛情などはない。私の胸の中にあるのは魔族の事だけだ。知識の共有は七割程完了している。今のペースでいけば、三年後には魔族全体で魔法の知識を共有している事になる。立ち上がるとしたらその時だ。

その時になって私はテスラと、その間に生まれた子供をどうするだろうか？　情などない。ならばその先は分かりきった事だ。

三年後、私が二八歳の時に一二号によって魔族全体に知識の共有が行き渡った。この一〇年間魔族はひたすら耐え続けた。一〇年の中で人間やエルフのせいで惨たらしく死んだ魔族もいた。魔法を知っていても種族の為に我慢して使わなかった。その者達の思いに報いる為にも、私達は立ち上がらないといけない。全ての準備が整った。後は立ち上がるだけだ。

「本当にやるのかい？　君には幸せな未来だってある」

「種族を見殺しにした幸せの先に私の未来はない。止めるな一二号。その為に準備してきたのだろう？」

「もう止まれないんだね」

「二度も言うな。行くぞ、反逆の時だ」

一二号のテレパスによって一斉に動き出すタイミングは決まっている。私達が一番最初に動く事も。もう私たちは止まることは出来ない。

また一つ想定外の出来事が起きた。私は少し特殊ではあるが、奴隷としての主人であるテスラの家族や、そこに仕える使用人を皆殺しにして他と同様にテスラを殺そうとした。

昔からこの男は頭がおかしいと思っていたが、狂っているという表現の方が正しい気がした。

「俺も連れていってくれ。君のいる場所が俺の居場所だ。人間としての立場も思いも全て捨てていい。君と息子の為に生きたいんだ」

心には響かなかった。予定通り殺すつもりだった。一二号と、息子のアデルが止めたから殺す事が出来なかった。情があった訳ではない。ただの気まぐれだろう。

その日、世界各地で魔族による反逆が起きた。

魔族による突然の反逆に人間やエルフは混乱に陥ったが、次第に事態を把握すると、二大勢力として魔族の制圧に動き出した。

それに合わせるように世界各地で暴れていた魔族が私の元へと集結し始めた。

魔法の知識を最初に手にしたのは私ではあるが、知識の共有をしたのは一二号だ。彼の元に集まるのなら納得出来たが、何故私の元に集まったのかが理解出来なかった。

「君にはカリスマがある。僕たち魔族を統べる王としてのカリスマが」

一二号が言っている事は、理解は出来ても納得は出来なかった。カリスマなどある訳がない。前世ではただの事務の女だった。魔族になった後は特別な事は何もしていない。

「無自覚ならそれでいいさ。僕たちは君に付いていくよ。導いてくれ、僕たちの王よ」

不本意ではあるが、私が種族を率いる立場になったらしい。どちらにせよ私がやる事は変わらない。魔族の為に戦うだけだ。

三年の月日が経過した。元々の戦力差もあり徐々にだが、人間やエルフに押され始めている。獣人やドワーフの支援がある為、まだ戦えてはいるが、少しずつこちらの被害が増えてきている。

どこかで戦略的な勝利をあげる必要があるな。ドレイクと呼ばれる竜人《りゅうじん》の男も合流した。

こちらの戦力も増えてはいる。後は作戦次第だろう。竜人と呼ばれる種族は私が生まれる前に人間とエルフに滅ぼされたらしい。数少ない生き残りがドレイクだ。

初対面から変わった奴だったな。『我が君の為に俺は闘いましょう！』だったか？　テスラが凄い顔をしていたな。摑《つか》みかかろうとしていたが、お前では天地がひっくり返っても勝てないのだから大人しくしていろ。

私たちが人間やエルフと戦えているのはドワーフと獣人の支援があるからだ。国や魔族としての領地を持たない私たちではいずれ、限界がくる。そんな私たちを秘密裏に支援するのが彼らだ。

完全な善意からではない。私たちと彼らの関係はどこまでも打算的な関係だ。彼らもまた人間とエルフの勢力を恐れている。

いずれは魔族《私達》のように抑圧される立場になるんじゃないかと。彼らが望んでいるのは人間とエルフの勢力が縮小する事だ。その時に彼らもまた大きくなるつもりでいる。

今は友好関係だが、邪魔になれば平気で敵対してくるだろう。油断出来ない支援者だ。

ちょうどこの頃に一二号が改名したな。魔族の中でも特に強大な力を持つ者として四天王の一人に数えられるようになった。いつまでも一二号では格好がつかないと。どんな名前にするかと思えば前世の名を名乗るようだ。

小林《こばやし》　龍次郎《りゅうじろう》。四天王コバヤシか。随分《ずいぶん》と浮いているな。

「どういう異名でいこうか悩んでいるんだ」

「異名？」

「ドレイクなら『赤竜』、バージェスは『豪鬼』。異名があるだけで相手に与える威圧感が変わると思うんだ」

「そこまで大きく影響はしないと思うがな。で、何と悩んでいるんだ？」

「『教頭』か『校長』どっちがいいと思う？」

「『校長』にしておけ」

どちらでも構わないが教頭の方が格下感がある。この二択なら校長だろう。

どうしてその二択になったか聞いたら、コバヤシは前世で教頭の立場だったらしい。校長になる為に頑張っていたと。この世界での功績を考えれば校長を名乗っても問題ないだろう。私に言わせればもっと別の異名の方がいい気はするがな。

私達が反逆してから一五年が経過した。私もこの世界で四三歳を迎える。前世の年齢は優に超えてしまった。魔族としての寿命はエルフと変わらないとミラベルが言っていたな。

少なくても一〇〇〇年単位で生きるだろうと。その所為《せい》か私は老けていない。一五年前と全く一緒だ。テスラは人間である為老いに勝てず、見事に中年のオッサンになっている。息子のアデルが一八歳になったのだから当然と言えば当然だ。

人間やエルフとの闘いは徐々に私達が優勢になってきている。最初こそは戦力差もあり押され気味であったが、闇属性の魔法の研究が進み、人に擬態《ぎたい》する魔法や対軍勢用の魔法

『魔力の弾丸《マジック・バレット》』が開発されたのが大きい。

　ただ懸念材料もある。人間の国に勇者と呼ばれる存在が現れた。神が創《つく》ったとされる聖剣の担い手で、勇者の手によって多くの魔族が討ち取られている。勇者と戦ったベリエルとクロヴィカスが報告に来ていたな。あの者を放置しているとまずいと。

　コバヤシもその事を強く言ってきた。彼の場合は娘を勇者に殺されたのが大きいだろう。人間との間に出来たハーフの娘でシルヴィという名前だったはずだ。四天王であるコバヤシとの繋《つな》がりを絶つためにシルヴィ・エンパイアと名乗っていた。

　コバヤシの慟哭《どうこく》は見ていられなかったな。娘の死を受け入れられず、コバヤシはミラベルに懇願したらしい。一生に一度しか使えないが、死者を蘇生《そせい》する能力を貰《もら》ったようだ。

　だが結果はコバヤシの思う通りにはいかなった。蘇りはしたがコバヤシの娘の魂は既に別の世界へと旅立っていた。その為、体を動かそうと別の人格が生まれた。アンデッドの上位種と同じような生まれ方をしていたな。

　ミラベルは死後の魂を管理していたはずだ。コバヤシの娘が既に旅立った事も理解していた。その上であの能力を渡してきたのだとすれば、あの女とはやはりどこまでも相容れないだろう。

　――テスラが亡くなった。最後までバカな男だった。大した力もない癖に戦場に付いてきて、私を庇《かば》って死んだ。

　悲しみはない。なんだ死んだのかと。ようやくうるさいヤツが消えたとも思った。

「無理はしない方がいいよ」

「無理などしていないさ」

テスラが死んで悲しいという思いなど湧くはずがない。あの男との始まりは性的奉仕からだ。奴隷と主人の関係でしかない。

賢者の息子とは思えないようなヤツだった。毎日毎日うるさいヤツだった。魔王となった後もやたらと私を気遣っていたな。不要だと突き返してもそれは変わらなかった。

「今は僕以外誰もいないよ。僕は君を見ていない」

「不要だぞ。私が泣くと思うか？」

「泣かない事が強さの証《あかし》じゃないよ。泣いてもいいんだ。感情のままに泣けばいい。そうしないと人は前には進めない」

「コバヤシ、暫《しばら》く一人にしてくれ」

「無理はしないでね」

愚かな男だったよ。私なんかと結婚しなければこんな事にはならなかった。本当にバカなヤツだ……。

——テスラの死から五年、私の体はエルフの毒に蝕《むしば》まれていた。正攻法で私に勝てないとみたようだ。いつ毒を盛られたのかは分からない。戦闘の時ではないだろう。だとしたら食事だろうな。警戒はしていたつもりだが、甘かったか。

体が衰弱していくのが分かる。体を巡る魔力が枯れているようだ。私ももう長くはないな。

死期を悟った頃にあの女《ミラベル》がまた私の前に現れた。

「あら死にそうね。大丈夫？」

いつもと同じ夢の中。相変わらず気に食わない顔だ。こちらの心配をしているようで言葉はどこかバカにしたような響きがあった。

「貴方《あなた》には感謝しているのよ。いい実験が出来たから。世界にちょっとした異物を放り込むだけでこんなに騒がしくなるのね！　毎日眺めてるだけで退屈だったけど、いい暇つぶしになったわ」

この体が自由に動くのなら今すぐにこの女を殺してやりたいところだ。生きてきた事を後悔するぐらい惨たらしく始末してやる。それが出来ない今の体が憎たらしい。

「貴女が死んだ後はどうなるのかしらね。魔王の後は息子が継ぐのかしら？　それなら魔王討伐の為に送り込むのも楽しそうね！」

何もかもこの女の思いのままだ。さじ加減一つで私達の一生は左右される。私と戦った勇者も同じ転生者だろう。苦労という言葉を知らないまま育ったようなヤツだった。会った時から気に食わなかった。ミラベルから貰ったであろう能力を誇示《こじ》していたな。

この体がエルフの毒に蝕まれる前で良かったと思う。蓄積で溜めた魔力を駆使して跡形も残らず消し飛ばす事が出来たのだから。この能力もまたミラベルに与えられたものだ。結局はあの女の掌《てのひら》の上か。

「もう会うことはないと思うわ。あ！　楽しませてくれたお礼に教えてあげるわ。貴女の来世はメス犬よ。奴隷からペットなら昇格かしら？　良い犬生を送れるかもね。さようなら」

耳障りな笑い声だった。酷《ひど》く不愉快な別れだ。この女からすると私の一生など物語のワンシーンのようなものなのだろう。私がもがいて足掻《あが》いたあの一生は、この女の娯楽に過ぎない。

……………ふざけるな。

――夢は醒《さ》める。毒によって衰弱しているはずの体に気力が戻るのを感じる。このままあの女の思い通りに死んでやるのは面白くない。

一矢報《いっしむく》いてやる。その思いで私の体は動いていた。

戦友であるコバヤシとドワーフの魔法使いであるマクスウェルの協力を得て、私の魂を剣に移す事になった。

生物に移す事が理想であったが、私が長年愛用した剣が一番魂の定着が安定するようだ。

今の私の体から魂を抜いて剣へと移す。研究はされていたが実際に試すのは初めてだという。剣に魂を移しても自我は目覚めないかもしれない。魂を抜いた瞬間に消えてしまうかもしれないと。様々な不安要素をあげてきたが、この体は既に死を待つだけのものだ。

リスクなどないに等しい。あの女に一矢報いてやれるなら構わないさ。

「コバヤシ、一つだけ頼みがある」

「僕に出来る事なら任せてくれ」

「アデルを頼む」

「分かった。僕が守るよ」

死に行く前の唯一の心残りが、私とテスラの息子であるアデルだった。

私が始めた反逆に巻き込んでしまった。共に戦場に立った事も一度や二度ではない。私が始めたものを息子に引き継がせてしまう、それだけが私の心残りだ。願うならば息子の未来に幸があることを。

「さよなら、我らが王よ」

私の意識はそこでブラックアウトした。

――私が魔剣デュランダルとして目覚めたのは、この刀身《からだ》に戦友《コバヤシ》の血を吸った時だったか。長い時間眠りについていた気がする。不意に明るくなり目が覚めた時に私が聞いたのは、戦友《コバヤシ》の苦痛に満ちた声。

意識がハッキリとした時に遅れて認識したのは、私の刀身《からだ》がコバヤシの心臓を貫く感触だった。

声を上げなかった自分を褒めてやりたい。感情が濁流のように込み上げてきたが、あと一歩の所で踏みとどまった。今の私はただの剣でしかない。体はなく、喋《しゃべ》る事は出来ても私の意思で動く事は出来ない。

私の持ち主次第でどうとでもなってしまう。それでも叫びたい程の感情が込み上げてくる。胸が締め付けられるような思いだ。

コバヤシの体から力が抜けていくのが分かる。不意に彼の心の声が聞こえた。

――『テレパス』だ。この場の魔族は私だけ。剣に魂を移した後も魔族として扱われるようだ。彼の言葉は謝罪だった。『守れなかった。ごめん』と。

その言葉で察してしまった。私の息子アデルもまた亡くなったようだ。死の間際の会話だっただろう。一瞬のように短い時間だったかも知れない。それでも彼との思い出を語り合った。コバヤシからの一方通行であったが、私の心の声も届いているような気がした。

最後に言っていたな。『思いを伝える事は出来なかったけど、ずっと好きだった』と。

どうして私の周りにいる男はバカなヤツばかりなのだろうか。どうして私の心に傷を残して死んでいく。

既に死んでいるコバヤシにトドメを刺すように、私の持ち主が剣を横に振った。どこか満ち足りた表情のコバヤシの首が宙を舞った。

心は殺した。ただの魔族だった時も私は種族の為だけに動いてきた。そこに私の感情はない。何もかもミラベルの掌の上の一生はごめんだった。私が生きてきた全てを否定された気がした。だからこそ、この剣《身》に魂を移した。

あの女に一矢報いる。その為には協力者が必要だ。コバヤシは亡くなってしまった。ドワーフの魔法使いは使いものにならない。あの男は魔法の探究にしか興味がない。

ミラベル《あの女》は私たちが起こした反逆を、世界に巻き起こした影響を楽しんでいた。ならばまた同じように転生者を送ってくるだろう。

ミラベルと関わりのある転生者を味方につけよう。あの女を殺す事は出来るだろうか？　無理かも知れないな。それでも何もせず朽ちていくのはごめんだ。

都合がいい事に私の使い手となった男は転生者であった。一人っきりのタイミングで話しかけると随分と驚いていたな。時間をかけてその男と親しくなり、転生者である事を知り、また時間をかけてミラベルの事を聞き出した。

この男もまたミラベルが関与した転生者で、手違いで死んだ後ちょっとした才能を与えられてこの世界に生まれたらしい。

一三歳の頃に悲劇が起き、思っていた異世界生活とは違うとミラベルに文句を言ったそうだ。その後は私の時と同じだ。罪滅ぼしのように新たな能力を与えられ、それまでの放任が嘘《うそ》だったかのように献身的に支えてくれたそうだ。

言葉の端々にミラベルへの信頼が垣間見《かいまみ》えた。この男はダメだな。ミラベルに対する信頼が高すぎる。ミラベルと宿敵《しゅくてき》である魔王《わたし》の言葉では、どうしてもミラベルの方に思いは傾く。ミラベルの本性を言った所で信じないだろう。この男は死の間際になって漸《ようや》く気付くだろうな。

私の想定通りに男は壮絶な死を遂げた。信頼する仲間に裏切られ、手足を縛られて動けなくされた上で魔物に臓物を食い破られて死亡した。

何百年という年月の中で、様々な使い手の元に私は渡った。転生者もいれば全く関係ない現地の者もいた。現地の者はダメだな。ミラベルと関わりがなさすぎる。言ったところで自分とはまるで関係ない話だ。興味を持つ者はいなかった。

転生者に協力を頼みたいところだが、どいつもこいつもミラベルへの信頼が見えた。最初から能力を与えられた者もいれば、後から与えられた者もいる。

全員に共通する事は才能と一緒に死なない程度の加護を与えられ、最初の数年から数十年は放置されている事だ。何かしらの出来事があった後に現れ、それ以降は献身的にその心身を支えているようだ。あまりにも美しい容貌《ようぼう》と、それに反して気さくな性格に心を許してしまっている。

何人かの転生者を見てきたが、穏やかな死を迎えた者は一人もいない。全員が全員、壮絶な死を遂げている。

ミラベルは私たちの一生を物語のように眺めている。あの女からすると穏やかで変化のない人生など望んでいないのだろう。

その事に気付かなければ待ち受けているのは定められた絶望だ。

タケシと出逢《であ》えたのは、私にとっての幸運と言えるだろう。これまで色んな転生者と会ってきたがタケシは特に変わった男だ。私がタケシの手に渡り初めて話しかけた時だったか。驚いてはいたが、喜びの方が強かったのか小躍りしていた。なんだコイツと思った程だ。

「おほぅ！　剣が喋ったでござるな。これはデカいでござるよ！　語尾と一人称だけではキャラ付けが薄いのではないかと考えていた所でござった！　喋る魔剣が相棒というのは如何《いか》にも主人公らしいでござる」

正直何を言っているか理解出来なかった。転生者である事は分かったが、頭がおかしいんじゃないかと正気を疑った程だ。タケシ曰《いわ》く。

「異世界に転生したはいいでござるが、チート能力を与えてもらってないので無双出来ないでござるよ。これでは星の数ほどいる主人公に埋《うず》もれてしまうと思い、キャラ付けに悩んでいたでござる。デュランダル殿のおかげで某《それがし》は立派な主人公になれそうでござるよ」

バカじゃないのかと思った。第一印象だけで言えば今まで出会った転生者の中で最悪だった。だが共に過ごしていくうちに考えは変わっていった。言動がおかしな所は多いが、一本筋が通った男だった。譲れない信条がこの男にはあったようだ。見た目とは違う固い意思があった。体は無駄な肉が付いていたがな。

タケシとの会話の中でこの男が他の転生者ほどミラベルを信頼していない事に気付いた。ミラベルに感謝はしているようだが、妄信的な信頼を向けてはいなかった。理由を聞いたが、イマイチ納得出来るものではなかった。

「ミラベル殿でござるか？　感謝はしているでござるが、あの駄女神さまの言うことを全て信じるのはダメな気がするでござるよ。なんというか、ドジっ娘臭《こしゅう》というかなんかやらかしそうでござるよ」

それでも私にとって初めて協力者になり得る存在だった。タケシと親しくなったタイミングで私の事を打ち明けた。魔王である事、転生者である事を打ち明けた時は随分と驚いた顔をしていた。

「相棒にまさかの過去が！　宿敵である魔王を宿した剣を手に戦う。主人公っぽいでござるな」

大事な話をしているから真面目《まじめ》に聞いてほしかった。ぶん殴ってやりたい所だ。それでも私の話を信じて聞いてくれたのはタケシの人柄だろう。ミラベルの本性を伝えた時もこちらの話を疑うような事はしなかった。

「なるほど、あの駄女神さまは真の黒幕タイプでござったか。デュランダル殿を疑うつもりはないが、某の手で調べても良いでござるか？」

タケシ自らが過去の転生者について調べ、彼らがどのように生き、どのように死んだかを理解した。ミラベルと関わった転生者はみな壮絶な人生を送っている。調べれば嫌という程証拠は出てくる。

調べた結果に納得したタケシは私に協力してくれると言った。共にミラベルに一矢報いてやろうと。

「某は壮絶な死はゴメンでござるよ。ラブコメのようなイチャイチャ甘々なエンドを迎えたいでござる」

言っている事はどこまでも変わった男であったが、長い時の中で漸く協力者を得る事が出来た。

だが、一つ懸念材料があった。転生者はみなミラベルがその物語《人生》を見て楽しむ為に何かしらの加護《のろい》が与えられている。ただ生きているだけのありふれた日常を描いた人生をあの女は求めていない。

私を最初に手にした男の加護《のろい》は『妄信的な信頼』だろう。ミラベルへの信頼もそうだ。仲間に対しても異常なほど信頼を向けていた。不審な行動をする仲間を気にするように言っても変わらなかった。

結果は仲間に裏切られて死んだ。転生者の殆《ほとん》どは加護《のろい》によって望まぬ人生を歩まされている。タケシの場合は『女性の頼みを断れない』、そんな所だろう。どう考えても理不尽な頼み事でもタケシは二つ返事している。それを疑問に思ってないのは加護《のろい》の影響だろう。その事を指摘したら心底驚いた表情をしていた。本人ですら気付いていなかったようだ。

保険をかけようとタケシが提案してきた。加護《のろい》があるのであれば、女性であるミラベルの頼みを断る事は出来ない。そうなった時にデュランダル《わたし》に協力出来ない可能性が高い。だからこそタケシがダメになった時の為に、次の転生者に向けた保険をかけるべきだと。

魔王である私が語る言葉を転生者は信じない可能性が高い。だから同じ転生者であるタケシがミラベルについての情報を残す。それを見せてミラベルの本性に気付けばいいと。ちょうどタケシと関わっていた四天王のシルヴィも巻き込んで保険をかけることにした。

寿命のない彼女であれば、タケシが死んだ後も転生者と関わる可能性が高い。シルヴィは興味なさそうだったのが問題だ。タケシの頼み事だから受けたようだ。それで構わない。あくまでも保険だ。

——タケシと計画を立てた。

この世界全土を巻き込んだ神《ミラベル》への反逆の為の計画を。

だが計画を実行に移す前に挫《くじ》けた。

私もタケシもあの女の加護《のろい》を少しばかり甘く見ていた。

魔王を倒して少し経《た》った頃だ。計画を実行に移す前にタケシにかけられた加護《のろい》を消すために教会の神を引きずり下ろそうと考えていた。

そんな時にタケシの幼なじみである魔法使い、クロナ・ルシルフェルがタケシの前に現れた。

クロナの要件は四天王の居場所を発見したので、気付かれる前にその場所ごと封印したい。その為にデュランダル《わたし》が必要だから譲ってほしいというものだ。

タケシは女性の頼み事を断れない。タケシも抵抗はしていたが、結局私はクロナの手に渡った。

予定外もいい所だ。女の嫉妬《しっと》によって、私どころかシルヴィまで封印される羽目になるとは思わなかった。

せっかく立てた計画もこれで無駄か。タケシが残してくれた保険のおかげでまだ可能性はあるが、この封印が解けるまでは私は動けそうにないな。

ならばせめて、タケシが壮絶な死を迎えない事を祈るがあの女の事だ。そう簡単には許してくれないだろう。

――無為に五〇〇年を過ごした。

何者かの手によってシルヴィの封印が解かれたのは分かった。だからといって私が動ける訳ではない。その時を待つしかない。

だが、それももう間もなくだろう。封印が解かれたという事は魔族が動き出したのだろう。

ならばまた現れるだろう。ミラベルが送った転生者が。

それから間もなく一人の男が私の元を訪れ、台座に刺さっていた剣《私》を抜いた。その時私の運命もまた動き出した。

私の新しい使い手はカイル・グラフェムという男だ。暫く様子を見ていたが、この男は私の予想通り転生者のようだ。

初めて話しかけた時は随分と驚いていたな。この男も他の転生者の例に漏れず、ミラベルに対する信頼が垣間見えた。

今のカイルにミラベルの事を伝えても信じないだろう。それどころか私を疑ってくる可能性が高い。ならば時を待とう。タケシが残した保険が効力を発揮する時を。

五年の歳月が経ち、シルヴィへ託したタケシの保険がカイルの手に渡った。タケシが纏《まと》めた情報は全て私の頭に入っているが、実際にタケシが纏めた情報を見た方がカイルは信じるだろう。

まだ不信の種が植えられただけだ。すぐに疑う事はないだろうが、いずれ不信の種は芽吹く。その時に私は打ち明けるべきだろう。

この男もあの女から加護《のろい》を受けている。『女難』といった所か。勇者パーティーは何度か見てきたがここまで女ばかりなのは勇者ロイド以来だ。だがあの男は恋人がいたし、パーティーの殆どはタケシに好意を寄せていた。勇者ではない男を中心にパーティーが集まっているのは初めてだな。

随分と加護《のろい》が働いているようだ。

それに面倒な女にばかり好かれている。エルフの小娘に勇者の娘、あの女達からは重たい感情を感じる。エルフは一度爆発したな。二度目がないことを祈るぞ。

それにアルカディアの血を引く女だな。あの国の王族は感情のままに動く者が多い。何かしらきっかけがあると危ないだろう。

獣人の女は私でも読めない。獣の思考だな。何をするか一番分からないのはこの女だが……。

それでもカイルが一番気をつけるべきは魔法使いの女だな。サーシャ・ルシルフェルだったか。ファミリーネームからクロナ《あの女》の血筋なのは分かる。

嫉妬深く束縛の強い女だった。サーシャ《この女》もまたそうなる可能性があるだろう。事を移す前に監禁などされたらたまらない。

テルマにあるタケシの家に誘導するべきだな。早めにミラベルの本性を気付かせた方がいい。カイルの加護《のろい》を消す為にも動くべきか。

面倒な女にばかり好かれている。加護を消さないと計画を実行する前にこの男が死ぬな。

——事を急げよ我が腹心《ドレイク》。教会の法王を殺した事でエルフが動揺しているぞ。その揺らぎを見逃すな。

エルフが守護する世界樹を枯らせ。高みの見物を決め込む神を下界に引きずり下ろす為に。

五〇〇年の時を要したがタケシと立てた計画通りに動こう。

「どうしましたかマスター？　前のマスターの手紙を読んだまま固まっていますが？」

「いや、何でもない。少し考え込んでいただけだ」

なぁカイル《マスター》気づいているか？　世界はお前を中心にこれまで以上に大きく動いているぞ。世界は今変わろうとしている。

だから気付いてくれ、お前の信じるミラベル《それ》が信用に値しない人智を超えた怪物《ばけもの》でしかないことに。お前の一生はあの女が見る物語のワンシーンか？　違うだろ？　ならば気付け。立ち上がれ。共に神《ミラベル》に立ち向かおう。

私はお前の為なら世界を壊しても構わない。世界全てを犠牲にしてお前を救おう。

お前が自分の意思で立ち上がる時に私も共に立ち上がろう。その時は名乗れるといいな。

――私が始まりの魔王　ティエラ・デュランダルだと。

番外編

勇者の選択

クロヴィカス討伐の為にやってきた村、名前は何だったかな？　村の名前は今は思い出せないけど、その村にゴブリンが迫っているらしい。あまりにタイミングが良すぎるからクロヴィカスと関係してるとは思う。

「とんでもない数なのじゃ」

「そうねー。数えるのがバカらしくなるわ。何匹くらいいるのかしら？」

二人の声に釣られて一匹二匹と数えてみたけど、二〇を超えた辺りで流石《さすが》にバカらしくなって数えるのを止めた。迫ってくる緑の壁なんて表現したらいいかな？

ざっくり数えて一〇〇では足りない、千は超えるゴブリンの群れが村の入口目掛けて迫ってきている。幸いな事に私達が応援に駆けつける方が早かったらしく、ゴブリンが村の入口に到着する前に待ち構える事が出来た。それでも数分と待たずにここまで来ることが予想出来る。それまでに戦闘準備は出来るから大丈夫だね！

ダルちゃんやサーシャちゃんは迫ってくるゴブリンの群れを見てもいつも通りの様子。ほんと頼もしいねー。

近くにいる村の衛兵さんなんて顔は青ざめているし武器を握る手はプルプルと震えちゃっている。これだけの量の魔物と対峙《たいじ》する事なんて普通はないからね。仕方ないと言えば仕方ない。

「さーてと、派手に暴れてさっさと済ませるわ」

「む？　いつになくやる気満々じゃな、サーシャ」

「カイルがあたしを待っている気がするのよね。乙女《おとめ》の勘」

「む！　なら早く終わらせるのじゃ！」

こんなやり取りをしている間にもゴブリンたちとの距離は縮まっていく。間近になるとその数の多さとゴブリンの容姿も相まって気持ち悪くなってくる。集合恐怖症の人は裸足《はだし》で逃げ出す光景だと思う。

今回はサーシャちゃんがやる気出してるから早く終わるかな？　数が多いとはいえ相手はゴブリンだしね。

それにしても乙女の勘かー。やっぱりライバルだったりする？　サーシャちゃんもカイル君の事狙《ねら》っているのかな？　もしそうなら強敵だよ！

私にはない大きな胸《武器》を持ってるもん。いいなー。私はそんなに大きくならなかったから……。

サーシャちゃんのお尻《しり》は小さくて可愛《かわい》いね。けど形は私が勝ってる気がするよ！　形とお尻の柔らかさには自信があるからカイル君がお尻を褒めてくれると嬉《うれ》しいなー。

「エクレアよ、そろそろじゃぞ」

「…………！」

危《あや》うくトリップするところだった！　カイル君にお尻を褒めてもらってそのまま……なんて想像しちゃってた。いけないいけない。今はそんな事考えている状況ではなかったね！

まずは目の前のゴブリンの対処をしよう。手早く済ませて私もカイル君に会いに行くんだ。好きな人に会いたいっていうのが一番大きい理由だけど、多分カイル君の所にクロヴィカスがいると思うんだ。

これは勇者である私の直感。私たちに話しかけてきたあの衛兵が怪しいと思う。私があっちに行くべきだったかな？　狙いはカイル君？　違うかな。多分私がいない方に付いていったんだと思う。誰かを狙ったというよりは私以外を狙ったというのが正しい気がする。それならどっちに行っても同じだね。あの場で切り捨てる事も出来たけど私の直感だけでは根拠としては弱すぎるよね。カイル君たちに理由を話せないのも大きい。

私の直感が外れている場合もあるし……あの場では何も出来ないね。なら今の私が出来る事はなに？

どうしたらカイル君の力になれる？

自問自答に答えるように聖剣を鞘《さや》から抜く。私の視線の先には、まるで軍隊のように整列して真《ま》っ直《す》ぐ迫ってくるゴブリンの姿がある。

距離は確実に縮まっている。横を見るとサーシャちゃんが詠唱している姿が見えた。それに私も続こう。

私がカイル君の為に出来る事は簡単。こっちのゴブリンを迅速に処理してカイル君の応援に行く！

あっちにクロヴィカスがいる可能性が高いなら、私がカイル君に加勢したらいいだけ。私とカイル君のコンビでサクッとクロヴィカスを倒しちゃおう！

――『聖剣解放』

口にしても声として表に出ない。心中で静かに落ちた言葉と共に手に持つ聖剣に魔力が宿る。どういう原理かは私にも分かっていないんだよね。こうして聖剣の力を解放すると私の魔力だけでなく、周囲から魔力を集めて聖剣の力にする。

――『穢《けが》れを祓《はら》い　永劫《えいごう》の浄化を』

頭の中で木霊《こだま》するように詠唱が巡る。無意識に呟《つぶや》かれた言葉と共に聖剣に宿った魔力が溢《あふ》れ出し純白の光を放つ。

――『コールブランド！！！』

遠い記憶の果てで見たアニメのワンシーンのように聖剣を振るう。

ビームが出た。未《いま》だに原理は分かっていないけど、こうして聖剣を解放して剣を振るうと聖剣からビームを放てる。私の必殺技の一つだよ。

神の裁きを連想させる神々しい光線が聖剣から放たれ、真っ直ぐに進んでいく。ノエルちゃんが使う『ジャッチメント』よりも規模は小さいけど、威力はこちらの方が遥《はる》かに上。進行方向の先にいたゴブリンが光線に呑《の》まれ跡形も残らず消えていく、光線が通った後には緑の壁は

存在せず一本の道が出来上がっていた。

聖属性に耐性のないゴブリンでは光線を受けた瞬間に浄化される。今ので三〇〇体くらいは死んだかかな？　それでも数が減ったように思えないくらいに数が多い。連発したら倒すのは難しくないけど……。

もう一度放とうと聖剣に魔力を込めようとしていると、隣にいたサーシャちゃんが浮いていく。魔法の準備が出来たのかな？　それなら今回はサーシャちゃんに任せようかな。

「渦巻く旋風　荒ぶる風の息吹《いぶき》　混沌《こんとん》と破壊の力を解き放ち　我が前に立ちはだかる者を吹き飛ばせ」

風属性の魔法『フライ』によって空中に浮かび上がったサーシャちゃんが詠唱を完了させる。地面に大きく刻まれた緑色の魔法陣が光を放っているのが微《かす》かに見えた。

無数のゴブリンと同色のせいでどこに浮かび上がっているのか一瞬分からなかった。距離から推測するに私たちには被害はないかな？

「『クロスボルテックス！』」

地面から立ち上る二つの巨大な竜巻。名が形を表すように、Xの字のように交差した竜巻にゴブリン達が吸い寄せられていく光景が目に入る。なんというか掃除機に吸われるゴミみたいだね。

ゴブリンも魔物とはいえ生物だからゴミ扱いは失礼だけど、抵抗をしながらも体が宙に浮き竜巻の中へと消えていく。緑色の竜巻が赤く染まっていく光景は中々ショッキングだと思う。

吸引力が凄《すご》いんだろうね。村に向かって進んできていたゴブリンの進行が完全に止まっている。竜巻の近くにいたゴブリンは、みんな吸い寄せられて風によってバラバラに切り裂かれ絶命し、離れていた者もその吸引力から逃れる為に必死に抵抗している。吸引力に負けたらその瞬間に死んじゃうもんね。

でもおかしいね。最初に見た違和感と同じで目に正気がない。サーシャちゃんの魔法を喰《く》らっても、表情に恐怖の感情が浮かんでいない。私の聖剣の一撃にも反応しなかったからね。本来のゴブリンは臆病だから絶対に勝てない相手には逃げ出すはず。それをしないで立ち向かってくる。やっぱりクロヴィカスに洗脳されているのだと思う。そう考えたら可哀想《かわいそう》だけど、放置しておくと被害が多く出るのは間違いない。

ごめんねと心中で呟いた後、竜巻の吸引に耐えているゴブリン目掛けて聖剣からビームを放つ。

「これでお終《しま》いっと！　『三連メテオ‼』」

ゴブリンがビームに呑まれて消えていくのを見ているとサーシャちゃんの言葉が耳に入り、空を見上げると空に赤い魔法陣が三つ浮かんでいた。これはもう終わりだね。

魔法陣が光を放ち巨大な隕石《いんせき》がゴブリン目掛けて落下する。一個だけではない。魔法陣の数と同じ三つの巨大な隕石が竜巻に抗うゴブリンへと襲いかかる。

——離れた位置にいる私たちにさえ伝わる衝撃と爆発音。三つの隕石が地面に……ゴブリンたちに着弾し、その威力を存分に見せつけた。緑の壁と表現した程膨大な数のゴブリンは、竜巻と隕石によってその数を著しく減らしていた。赤く染まった地面と三つのクレーターから逃れたゴブリンは僅《わず》かだ。数えようと思えば数えられるかな？

「さてと、後は任せていいかしら？」

「やる事がなかったのじゃ！」

ダルちゃんの抗議ともいえる声にサーシャちゃんは面白そうに笑い、空中で体勢を変えると村の反対側へと飛んでいく。カイル君の応援に行くのかな？

「あたしはカイルの応援に向かうわー」

私の予感はしっかり的中していたらしい。こちらに向かって手を振ったサーシャちゃんがこの場を離れて飛んでいく。離れていくにつれ小さくなる声を聞きながら視線を戻すと数を減らしたゴブリンの姿がある。竜巻によって一ヶ所に集められた後に三つのメテオで多くのゴブリンが押し潰《つぶ》された。残ったゴブリンは一〇〇にも満たないと思う。

「エクレアよ」

何かなダルちゃん？

「残りのゴブリンは我一人で事足りる。サーシャと一緒にカイルの応援に向かってほしいのじゃ」

クロヴィカスがいるのは間違いなくカイル君の方だ。それはダルちゃんもサーシャちゃんも分かっている。だから応援に向かおうとしている。私もカイル君の力になりたいからお言葉に甘えてこの場を任せて向かおうかと思った時、強い視線を感じた。

「…………」

――誰？　村から遠く離れた位置に人影が見えた。でも、あまりに遠くて識別が出来ない。目に魔力を込めて凝視する事で髪色と服装だけで微かに分かった。全身を覆《おお》う黒いローブと緑色の髪。ローブは魔法使いが好んで着る服装に似ている。これだけの情報では何も分からない。

「どうしたのじゃ？」

心配そうに声をかけてきたダルちゃんの方に一瞬視線を向けたその間に、先程までいた人影がいなくなっている。敵だと思う。根拠のないただの私の直感。

魔族かな？　うん、魔族だと思う。こちらに向けられた視線から嫌な気配を感じた。これも私の直感でしかないけど多分、クロヴィカスより強い。

四天王と呼ばれる魔族かも知れない。姿は見えなくなったけど、まだこの近くにいる可能性が高い。私はこの場を離れない方がいいね。カイル君の応援はサーシャちゃんに任せよう。

「む？　エクレアも我と共に此処《ここ》に残るのか？」

私が聖剣を構えた事で私の意図を察したのだと思う。ダルちゃんの問いかけに頷《うなず》いて返す。一緒に残りのゴブリンを殲滅《せんめつ》しようと。私の返答に腰に手を当てて高らかに笑うダルちゃんを見て胸が痛んだ。

――私がこの場を離れないのは先程の人物だけが理由じゃない。私はダルちゃんを見張らないといけない。

父《ヒゲモジャ》さんの手紙が全て本当だとは限らない。杞憂《きゆう》の場合もある。けど、万が一を考えた時……

このパーティーを護《まも》る事が出来るのは私だけだ。

まだ誰もアルカディアが魔族の手に堕《お》ちた事を知らない。そして、その主犯格がダルちゃんのお母さんである事も。

——ダルちゃんとの思い出を遡《さかのぼ》れば、彼女がそんな事はしないと思えた。いや、信じたいんだと思う。ダルちゃんは違うと。

「ササッと済ませてカイルの応援に行くのじゃ！　ゆくぞ、エクレアよ！」

魔族は勝つ為なら、生き残る為なら平気で嘘《うそ》をつく。今まで戦ってきた魔族がそうだった。

彼等にとって言葉もまた武器の一つ。決して信じてはいけない。魔族のハーフであるダルちゃんもまた信じたらいけない。

——直感が告げている。ダルちゃんは大丈夫だと。

私は私の直感を信じたい。仲間を信じたい。友達を信じたい。その為にもこの場に残ろう。

ダルちゃんが変な気を起こさないように。何かしようとしても私が止められるようにね。これは勇者としての、ダルちゃんの友達としての役目。

きっとカイル君の方は私たちより厳しい戦いになっていると思う。それでもカイル君なら大丈夫だと確信が持てた。

——頑張ってね、カイル君。

勇者パーティーの仲間に魔王が混ざってるらしい。

あとがき

はじめまして、かませ犬Sです。
この度は「勇者パーティーの仲間に魔王が混ざってるらしい。」を御手に取って頂きありがとうございます。

本作品はジャンル違いになりますが友達の創作活動に火をつけられ、自分もやってみようかなと勢いから書き始めた作品になります。
自己満足で終わると思っていたので、このような形で本になるとは思ってもいませんでした。
応援してくださった読者の皆さまの思いに応えられるように完結まで突っ走っていきたいと思います。

さて、カイル君による魔王捜しはまだまだ始まったばかりです。彼と一緒に誰が魔王かなと考察してくれたら私としても嬉しい限りですね。

最後になりますが本作品の書籍化にあたって心を砕いてくださった方々、素敵なイラストを描いてくださった桜河ゆう先生、私に創作活動のきっかけをくれた友達、そして応援してくださった全ての方に謝辞を述べたいと思います。ありがとうございました。次回もよろしくお願いいたします。

Ｗｅｂ版の方が先行しているので続きが気になる方は是非！　それではまた！

本書は、カクヨムに掲載された「勇者パーティーの仲間に魔王が混ざってるらしい。」を加筆修正したものです。

いいたします。

Ｗｅｂ版の方が先行しているので続きが気になる方は是非！　それではまた！

本書は、カクヨムに掲載された「勇者パーティーの仲間に魔王が混ざってるらしい。」を加筆修正したものです。

勇《ゆう》者《しや》パーティーの仲《なか》間《ま》に魔《ま》王《おう》が混《ま》ざってるらしい。

2025年2月28日　初版発行

著　者　かませ犬《いぬ》S
イラスト　桜《おう》河《かわ》ゆう
発行者　山下直久
発　行　株式会社KADOKAWA
〒102-8177 東京都千代田区富士見2-13-3
電話 0570-002-301（ナビダイヤル）

編集企画　ファミ通文庫編集部
デザイン　AFTERGLOW
写植・製版　株式会社オノ・エーワン
印　刷　TOPPANクロレ株式会社
製　本　TOPPANクロレ株式会社

●お問い合わせ
https://www.kadokawa.co.jp/（「お問い合わせ」へお進みください）
※内容によっては、お答えできない場合があります。
※サポートは日本国内のみとさせていただきます。
※Japanese text only

 ISBN978-4-04-738256-5 C0093　定価はカバーに表示してあります。